Knight Reload

마검전생

FANTASY FRONTIER SPIRIT

김재한 판타지 장편 소설

마검전생 4

김재한 퓨전 판타지 소설

초판 1쇄 찍은 날 § 2010년 10월 4일
초판 1쇄 펴낸 날 § 2010년 10월 11일

지은이 § 김재한
펴낸이 § 서경석

편집팀장 § 서지현
편집책임 § 박우진
편집 § 주소영

펴낸곳 § 도서출판 청어람
등록번호 § 제1081-1-89호
등록일자 § 1999. 5. 31
어람번호 § 제1-1187호

주소 § 경기도 부천시 원미구 심곡2동 163-2 서경B/D 3F (우) 420-822
전화 § 032-656-4452 팩스 § 032-656-4453
http://www.chungeoram.com
E-mail § chungeoram@chungeoram.com

ⓒ 김재한, 2010

ISBN 978-89-251-2307-3 04810
ISBN 978-89-251-2257-1 (세트)

청감
도서출판
4
천 년의 안배
김재한 판타지 장편 소설
FANTASY FRONTIER SPIRIT
Knight Reload
마검전생

Contents

CHAPTER 17
진홍의 천사

마검전생

마검전생

$$1$$

　베이런 크로네스는 황폐한 신전의 복도를 걷고 있었다. 본래 인간들의 신전이었던 장소였지만 지금은 그 어떤 신도 모시지 않는 폐허다. 프로토 오크는 자신을 모시는 신전을 한 도시당 하나만 짓도록 허락했고, 이곳은 선택받지 못했다. 한때 신전의 주인이었던 신들은 모두 쫓겨나고, 지금은 얼마 전까지의 영광이 거짓말이었던 것처럼 음습한 분위기를 풍겼다.

　저벅저벅.

　발소리가 울린다.

　그는 중요한 의식을 행하기 위해 이곳에 왔다. 그에게는 반복 노동이 되었을 정도로 쉬운 일이었지만 오크들에겐 대단히 중요한 일이었다. 이 의식 덕분에 그는 오크들에게도 경외를 받는 존재로 자리매김했다.

그가 신전의 예배당에 들어서자 좌우에 있던 오크 사제들이 말했다.

"베이런 경, 준비되었소."

베이런은 고개를 끄덕이고는 예배당에 원을 그리며 앉아 있는 오크 전사들을 바라보았다. 모두 50명. 오크 전사들 중에서도 그 강건함이 돋보이는 자들만 선발한 것이었다.

그들에게서는 흉흉한 분위기가 풍기고 있었다. 그것은 그들이 전장에서 항시 뿜어내는 살기가 아니다. 용맹을 시험받기 위해 목숨을 건 자들만이 보일 수 있는 결사의 각오였다.

오크들은 미련하지만 용맹하다. 인간과는 달리 싸우다 죽는 것을 두려워하지 않으며, 용맹함을 증명하기 위해서라면 목숨을 내던지기를 서슴지 않았다.

'어리석은 것들.'

베이런은 속으로 그들을 비웃었다. 이토록 멍청한 것들이 아니었다면 이런 일을 수백 번이나 반복하지는 못했을 것이다.

그는 오크들 사이로 들어가 말했다.

"잔을 들어라."

그 말에 50명의 오크가 일제히 술잔을 들어 올렸다. 베이런은 왼손을 들어 올리고 정신을 집중했다. 공기가 미약하게 떨리는가 싶더니 그의 몸에서 검은 파동이 일어나기 시작한다.

검은 파동이 물방울처럼 뭉쳐서 허공으로 떠오른다. 그것들이 50개의 조각으로 나뉘어 오크들의 잔에 채워졌다. 찰랑거리는 질감이 마치 어둠 속에서 보는 물과도 같았다.

"마셔라."

베이런이 말했다.

오크들은 그를 보며 숨이 막힐 듯한 위압감을 느꼈다. 잔에 채워진 어둠을 보는 그들의 눈에 공포가 떠오른다. 하지만 이내 자신이 겁에 질렸다는 것을 인정하지 않으려는 듯 표정을 굳히며 잔을 들어 어둠을 마셨다.

"카아아아아악!"

비명이 울려 퍼졌다.

어둠을 마신 50명의 오크가 일제히 쓰러져서 고통에 몸부림치기 시작했다. 목구멍을 타고 넘어간 어둠이 전신으로 퍼져 나가면서 무시무시한 격통이 몰려왔다. 마치 몸이 산산조각 나는 듯한 고통이었다.

오크 사제는 그 광경을 굳은 표정으로 바라보고 있었다. 이미 여러 번 이 의식을 담당해 온 그도 용맹한 오크 전사들이 지옥 같은 고통 속에서 죽어가는 모습을 담담하게 바라보기는 어려운 모양이었다.

얼마나 시간이 지났을까?

오크 전사들의 비명이 하나둘 잦아들기 시작하더니 이내 침묵이 찾아왔다. 베이런은 그들을 가만히 지켜보다가 중얼거렸다.

"이번엔 둘인가."

50명의 오크 중 48명의 생명반응이 완전히 끊어졌다. 심장이 멎었고, 전신의 혈관 상당수가 파열되었으며, 근육도 뒤틀림을 이기지 못하고 괴사했다.

하지만 그 고통의 시간을 이겨내고 살아남은 존재가 있었다. 베이런은 그들의 존재를 확인한 다음 불쑥 말했다.

"축하할 만한 성과입니다. 만족하십니까, 오크의 신?"

"나의 자식들이 죽은 것을 축하한다는 것인가?"

그렇게 되물은 것은 두터운 황금의 갑옷을 입고 붉은 용의 가죽으로 만든 망토를 늘어뜨린 오크였다. 체격으로 보면 하이오크인 라카둠처럼 큰 것도 아닌, 그냥 오크 기준으로 볼 때 조금 큰 편에 속하는 체구였지만 그가 발하는 위압감은 상상을 초월했다. 그저 앞에 다가서는 것만으로도 무릎을 꿇어야 할 것 같은 경외감이 솟아난다.

오크들의 신 프로토 오크.

그가 홀연히 어둠 속에 출연한 것이었다.

프로토 오크가 쓰러진 오크들을 보며 말했다.

"일어나라, 나의 용사들이여."

그러자 오크들 중 둘이 벌떡 일어났다. 베이런이 만들어준 어둠을 마시고 살아남은 이들이었다.

프로토 오크가 미소 지으며 말했다.

"그대들은 훌륭히 자신들의 용맹을 입증해 보였다. 그대들에게 신성한 무기를 하사하도록 하마."

"영광입니다!"

오크 전사들은 고통으로 몸을 부들부들 떨면서도 무릎을 꿇고 예를 표했다. 다음 순간 프로토 오크에게서 빛이 일어나더니 그들의 몸이 급속도로 치유되기 시작했다. 오크 전사들은 신이 베푸는 은혜로운 기적에 감격하여 몸을 떨었다.

프로토 오크가 오크 사제를 바라보았다.

"나둠."

"예."

"이들을 라카둠에게 데려가도록 해라."

"알겠습니다."

나둠이라 불린 오크 사제는 고개 숙여 예를 표하고 두 명의 오크 전사를 이끌고 그곳을 나섰다. 정확히는 며칠 후면 인간들이 오크 히어로라고 부르는 존재가 될 그들을.

화르르륵……!

그들이 떠나고 나자 죽은 오크들의 시체가 불타기 시작했다. 오크 히어로가 되기 위한 시련을 이겨내지 못한 오크들의 시체를 프로토 오크는 무심하게 불태우고 있었다. 어둠을 사

르는 불길이 일렁이는 가운데 프로토 오크가 베이런을 보며
말했다.

"지금까지 수고했다, 베이런. 이제 더 이상 이런 일을 할
필요가 없다."

"오크 히어로의 수가 충분히 갖춰졌기 때문입니까?"

"아니다. 인간은 많고 우리는 적다. 이 세계를 손아귀에 넣
기 전까지는 강맹한 용사의 수에 충분함이란 없지. 다만 이젠
내가 할 것이다."

그 말에 베이런이 조금 놀란 표정을 지었다.

지금까지 오팔리안 제국에 오크 히어로라는 초인병력을
제공해 온 것은 베이런이었다. 다른 소드 마스터들은 상상도
할 수 없는 어둠의 비술을 이용, 목숨을 걸고 임해야 하는 시
련을 내려 그것을 극복한 오크는 오러의 힘을 터득할 수 있었
던 것이다. 지금까지 오크 50명이 도전했을 때 살아남은 것은
고작 하나나 둘 정도였고, 그런 희생을 계속해서 치러오면서
오팔리안 제국의 오크 히어로 숫자는 세 자릿수로 불어나 있
었다.

프로토 오크가 물었다.

"왜? 인간인 그대가 하는 일을 신인 내가 하지 못할 것 같
은가?"

"그렇지는 않겠지요."

"수긍하지 못하는 얼굴이군. 하긴 그대 정도면 자부심을

가질 만하다. 그러나 그대가 행한 모든 일은 나의 자식을 통해 나에게 전달되었노라. 모든 오크는 나의 눈이며 귀이며 입이다. 그들이 겪은 모든 일은 나의 지식이니라. 심지어 그대가 내린 시련과 그것으로 인한 죽음까지도."

프로토 오크는 베이런이 오크 히어로 생산을 계속하는 동안 그것을 지켜보고 그 본질을 해석하는 데 성공했다. 그리고 보다 안전한 방법으로 구현하는 데 성공하였으니, 이제는 신의 안목으로 적합한 오크를 선별하여 하루에 한 명의 오크 히어로를 만들 수 있으리라. 신인 그에게도 한계는 있어서 하루에 탄생시킬 수 있는 것은 오크 사제나 오크 히어로 둘 중 하나뿐이고, 6일을 그렇게 권능을 소모하면 하루는 쉬어야 하지만 그것만으로도 충분하다.

문득 프로토 오크가 초점을 베이런 너머에 두는 기묘한 시선을 던지며 말했다.

"베이런, 나는 그대와 같은 존재를 본 적이 있지."

"어떤 존재를 말입니까?"

"최초로 검의 이치를 대가로 신과 계약한 간악한 소드 마스터. 아직 모든 신이 대지를 활보할 무렵, 모실 신들도 갖지 못하고 따라서 보호받지도 못하는 연약한 짐승 같은 인간들에게…… 신의 힘을 가르쳐 준 존재."

프로토 오크와 베이런 사이에 기묘한 공명이 일어난다. 아무런 소리도 없이 베이런의 뇌리에 과거의 기억이 떠올랐다.

단, 그것은 베이런의 기억이 아니고 프로토 오크의 기억이었다. 그것은 그와 프로토 오크의 정신이 마나를 촉매로 공명하면서 일어나는 현상이었다.

마음만 먹으면 차단할 수도 있었지만 베이런은 순순히 그것을 받아들이고 지켜보았다.

오래된 신의 기억, 인간의 역사가 잊어버린 그 시절의 광경.

자신들과 소통하고 싶어하는 신들의 존재, 그리고 마나의 본질조차 모르면서 신의 영역에 도달했던 남자.

그는 검의 이치를 대가로 이름없던 신과 계약하여 검의 신이라는 이름과 그림자를 부여하고, 인간과 신을 서로 마주하는 접점으로 이끌었다. 이름을 얻지 못하고 미쳐서 재앙을 불러일으키던 신의 화신, 괴물신이라 불리는 존재들과 맞서 싸울 수 있었던 그 남자는 인간이면서 동시에 인간을 초월한 존재였다. 프로토 오크의 기억 속에 수많은 영웅과 천재들이 있었지만 오로지 그만이 수천 년의 역사 속에서 진정한 영웅이고 천재였다.

"그대는 그와는 다른 길을 간 끝에 여기에 있다. 하지만 내 기억 속에서 그와 필적할 만한 존재는 그대 외에는 만난 적이 없군. 건방진 카르벨과 그 부하들도 그대와 비교하면 부족했지."

프로토 오크는 천 년 전에 자신을 패퇴시켰던 영웅의 이름을 이야기했다.

"인간은 천 년 전보다 강성해졌다. 수는 열 배 이상 늘어났고, 문명이 발달하며 마법의 힘도 강해졌지. 하지만 숫자 늘리기에 집착한 끝에 진정한 재능을 묻어버린다는 것은, 똑같은 일을 하고 있는 입장에서 볼 때 정말로 서글픈 일이로다."

프로토 오크는 자신이 봉인되어 있던 세월 동안의 역사를 돌아보며 이야기했다. 신인 그는 세계 속을 떠도는 시간의 파편들을 모아 그동안의 일을 이해할 수 있었다.

이제는 인간들 중에도 별로 아는 이가 없는 역사가 베이런의 뇌리에 재생되었다.

지금 귀족 무가들이 너도 나도 쓰고 있는 소드 마스터 속성법이 처음 만들어진 것은 천 년 전의 일이었다. 카르벨 대왕을 중심으로 뭉친 인류는 장대한 사투 끝에 프로토 오크가 이끄는 오크의 대군세를 무너뜨릴 수 있었다. 그러나 그 대가는 커서 인류의 숫자는 절반 이하로 줄어들었고, 발전하던 문명은 파괴되었으며, 불안정해진 사회 속에서 헤아릴 수 없을 정도로 많은 비극이 발생했다.

이러한 현실이 어느 정도 정리되었을 무렵, 늙어서 죽을 날이 가까워진 카르벨 대왕은 한 가지 걱정을 품었다.

프로토 오크는 언젠가 부활할 것이다. 신을 죽일 수 없기에 가두었지만 그 봉인이 영원하다는 보장은 없었다.

그리고 그렇게 신이 부활했을 때, 과연 인류는 다시 그에게 맞설 수 있을까?

카르벨 대왕은 후대를 위해 인류의 힘을 강화할 필요성을 느꼈다. 재능있는 자들을 모아 마법사를 육성하고, 서로 정보를 교류하고 발전시키는 연구기관을 설립하여 마법의 수준을 끌어올리는 한편, 소드 마스터의 숫자를 획기적으로 증가시키고자 했다.

아주 오래전, 인간과 검의 신이 계약하여 태어난 존재인 소드 마스터는 마법사와는 달리 천부의 재능에 불확실한 행운이 더해져야만 탄생한다. 오크와의 전쟁이 끝난 후 대륙에 남은 소드 마스터의 숫자는 고작 다섯이었고, 카르벨 대왕이 죽을 때까지 단 두 명이 새로 나타났을 뿐이다. 당시의 소드 마스터 중 자신의 후계자를 소드 마스터로 키워내는 데 성공한 자는 단 한 명뿐이었다.

뛰어난 검사를 키워내는 것은 가능하지만 소드 마스터를 키워내는 것은 불가능하다. 소드 마스터가 소드 마스터를 양성해낸다면, 그것은 그의 능력이 탁월하여서가 아니고 운이 좋아 소드 마스터가 될 인재를 발견한 것이다.

카르벨 대왕은 그래서는 안 된다고 생각했다. 언젠가 도래할 거대한 어둠에 맞서려면 인류에게는 더 큰 힘이 필요하다.

그는 방법을 찾기 위해 각국의 지도자들과 소드 마스터들을 한자리에 모아서 확실한 소드 마스터 육성법을 만들어내자고 제안했다. 프로토 오크의 공포를 알고 있던 그들은 카르벨 대왕의 생각에 공감하여 수십 년에 걸쳐 막대한 돈을 쏟아 부어 가며 연구했고, 그렇게 하여 소드 마스터 속성법이 탄생하게 되었다.

각국의 지도자들은 공을 세우는 이들에게 포상으로 그 방법을 전하였으니, 그렇게 천 년이 지나는 동안 소드 마스터의 숫자가 크게 늘어난 것은 물론, 안정적으로 숫자를 유지할 수 있게 되었다. 인간의 수가 불어나면 불어날수록 소드 마스터의 수도 크게 불어나 이제는 일개 국가가 천 년 전에 존재했던 모든 소드 마스터보다 많은 수의 소드 마스터를 보유하게 된 것이다.

"서글픈 일이지. 인간은 신의 힘을 손에 넣었으면서도, 진정한 의미로 신과 필적할 방법을 스스로 버렸으니."

소드 마스터 속성법의 탄생은 확실히 인류의 힘을 획기적으로 강화시킨 사건이다. 하지만 그것은 반대로 진정한 소드 마스터가 탄생하기 어려운 환경을 만들었다.

무가(武家)들은 어렸을 때부터 아이들에게 훈련을 시켜 재능이 있는 이를 골라내고, 그들에게 소드 마스터 속성법을 가르친다. 그렇기에 설령 스스로 소드 마스터에 도달할 재능이 있는 자라도 속성법으로 수련하게 되고, 그렇게 소드 마스터가 되지만 사실은 그가 품고 있던 가능성을 형편없이 망가뜨리게 된다. 잘못된 방법으로 망가진 재능은 돌이킬 수 없다.

"하지만 확실히 수라는 것은 무시할 수 없더군. 이런 시대에도 그대와 같은 존재가 나올 수 있는 것은 인간의 수가 늘어났기 때문이다."

이 시대에도 스스로 소드 마스터가 되는 자는 꾸준히 나타난다. 인간의 수가 늘어났기에 그곳에서 나타나는 천재의 수 역시 늘어난 것이다. 이것만 보면 카르벨 대왕의 걱정이 덧없는 것으로 보였지만, 잘 생각해 보면 그의 결단이 없었더라면 인간은 강건한 대륙의 패자가 될 수도 없었을 것이고 이렇게 수가 많아질 수도 없었으리라.

공명이 끝나고 나자 프로토 오크가 물었다.

"베이런 크로네스, 이런 시대에 태어난 그대는 무엇을 이루고 싶은 건가?"

"글쎄요."

베이런은 씩 웃었다. 신을 앞에 두고서도 조금도 주눅 들지 않은 그 미소는 지독하게 일그러져 있었다.

"어쩌면 제가 올라간 산이 아닌, 다른 산에 올라도 저와 같은 높이까지 올라올 수 있다는 것을 누군가가 증명해 주길 바라는지도 모르겠군요."

"그렇다면 나의 자식들 중에 그대의 소망을 들어줄 투사가 나타나기를 기도하라. 오로지 그것만이 그대의 열망을 이룰 수 있는 유일한 길일 테니……"

프로토 오크는 그 말과 함께 어둠 속으로 모습을 감추었다. 베이런은 그가 사라지자마자 몸을 돌려 신전에서 걸어나오며 중얼거렸다.

"글쎄, 과연 그럴까?"

2

리할드 왕국력 357년 9월.

"크워어어! 성벽을 부술 자들은 나를 따르라!"

시커먼 어둠이 내리깔린 전장에서 오크어 외침이 울려 퍼졌다. 거대한 덩치를 자랑하는 오크 히어로 칼카쿰의 명령에 스물둘의 오크 히어로가 그 뒤를 따라 달리기 시작했다.

콰콰콰콰콰!

스물셋의 오크 히어로가 한데 모여 돌진하기 시작하니 그들의 오러 디펜더가 서로 공명하며 폭풍이 되었다. 성벽에서 인간들이 쏘아내는 화살과 마법이 빗발쳤지만 그 모든 것이 그들에게 다가가는 순간 증발해 버리고 만다.

지휘관이 필사적으로 외쳤다.

"마법사들은 화력을 집중시켜! 저놈들을 찢어놔야 한다!"

"하지만 그렇게 되면 다른 오크 히어로들의 움직임이 자유로워집니다!"

"흩어진 놈들은 다가오게 둬! 끌어들여서 요격하면 된다! 하지만 저놈들이 성벽까지 오면 끝이야!"

지휘관이 악을 쓰자 마법사들도 이를 악물고 화력을 칼카쿰과 뭉친 오크 히어로들에게 집중했다. 고위 마법사들까지 표적을 그들로 변경하자 거칠 것이 없었던 그들의 돌진도 기세가 늦춰지기 시작했다.

"크어! 잔머리만 잘 돌아가는 인간들! 언제까지 우리를 막을 수 있을 것 같으냐!"

칼카쿰이 붉은 섬광을 집중시킨 해머를 휘두르며 외쳤다. 전심전력으로 휘두른 해머가 날아드는 폭염을 분쇄하고 사방으로 열파를 흩뿌린다. 하지만 그 뒤를 이어 곧바로 다른 마법들이 연쇄적으로 날아들어서 칼카쿰도 방어를 굳히는 수밖에 없었다.

그동안 전장에 넓게 퍼져 있던 다른 오크 히어로들이 움직이기 시작했다. 칼카쿰과 뭉친 오크 히어로들은 막았지만, 그들 말고도 이 전장에는 서른을 넘는 오크 히어로들이 있었다. 그들이 섬광을 뿜어내며 성벽을 향해 질주한다.

그 사이로 오크 병사들도 꾸역꾸역 몰려들고 있었다. 원래대로라면 마법사들이 오크 히어로와 오크 병사들을 모두 막아야 한다. 하지만 오크 히어로들의 숫자가 너무 많아 그들을 막기에도 벅찼고, 그렇게 발생한 화력의 공백지대로 오크 사제의 가호를 받은 오크 병사들이 용감하게 달려들어 성벽으로 향했다. 이미 성벽 밑에는 잔뜩 몰려든 오크 병사들이 사다리를 대고 갈고리를 걸어가면서 성벽 위의 인간 병사들과 격전을 벌이고 있었다.

"오렌 경! 리처드 경! 라보 경!"

"알겠소."

지휘관의 외침에 잠시 휴식을 취하고 있던 소드 마스터들이 일어났다. 그들은 사제들의 신성마법으로 약간 기력을 회복하긴 했지만 몸을 짓누르는 듯한 피로에서 해방되지 못하고 있었다. 월등히 많은 오크 히어로들을 마법의 도움을 받아 휘저어놓으면서 여덟 시간 이상 싸웠으니 당연한 일이었다.

토라스 왕국의 소드 마스터 집단 키마이라 기사단의 일원이며 바난 후작인 리처드 바난은 곳곳에서 어둠을 가르며 다가오는 섬광의 칼날들을 보며 쓴웃음을 지었다.

"여기서 뼈를 묻을지도 모르겠군."

리할드 왕국의 동쪽부터 남동쪽에 걸쳐 국경을 마주하고 있던 토라스 왕국은 오크들과 격렬한 전투를 벌이고 있었다. 지난 두 달간은 큰 전투 없이 자잘한 국지전만이 반복되었고, 그동안 왕실에서 힘을 써서 얼마 전부터 주변 국가들의 대대적인 지원이 시작되었다. 리할드 왕국이 무너지는 것을 본 주변 국가들은 더 이상 오팔리안 제국의 존재를 좌시해서는 안 된다는 사실을 깨달은 것이다.

하지만 그 지원은 뒤늦은 감이 있었다. 리할드 왕국을 집어삼킨 뒤 2개월간 내부를 정비한 오크들은 때가 되었다는 듯 최강의 군세를 모아 토라스 왕국의 서쪽 국경 요새를 쳤다.

왕실에서는 일찌감치 이곳에 병력을 집중시켜 자국의 소드 마스터 여섯 명과 타국에서 지원해 온 세 명의 소드 마스터, 그리고 70여 명의 마법사와 50명의 사제가 모여 있었고, 전체 병력의 숫자는 6천에 달했다. 하지만 오크들은 1만 3천의 대군이었고 오크 히어로의 수만 해도 60을 넘었다. 여덟 시간 동안 버틴 것만으로도 그들은 기적적인 성과를 내고 있다고 할 수 있었다.

마법사와 성직자가 비정상적으로 많이 모여있지 않았다면 이미 뚫렸을 것이다. 이 전장에서 인간의 마법 전력은 오크를 압도했다.

쉬쉬쉬쉭!

간간이 날아들던 화살 중 몇 발이 리처드에게 향했다. 평범한 인간이라면 어둠을 가르는 화살을 보지도 못하고 맞았겠지만, 리처드는 오러 디펜더를 펼쳐서 튕겨냈다. 덤으로 오러 블레이드를 뻗어내서 비교적 낮은 고도로 날아들던, 저편에서 오크들이 투석기로 날린 돌덩어리도 부숴 버렸다.

투구를 쓰고 땅을 박차려던 리처드는 문득 지휘관을 돌아보며 물었다.

"서쪽의 상황은 어떻지?"

요새의 서쪽은 산악 지형이고 숲이 우거져서 오크들이 대군을 투입하기 어려웠다. 하지만 오크 히어로와 오크 메이지를 주축으로 한 정예병이라면 일당천의 위력을 발휘할 수 있기에 그곳에도 소드 마스터와 마법사들을 배치해 두었다.

지휘관이 대답했다.

"지금껏 세 차례 공격이 있었는데 잘 물리쳤다고 합니다."

"그런가. 그 아가씨도 나름 실력이 있긴 한 모양이군."

가장 공격이 덜할 것으로 예측되었던 서쪽에 배치된 것은 할라드 왕국에서 파견된 여성 소드 마스터였다.

할라드 왕국에서 소드 마스터가 지원 병력으로 왔다는 소식을 들었을 때는 모두가 좋아했지만 그것이 여자라는 사실을 알고는 다들 낙심했다. 여성 소드 마스터라니, 워낙 희귀한 존재라서 유명하긴 하지만 제대로 된 기량을 가졌으리라고는 기대하기 어려웠다. 다들 그렇게 생각했기에 그녀는 가장 한적한 곳에 배치되었고, 지금까지 눈에 띄는 활약은 보이지 못하고 있었다.

"하긴 여자라도 소드 마스터이니 지금은 든든한 아군이지. 그럼 가겠네."

리처드는 바닥을 박차고 성벽 아래로 뛰어내렸다. 백록색의 오러 블레이드가 전개되며 열풍이 휘몰아친다.

성벽 아래쪽에 몰려든 오크 병사들을 일거에 베어버린 뒤 천천히 앞으로 나아가던 그의 눈앞에 오크 히어로 하나가 나타났다. 마탑으로부터 마력을 공급받는 마법사와 사제들이 마법을 사용, 오크 메이지들을 누르고 오크 히어로들을 분산시켜 주기에 소드 마스터들은 한 번에 수십의 오크 히어로와 싸우는 절망적인 상황에 맞닥뜨리지 않을 수 있었다.

"와라!"

리처드는 표정을 굳히며 외쳤다. 창을 든 오크 히어로가 기세등등하게 돌격해 온다. 창을 찌른다. 아슬아슬하게 그것을 피해낸 리처드가 호쾌한 검격을 날린다. 하지만 오크 히어로는 유연한 몸놀림으로 그것을 피한 뒤 거리를 벌리고자 한다.

파학!

그 순간 검의 궤도를 따라서 돌아 날아간 또 한 줄기의 오러 블레이드가 오크 히어로의 어깨를 깊숙이 베고 지나갔다. 리처드는 소드 마스터가 된 지 20년이 지난 베테랑이었고, 변화무쌍한 오러 운용에 있어서만큼은 토라스 왕국의 다른 기사들을 압도한다고 자부하는 이였다.

파파파파파파!

당황한 오크 히어로가 뒤로 물러나며 연달아 창격을 날렸다. 리처드는 쉴 새 없이 변화하는 오러 디펜더와 여러 줄기로 전개한 오러 블레이드로 그것을 쳐내며 거리를 좁혔다.

"하앗!"

기합성과 함께 리처드의 검격이 오크 히어로의 몸통을 깊숙이 가르고 지나갔다. 그 일격으로 승리를 확신한 리처드는 돌아보지 않고 앞으로 달렸다. 등 뒤에서 암청색 폭풍이 몰아친다.

하지만 다음 순간 그의 앞에 또 다른 오크 히어로가 나타났다. 붉은 섬광의 칼날이 달려든다. 리처드가 그것을 막아내는 순간, 이번에는 그 옆에서 커다란 도끼를 든 오크 히어로가 진녹색 섬광을 뿜어내며 출현했다.

'둘인가? 힘들겠군.'

리처드는 오러 블레이드를 현란하게 날려서 그들을 뿌리치며 뒤로 물러났다. 오크 사제의 지원을 받는 오크 히어로의 힘은 강하다. 하나라면 승리를 자신할 수 있지만 둘만 되어도 상대하기 어려웠다.

두 오크 히어로가 물러나는 리처드에게 따라붙었다. 최적의 상태일 때 맞선다면 모를까, 이렇게 지친 상태에서 맞서게 되다니 암울함이 밀려들어 온다.

'젠장! 빌어먹을 오크 사제! 그놈들의 지원만 아니었어도 이놈들 따위에게 밀릴 일은 없는데!'

리처드는 신경질을 냈다. 세 마리와도 호각으로 싸울 자신이 있지만 오크 사제의 지원 때문에 두 마리를 상대하는 것조차 벅차다.

'내가 질 것 같으냐!'

리처드는 스스로를 독려하며 그들에게 맞섰다. 서로 다른 색을 띤 섬광이 현란하게 얽히면서 주변이 초토화된다.

팽팽한 접전 속에서 리처드는 점차 기력이 고갈되어 가는 것을 느꼈다. 오크 히어로들은 수적인 이점 때문에 충분한 휴식을 취해가며 교대할 수 있었고, 프로토 오크를 섬기는 오크 사제들의 수는 인간 사제보다 적을지언정 오크 히어로의 능력을 극한까지 끌어올려 준다. 그렇기에 여덟 시간이 지난 지금 리처드의 피로도는 오크 히어로들보다 훨씬 높았다.

'위험하군. 이러다가는 당하겠어.'

콰작!

오크 히어로의 검격이 오러 디펜더를 가르고 리처드의 어깨보호대를 뜯어냈다. 저돌적으로 달려드는 둘의 공격이 점차 방어를 뚫고 들어와서 몸을 스치기 시작하자 모골이 송연해진다. 어떻게든 거리를 벌리고 상태를 재정비해야 할 텐데 이놈들은 그것을 허락하지 않았다.

그때였다.

쿵……!

먼 곳에서 굉음이 들려왔다. 누군가 죽었고, 그 체내에 응축되어 있던 오러가 폭주하며 폭풍이 휘몰아쳤다. 먼 거리를 달려온 오러 파동이 그의 감각을 자극하고 지나갔다.

'뭐지?

어딘가 이질적인 오러 파동이었다. 리처드가 아는 소드 마스터의 것과도, 지겹도록 싸우고 있는 오크 히어로의 것과도 다른 느낌이다. 굳이 말하자면 소드 마스터 쪽에 가까운데 왜 이렇게 이질적인 느낌이 드는 것일까?

쿠웅……!

또다시 굉음이 울려 퍼졌다, 이번에는 좀 더 가까운 곳에서.

리처드는 그 소리가 울려 퍼지는 순간, 자신만이 아니라 오크 히어로들도 움찔하는 것을 알아차렸다. 그들도 먼 곳에서 터지는 오러 파동에 전율하고 있는 것이다.

투두두두두!

다음 순간 리처드를 상대하던 오크 히어로들에게 마법의 섬광이 쏟아졌다. 전장의 상황을 제어하던 마법사들이 여유가 생기자마자 도움의 손길을 뻗쳐 온 모양이다.

리처드는 기회를 놓치지 않고 오러 블레이드를 전개해서 그들을 쳐내고 뒤로 물러났다. 그러자 또다시 굉음이 들려왔다.

쿠우웅……!

'더 가까워졌어.'

리처드는 방금 전의 굉음이 200미터 거리에서 울려 퍼졌다는 사실을 알았다. 여유가 생긴 그는 오러 파동이 폭발한 지점으로 고개를 돌렸고, 그곳에서 일어나는 일을 목격하고는 경악해서 굳어버렸다.

"저건 뭐야?"

진홍색 섬광이 리처드가 생전 본 적도 없는 형상으로 일렁이고 있었다.

3

할라드 왕국에서 지원 병력으로 파견된 소드 마스터 알리시아 미세룬은 차가운 눈으로 토라스 국경 요새 파리안의 전장을 나아가고 있었다. 두터운 갑옷으로 몸을 감싸고 투구까지 뒤집어쓴 그녀의 모습은 여성이라는 것을 알아볼 수도 없을 정도였다.

"크워어!"

붉은 망토를 펄럭이며 전진하는 알리시아의 앞을 언월도를 든 오크 히어로가 가로막았다. 푸른 섬광이 뿜어져 나온다. 검으로부터 뿜어내는 것보다 긴 사정거리를 가진 오러 블레이드가 10미터의 거리를 격하고 그녀를 노렸다.

순간 늘어져 있던 알리시아의 검이 꿈틀거렸다. 그러나 날아드는 공격에 대응하는 것은 검이 아니다. 그녀의 옆쪽에서 채찍 같은 오러 블레이드가 일어나 공격에 맞선다. 오크 히어로의 일격이 그 오러 블레이드와 맞닿는 순간, 그 형상이 빠르게 변화하면서 공격을 흘린다.

콰창!

동시에 자세가 흐트러진 오크 히어로를 향해 알리시아의 검이 작렬했다. 그녀가 한 걸음 성큼 내딛는 것으로 3미터의 거리를 줄였음을 오크 히어로가 알아차렸을 때, 그녀의 검은 이미 그의 목을 깊숙이 가른 뒤였다.

콰아아아아……!

등 뒤에서 솟구치는 푸른 섬광의 폭풍을 뿌리치며 알리시아는 계속해서 나아갔다. 동시에 그녀의 몸 주변에 실 같은 오러 블레이드가 떠오르더니 그 끄트머리가 맹렬하게 회전하기 시작했다.

후우우우우!

머리통만 한 붉은 빛의 구체 여덟 개가 초고속으로 회전하며 그녀의 주변을 떠다녔다. 잠시 후 오크 히어로 하나가 그녀의 앞에서 달려들었다. 무식하게 큰 도끼가 혼신의 힘을 다해 내리꽂힌다.

알리시아의 입가에 비웃음이 스쳐 지나갔다. 주변을 떠다니던 빛의 구체 하나가 도끼를 가로막는다. 오크 히어로의 오러 블레이드가 집중된 일격은, 빛의 구체와 맞부딪치는 순간 마치 종잇장처럼 찢겨서 해체되고 도끼마저 부서져 버린다.

경악하는 오크 히어로를 지나치며 알리시아가 경멸의 미소를 지었다.

"너희들도 똑같아."

그녀가 중얼거렸을 때는 이미 등 뒤에서 일어나 채찍처럼 휘둘러진 오러 블레이드가 오크 히어로의 몸통을 가른 뒤였다. 뒤에서 터지는 오러 폭풍의 기세를 타고 알리시아는 전진하는 속도를 높였다.

쿠우우웅……!

알리시아를 위협으로 간주한 오크 히어로들이 앞을 가로막았다. 그러나 그녀는 전혀 속도를 늦추지 않는다. 서로 대치하여 공격을 마주하는 순간, 변화무쌍한 진홍의 오러 블레이드가 오크 히어로의 오러 디펜더를 농락하며 그 몸을 가르고, 그들은 비명조차 지르지 못하고 폭발해 버린다.

그렇게 다섯 마리의 오크 히어로와 수십의 오크 병사를 처리한 알리시아가 중얼거렸다.

"여기 마법사들로는 갈라놓기 힘들겠어."

그녀의 눈은 100미터 전방에 발이 묶인 칼카쿰과 오크 히어로의 집단을 보고 있었다.

마법사들과 성직자들의 일은 전장의 상황을 제어하는 것이다. 수십의 마법사와 성직자가 한데 모여 마탑으로부터 마력을 지원받고, 요새에 설치된 결계의 도움을 받으면 원하는 곳에 화력을 집중시킬 수 있었다. 그들의 힘이 있었기에 소드 마스터들은 압도적으로 많은 오크 히어로를 상대로 일대일의 상황으로 싸워 나갈 수 있는 것이다.

그런데 칼카쿰이 중심이 되어 흩어진 스물세 마리의 오크 히어로가 한데 모였고, 그들 때문에 아군의 마법 전력 6할이 묶이고 말았다. 결과적으로 보면 스물세 마리의 오크 히어로를 한자리에 묶어놓긴 했지만, 전황을 제어하는 능력이 크게 떨어져서 손해가 크다.

문득 그녀의 눈이 허공으로 향했다. 다음 순간 그녀를 향해 커다란 불덩어리 다섯 개가 날아든다.

'이제야 나타났군, 오크 메이지.'

폭발하는 화염을 돌파하며 알리시아가 눈을 빛냈다. 알리
시아를 위협으로 간주한 오크들이 병력을 집중시키고 있었
다. 오크 사제들의 지원을 받으면서 오크 히어로들이 모여들
고, 오크 메이지들이 나타나 그녀를 향해 마법을 퍼부어댔다.

화아아아아악!

폭염이 연달아 작렬했다. 불길이 사방으로 흩뿌려지고 열
파가 끓어오르면서 호흡조차 할 수 없는 지옥을 연출한다.

"크우, 뭐야?"

그러나 오크 메이지들은 이해할 수 없는 상황에 동요하고
있었다. 열 명의 오크 메이지가 한데 모여 파이어 볼로 융단
폭격을 가하고 있는 중이다. 그들이 알고 있는 소드 마스터라
면 전심전력으로 오러 디펜더를 펼친 채 꼼짝도 못하게 되었
어야 정상이다.

그런데 알리시아는 쏟아지는 폭염 속을 유유히 헤쳐 나오
고 있었다. 그녀의 주변에 떠다니는 여덟 개의 구체가 폭발하
는 화염을 갈랐다. 일렁이는 오러 디펜더가 열파를 가볍게 받
아넘기며 그녀의 몸이 갈대처럼 부드럽게 흔들렸다.

콰하하핫!

다음 순간 폭염 너머에서 푸른 섬광이 번뜩였다. 공기가 찢
어지는 소리가 울리며 오크 메이지들이 눈을 부릅떴다. 벼락
처럼 그들을 가르고 지나간 섬광의 정체는 오러 블레이드를
덧씌운 창이었다.

“또 하나가 있다⋯⋯!”

하반신이 뜯겨져 나간 오크 메이지가 비명처럼 외치며 추락했다. 동시에 알리시아의 뒤쪽 화염이 찢겨져 나가며 그곳에서 또 한 명의 소드 마스터가 등장했다. 그는 등장하는 것과 동시에 손에 들고 있던 창 세 개를 연달아 던져서 오크 메이지들을 격추시켰다.

알리시아가 뒤를 돌아보며 말했다.

“멋지군요, 질리언 경.”

“별말씀을.”

웃으면서 대답한 것은 질리언이었다. 창을 다 던진 그는 검을 뽑아 들고 오러 블레이드를 전개했다. 지금까지 알리시아의 오러 디펜더에 묻혀 존재감을 죽였던 그가 힘을 개방하자 푸른 섬광이 맹렬하게 치솟았다.

알리시아가 씩 웃으며 말했다.

“자, 그럼 저것들을 치워볼까요?”

“그전에 뚫고 가야 할 것들이 좀 많은 것 같은데요.”

질리언이 어깨를 으쓱했다.

오크 메이지들은 두 놈만 빼고 다 떨어뜨려 버렸지만 일곱 마리의 오크 히어로가 다가오고 있었다. 오크 사제들의 지원을 받는 그들을 두 명이 쓰러뜨리는 것은 누가 봐도 불가능한 상황으로 보일 것이다.

알리시아가 검을 들며 말했다.

"문제없어요. 스파이럴 차징은 아껴두시길. 저놈들을 찢어 놓을 때 써야 하니까."

"그러죠. 그럼 전 좌측의 두 놈을 맡겠습니다."

"여자한테 반 이상을 떠넘기다니, 실망스럽네요. 하지만 전 아량이 넓은 여자니까 그렇게 하지요."

알리시아는 질리언과 농담을 나누면서 오크 히어로들에게 돌격했다. 포위망을 형성하려던 오크 히어로들은 그들이 갑자기 달려들자 움찔해서 반응이 한 박자 늦었다. 알리시아가 싸늘한 미소를 지으며 찌르기를 날렸다. 그녀에게서 갈라져 나온 수십 줄기의 오러 블레이드가 그 움직임을 쫓으면서 오크 히어로들을 두들긴다.

투두두두두둥!

둔탁한 타격음이 울려 퍼지며 오크 히어로들이 뒤로 물러났다. 오러 디펜더 위를 연타로 두들기는 충격에 그들은 내장이 진탕하는 것을 느꼈다. 한순간에 다섯 마리의 움직임을 묶은 알리시아의 오러 디펜더가 변화했다. 두 개의 가느다란 줄기가 뻗어나가 땅을 붙잡는가 싶더니, 마치 활로 쏘아낸 화살처럼 그녀의 몸이 확 앞으로 쏘아져 나갔다.

파학!

오크 히어로들이 정신을 차렸을 때는 이미 그녀의 검이 한 마리를 베고 지나간 후였다. 무서운 속도로 오크 히어로 하나를 쓰러뜨린 알리시아가 땅을 박차고 옆으로 이동했다. 그러면서 마치 허공에다 대고 뿌리듯이 가늘게 뽑아낸 오러 블레이드 수십 개를 발사한다.

투두두두두!

오크 히어로 하나가 미처 방어하지 못한 한 발에 어깨를 꿰뚫려서 나가떨어졌다. 알리시아는 다시금 무시무시한 속도로 돌진해서 검격을 날렸다. 그러나 그 순간 다른 오크 히어로가 그 앞을 가로막으며 공격을 막아냈다.

콰창!

폭음이 울리며 알리시아와 오크 히어로가 서로 반대편으로 튕겨져 나갔다. 밀려나는 그녀에게 또 다른 오크 히어로가 달려든다. 두터운 검을 휘두르는 오크 히어로를 본 알리시아는 몸을 빙글 돌리며 허공에다 검을 휘둘렀다.

그러자 두 줄기의 오러 블레이드가 크게 원을 그리며 우측에서 그 오크 히어로를 노렸다. 오크 히어로가 오러 디펜더로 그것을 막아내는 순간, 발아래쪽을 타고 뻗어나간 또 하나의 오러 블레이드가 뱀처럼 솟아나 복부를 꿰뚫었다.

콰아아아아아!

'두 놈째!'

순식간에 두 마리를 해치운 알리시아가 휘몰아치는 빛의 폭풍을 우회해서 그 너머로 돌격했다. 같은 방향으로 돌아오던 오크 히어로가 격분해서 창을 찌른다. 하지만 알리시아는 피하지도 않았다. 어느새 그녀의 주변에 떠오른, 초고속으로 회전하는 오러의 구체가 창을 튕겨냈다.

"하앗!"

그녀의 검격을 받은 오크 히어로의 몸이 폭발했다.

알리시아가 남은 둘의 오크 히어로를 정리하는 데는 별로 오랜 시간이 필요하지 않았다. 자기 몫을 정리한 그녀는 질리언을 바라보았다. 질리언은 그동안 한 마리의 오크 히어로를 처치하고 남은 하나의 오크 히어로와 싸우고 있는 중이었다.

'역시 내 눈이 틀리지 않았어. 생각보다 잘하는걸.'

알리시아는 자신이 도와줄 필요도 없다고 판단하고는 그를 지나쳐서 배후에 있는 오크 사제들을 덮쳤다. 아직까지는 그리 수가 많지 않은 오크 사제들은, 어떤 의미에서는 오크 히어로보다도 골치 아픈 존재들이다. 그들은 전장에 있는 오크의 전투력을 증폭시키고, 여러 개체를 유기적으로 묶어서 군체처럼 활동할 수 있게 만들기 때문이다.

"크아! 인간!"

알리시아가 접근해 오자 오크 사제들이 신성마법을 사용했다. 땅으로부터 뜨거운 열기의 손길이 솟구쳐 알리시아를 붙잡으려고 한다.

파바바밧!

그러나 알리시아의 주변을 돌고 있던 빛의 구체들에 닿는 순간 모든 것이 갈가리 찢겨져 나간다. 무시무시한 속도로 소용돌이치고 있는 빛의 구체들은 표면에 닿는 모든 것을 튕겨

낸다. 신성마법의 효과 역시 예외가 아니었다.

알리시아가 다가왔을 때, 오크 사제들은 달아나려고 하지 않았다. 그들은 당당히 서서 알리시아를 노려보며 오크어로 저주의 말을 내뱉었다.

"신에게 버림받은 벌레들에게 저주 있으라! 타할라께 영광을!"

그들의 영혼이 폭주하며 몸이 찢어져 나갔다. 신의 말씀에 따라 신체에 개설되었던 마력 회로가 남김없이 연소되면서 적을 분쇄하는 저주의 힘으로 화했다. 검은 악령의 형상으로 변한 오크 사제들이 알리시아를 향해 날아들었고, 주변이 검은 불길에 휩싸이며 폭발했다.

화아아악!

"…지독한 것들."

잠시 후 알리시아가 사그라지는 저주의 힘을 뿌리치며 투덜거렸다. 오크들은 하나같이 목숨을 돌보지 않는 용맹함과 저돌성을 가져서 기가 질릴 정도였다.

그사이 질리언도 남은 한 마리의 오크 히어로를 쓰러뜨리고는 호흡을 고르고 있었다. 알리시아가 그에게 다가가며 말했다.

"준비하세요, 질리언 경."

"예."

질리언은 고개를 끄덕이며 손을 얼굴로 가져갔다.

4

순간, 질리언의 전신에 충만한 힘이 각각의 역할에 할애하는 힘의 비율을 바꾸었다. 오러 블레이드에 할애되는 비중이 커지면서 공격력이 폭증했다. 어그레시브 모드가 전개되자 막대한 압력과 전신이 삐걱거리는 듯한 고통이 덮쳐 온다.

"스파이럴……."

오러 블레이드와 오러 디펜더가 하나로 엮여 고속 회전하기 시작했다. 폭풍처럼 가속하는 그 기세를 이기지 못하고 지면이 터져 나간다. 오러의 회전이 임계점에 달하자 질리언은 천천히 검을 기울여 전방으로 향했다. 청백색으로 타오르는 오러 블레이드가 20미터 길이로 뻗어나가 소용돌이치고 있었다.

"…차징!"

외침과 함께 거대한 섬광의 창이 돌격했다.

초고속으로 회전하는 원뿔형의 오러 블레이드가 한자리에 묶인 오크 히어로들을 덮쳤다. 오크 히어로들은 놀라서 사방으로 흩어지려고 했지만 마법사들의 집중 포화가 그들의 발목을 잡았다. 수십 미터 거리를 질주하며 가속이 붙은 스파이럴 차징이 그대로 그들의 측면을 덮친다.

그들과의 거리가 좁혀지는 순간, 질리언은 경악했다. 목표

지점에서 조금 멀리 있던 칼카쿰이 날아드는 마법을 뿌리치고 그 앞을 가로막았기 때문이다.

'이 자식, 설마 정면으로 맞받을 셈인가?'

스파이럴 차징 앞을 가로막은 칼카쿰은 이미 공격 자세를 취하고 있었다. 붉은 오러가 집중된 해머는 유성처럼 불타올랐고, 2미터 30센티의 거구를 휘감은 오러 디펜더는 초고속으로 회전하며 마법의 폭염을 뿌리쳤다.

"오크 사나이의 사전에 후퇴란 없다!"

칼카쿰이 오크어로 외치며 달려들었다. 죽음을 두려워하지 않는 돌격에 혼신의 힘을 더한 일격이 질리언의 머리를 노리고 내리꽂혔다. 호쾌하면서도 정확한 일격은 완벽한 타이밍으로 질리언이 달려드는 지점을 노리고 있었다.

이미 멈춰서 피하기에는 늦었다. 질리언은 간담이 서늘해지는 것을 느끼며 돌진하는 기세를 더더욱 높였다.

'가속해! 뿌리쳐 버려!'

더 빠르게! 저 해머가 내리꽂히는 것보다도 더 빠르게!

콰아아아아아!

한순간 그 자리에 있는 모든 것이 빛 속에서 증발해 버리는 것 같았다.

폭음이 울리며 스파이럴 차징의 궤도가 꺾여 나갔다. 가속한 질리언은 칼카쿰의 공격에 직격당하는 것은 피했지만 완전히 피하는 데는 실패, 둘 다 서로의 몸을 스치면서 비스듬

하게 튕겨 나갔다. 그렇게 궤도가 꺾인 질리언의 스파이럴 차
징은 처음 의도와는 달리 오크 히어로들의 무리 끄트머리를
덮쳤다. 그곳에 있던 오크 히어로들이 오러 디펜더를 전개해
서 방어하려고 했지만 질리언은 그들을 간단하게 찢어발겼
다.

"크윽, 건방진 놈!"

가까스로 자세를 바로잡은 칼카쿰이 분노하며 뒤를 돌아
보았다. 그의 갑옷이 박살 나면서 가슴에 깊은 상처가 나 있
었다. 그는 오러 디펜더를 이용해서 출혈을 막고는 질리언을
노려보았다. 오크 히어로들을 돌파한 질리언 역시 자세를 바
로잡은 채 그를 노려보고 있었다.

한동안 그와 시선을 같이 하던 칼카쿰이 웃었다.

"크크크, 재미있군."

설마 거기서 겁먹지 않고 더 가속해서 자신을 돌파할 줄이
야. 허약한 인간이지만 감탄할 정도로 배짱이 좋은 놈이다.
이 일격으로 모여 있던 오크 히어로 넷이 죽었고 셋은 중상을
입었다.

후우우우우웅!

문득 칼카쿰의 감각에 위험이 감지되었다. 칼카쿰은 흠칫
놀라며 오러 파동이 폭증하는 지점을 바라보았다. 그곳에는
붉은 오러 블레이드를 초고속으로 회전시키고 있는 알리시아
가 있었다. 칼카쿰과 눈이 마주치는 순간, 그녀가 차갑게 미

소 지었다.

"이번에는 막을 수 없을걸?"

동시에 붉은 섬광의 폭풍이 작렬했다. 무리로부터 떨어져 나온 칼카쿰이 막으러 달려갈 새도 없었다. 알리시아의 스파이럴 차징은 질리언의 스파이럴 차징이 그려낸 궤도를 완벽하게 십자 형태로 가로지르면서 작렬했다. 질리언의 스파이럴 차징에서 비껴갔던 오크 히어로들은 모조리 그 일격에 휩쓸려 버렸다.

쿠구구구구……!

하늘에서 내려다보면 푸른 선과 붉은 선이 서로 교차하며 거대한 십자가가 그려져 있었다. 질리언과 알리시아가 달려 나간 자리가 불타오르며 그 정중앙에서 빛의 폭풍이 휘몰아 쳤다.

70미터 가까이 달려나간 알리시아가 붉은 망토를 펄럭이며 뒤를 돌아보았다. 칼카쿰은 눈앞에서 일어난 일을 믿을 수가 없어서 망연자실해 있었다. 곧 그의 표정이 분노로 물들었다.

"잔머리를 굴리다니! 강자의 사명은 잔재주없이 적과 당당하게 맞서는 것임을 모른단 말이냐!"

오크어라서 알리시아는 알아들을 수 없었지만, 만약 알아들었다면 어이없어했을 것임이 틀림없다. 알리시아는 몸을 돌리며 자신에게 달려드는 칼카쿰에게 맞섰다. 100미터 가까운 거리가 한순간에 줄어들면서 해머가 붉은 혜성처럼 내리꽂혔다.

콰아아앙!

'엄청난 파괴력. 맞으면 일격에 죽겠군.'

지면을 통째로 깨부수는 듯한 일격이었다. 그저 오러 블레이드를 집중해서 내려치는 것만으로도 반경 30미터가 초토화되다니, 이 일격을 정면으로 받아낼 수 있는 인간은 지상에 존재하지 않을 것이다. 알리시아는 깃털 같은 움직임으로 그것을 피해내는 동시에 반격했다. 가느다랗게 나뉜 오러 블레이드가 수십 개의 창이 되어 칼카쿰을 두들겨 댔다.

투두두두두두!

"어림없다!"

그러나 칼카쿰은 오러 디펜더를 집중해서 그것을 받아냈다. 방어를 굳히면서 오히려 밀고 들어온다. 알리시아의 연타는 일격 일격이 바위를 부술 정도인데도 그는 가벼운 공격 따윈 통하지 않는다는 듯 거리를 좁혀오며 해머를 휘둘렀다.

파파파파파파!

초고속으로 회전하는 오러가 실린 해머가 휘둘러지자 그 뒤를 따라 회오리가 일었다. 알리시아는 검을 질풍처럼 뿌려서 기류에 끌려들어 가는 것을 막은 뒤 칼카쿰을 노려보았다.

'저 정도 위력이면 스타 더스트로 방어하는 것은 무리겠어.'

스타 더스트는 그녀가 즐겨 사용하는 방어 기술로, 원형으로 빚어내 고속 회전시킨 오러 블레이드 여덟 개를 주변에 띄워두는 것이다. 다른 오크 히어로들의 아무런 기교 없이 휘두르기만 하는 오러 블레이드라면 간단히 분쇄할 수 있겠지만 칼카쿰의 일격은 도저히 맞받을 수 없을 정도로 위력이 크다. 게다가 칼카쿰 역시 그녀와 마찬가지로 회전기를 쓰고 있어서 스타 더스트를 돌파할 수 있었다.

뿌우우우우…….

그때 먼 곳에서 뿔 나팔 소리가 울려 퍼졌다. 그 소리를 들은 칼카쿰이 혀를 차더니 서툰 인간어로 말했다.

"운 좋군, 인간."

"운이 좋다? 누가 할 소리인지 모르겠군."

알리시아가 코웃음을 치며 대꾸했다. 그 말에 칼카쿰이 움찔하더니 눈을 동그랗게 뜨며 물었다.

"여자냐?"

"그런데?"

"인간, 이해할 수 없군. 귀중한 여자를…….."

칼카쿰은 기묘한 표정을 지으며 고개를 젓더니 자신을 가리키며 말했다.

"칼카쿰."

"알리시아 미세룬."

알리시아가 자신을 가리키며 대꾸했다. 칼카쿰이 천천히

뒤로 물러나며 말했다.

"기억하지. 이 빚, 갚겠다."

곧 그와 함께 오크들의 병력이 후퇴하기 시작했다. 지금도 계속 울리는 뿔 나팔 소리는 후퇴를 명하는 소리인 것 같았다.

질리언이 피로한 얼굴로 다가와서 물었다.

"후퇴해 주니 다행이군요. 재정비할 필요성을 느낀 걸까요?"

"그럴지도 모르죠. 하지만 왠지 느낌이 좋지 않군요."

다수의 오크 히어로와 오크 메이지, 거기에 오크 사제까지 격파했고 일반 오크 병사들은 2천을 넘게 죽였지만 이겼다는 느낌이 들지 않는다. 인간에 비해 체력적으로 강건하고, 종족 숫자 대비 전투 병력의 비율이 압도적으로 높은 오크들은 여덟 시간을 싸우고도 여력이 넘쳐흘렀다. 그에 비해 인간들은 기력이 쇠하였으니 전투가 몇 시간 정도 더 계속됐다면 성벽을 돌파당했을지도 모른다.

"일단 돌아가죠. 왠지 리처드 경이 우리와 이야기하고 싶어서 안달이 난 것 같으니."

알리시아는 이쪽을 뚫어져라 바라보고 있는 리처드를 가리키며 말했다. 질리언은 피식 웃고는 그녀와 함께 그에게 다가갔다.

CHAPTER 18
회생

꿈은 회색빛이었다. 누군가 일부러 색을 빼내고 거기에 지독히도 차가운 냉기를 부어 넣기라도 한 것처럼, 흐릿하게 일그러진 세상이 그를 반겨주고 있었다.

그곳은 차가운 복도였다. 북쪽 지방의 냉기로 얼어붙은 성의 복도를 걸어가는 소년이 보인다. 회색빛 세상 속에서는 찰랑거리는 그 머리칼이 무슨 색깔인지 알 수 없다. 다만 무척이나 화사한 색임을 짐작할 수 있을 뿐이다. 금발 아니면 은발일 것이다.

"아이오네스님."

누군가 소년의 이름을 부른다. 소년이 자신을 부른 자를 돌아본다. 비쩍 마르고 키가 큰 남자였다. 그는 겁에 질린 얼굴로 소년을 바라보며 말했다.

"봉인지(封印地)에 가면 안 됩니다."

"왜?"

소년이 고개를 갸웃했다. 봉인지는 그의 요람과도 같은 곳이었다. 그는 그곳에서 태어났고 그곳에서 교육받았으며 그곳에서 힘을 얻었다. 봉인지에 가는 것은 늘 있는 일과였다.

남자가 말했다.

"무서운 일이 벌어질 겁니다. 제발 부탁입니다. 자세한 사정은 묻지 말고 도망쳐 주세요. 그곳에 가면 후회할…… 아아아아악!"

남자의 말은 끝에는 비명으로 변했다. 소년은 깜짝 놀라서 뒤로 물러났다. 통각을 자극시켜 참을 수 없는 고통을 주는 저주의 마법이 남자를 휘감고 있었다.

남자에게 마법을 건 이가 그 뒤쪽에서 다가왔다. 병사들을 거느린 그는 차갑고 오만한 인상을 가진 노인이었다. 그가 고통에 몸을 떠는 남자를 내려다보며 말했다.

"쓸데없는 소리를 지껄이다니, 간악한 것. 아이오네스, 다친 곳은 없느냐?"

"숙부님, 도대체 무슨 일이죠?"

"서자가 권좌를 탐해 반역을 꾀한 것이지. 정당한 황손인 너를 꾀어서 납치하려고 한 게다. 다친 데가 없어서 다행이구나."

"라일이 반역을?"

소년이 믿을 수 없다는 듯 남자를 내려다봤다. 황제의 방탕한 놀음으로 인해 태어났지만 어미의 출신이 비천하여 황손으로 인정받지 못한 사생아. 하지만 황제는 그에게 황손을 호위하는 기사의 신분을 주었고, 그는 충직한 개처럼 소년을 지켜왔다.

그런데 그런 그가 반역을 꾀했다고?

"이놈의 어미가 얼마 전부터 몹쓸 병에 걸린 모양이다. 그걸 살려주겠다면서 미노라 쪽에서 접촉한 것 같더구나. 차라리 폐하께 고했으면 선처하실 수도 있었을 것을. 곧 새 호위기사를 붙여줄 테니 저놈은 잊거라. 그럼 가자."

노인은 더 말할 것도 없다는 듯 소년의 어깨를 잡고 그 자리를 벗어났다. 소년은 믿을 수 없다는 듯 자꾸만 뒤를 돌아보았고, 고통에 눈을 떨면서도 자신을 바라보는 남자와 시선이 마주쳤다. 하지만 곧 복도의 귀퉁이를 돌자 더 이상 그의 모습을 볼 수 없었다.

그들은 어두운 계단을 따라 황궁 지하 깊숙한 곳으로 향했다. 일전에 들은 바로는 봉인지는 무려 지하 100미터 지점에 위치한다고 한다. 사람의 힘으로는 아직 그처럼 깊은 곳까지 지하 건물을 건설할 수 없으니 필시 신비한 고대의 힘이 작용한 결과일 것이다.

끼이이익……

　귀에 거슬리는 소리가 울리며 사람 키의 두 배나 되는 커다란 철문이 양옆으로 열렸다. 소년이 봉인지 안으로 들어갔을 때, 그 안에는 익숙한 얼굴들이 있었다. 그것은 어딘가 소년과 닮은 생김새를 한 수십 명의 소년소녀들이었다. 그들 모두 고귀한 피를 타고난 황손이었으며, 오래전부터 봉인지에 드나들며 마법의 힘을 깨우친 자들이었다.

　그들 너머에는 커다란 무언가가 있었다. 수십 개의 굵직한, 마법이 걸린 쇠사슬로 구속된 그것은 인간의 형상을 가졌으나 인간이라고 하기에는 너무 컸다. 오우거와 비슷한 덩치를 가진 거인이었다.

　소년을 다른 소년소녀들 사이로 보낸 노인이 그 앞으로 나섰다. 그는 위험한 눈빛을 발하며 웃었다.

　"자, 의식을 시작하도록 하자."

　아이오네스는 눈을 떴다.

　얼어붙은 성의 차가운 옥좌에 앉아 있는 그는 자신이 깜빡 잠들었다는 사실을 깨달았다. 요즘 좀 무리를 하며 일했더니 피로가 많이 쌓였던 모양이다. 이 옥좌를 중심으로 마력을 순환시키는 작업을 계속하다가 마력이 안정되는 순간 긴장이 풀려서 잠든 것 같았다.

　"과거의 꿈이라니, 자연스럽지는 않군."

　아이오네스는 아무도 없는 알현실에서 몸을 일으키며 중

얼거렸다. 방금 전의 꿈은 너무나도 선명해서 깨어난 뒤에도 잊히지 않았다. 그는 마법으로 꿈을 반추해 보길 즐기긴 하지만 이렇게 선명하게 과거를 꿈으로 보는 경우는 거의 없다. 게다가 깨어난 그의 마력 회로는 희미한 공명을 일으키며 어딘가 먼 곳에 있는 존재와 소통을 나누는 듯하지 않은가?

"같은 마법 회로와의 공명…… 그래, 내 자식이라고도 할 수 있는 존재에게 내 기억을 보여준 것인가?"

아이오네스는 상황을 파악하고 미소 지었다. 그가 마법으로 추출한 '성흔'을 이식받아 마법사가 된 존재들은 이미 수십이 넘었다. 그들, 아마도 대부분 오크일 자들은 아이오네스와 같은 꿈을 꾸고 영문을 몰라 하고 있으리라.

"라일……."

아이오네스는 문득 먼 옛날 자신의 호위기사였던 자를 떠올렸다. 자신의 배다른 형제였으며, 자신에게 헌신적이었던 남자. 죽음, 아니, 그 이상의 파멸을 감수하고서라도 자신을 살리고 싶어했던…….

"그때 당신의 말을 들었다면 모든 게 달라졌을까?"

아이오네스는 중얼거렸다. 그때 그의 말을 들어 발길을 돌렸더라면, 어디론가 달아났더라면, 그랬다면 이렇게 파멸적인 광기에 사로잡히는 일은 없지 않았을까?

"후훗. 부질없는 의문이로다."

곧 아이오네스는 고개를 흔들어 그 생각을 털어버렸다. 이제 와서 수십 년 전 무지했을 당시의 일을 후회해 봐야 무슨 의미가 있겠는가? 이제는 앞으로 나아가는 수밖에 없다. 과거에 새로운 의미를 부여하고, 이 세계를 자신의 뜻대로 바꾸기 위해서.

2

리할드 왕국력 357년 9월.

웅성거리는 소리가 점차 커지고 있었다. 수많은 사람들이 바쁘게 돌아다니며 저마다 이런 말, 저런 말을 늘어놓고 있는 것이 신경에 거슬린다. 좀 더 깊이 잠들어 있고 싶은데 한번 주변의 소리들을 인식하기 시작하자 그럴 수가 없었다. 라곤은 눈을 떴다. 왠지 모르게 몸이 흔들리는 느낌이 익숙하다.

'마차에 타고 있는 건가?'

그는 시야가 흐릿한 것을 느끼며 생각했다. 지붕을 보아하니 그 생각이 맞는 것 같았다.

왠지 긴 꿈을 꾼 것 같은 기분이 들었다. 그것도 자신의 것이 아닌, 타인의 꿈을 들여다본 듯한 미묘한 죄악감이 꿈틀거린다. 원해서 본 것도 아닌데 이런 기분을 느낀다니 불공평하다는 느낌이 들었다.

'그건 누군가의 기억 같군. 아마도 성혼의 주인이겠지.'

라곤은 자신의 마법 회로가 희미하게 공명하는 것을 느꼈다. 아직 그의 이름조차 모르지만, 그는 베이런의 주인이며 세계에 거대한 어둠을 가져올 존재다. 그런 그와 연결되어 있다는 사실이 라곤에게 불쾌감을 가져다주었다.

"으윽……."

몸을 일으키던 라곤은 몸 여기저기서 엄습해 오는 통증에 신음했다. 쓰러지기 전의 기억들이 갈가리 찢긴 파편처럼 떠오르면서 두통이 엄습해 왔다. 그때는 거의 제정신이 아니어서 그런지 아니면 의식을 잃을 때 받은 충격 때문인지 기억이 온전하지 않았다.

"깨어났군요."

그때 옆에서 누군가의 목소리가 들렸다. 친근한 말투로 목소리를 걸어온 것은 분명 여성이었다. 그 사실에 의아함을 느낀 라곤은 천천히 고개를 돌렸고, 그리고 놀라 버렸다.

"알리시아 미세룬 경?"

마차 창문으로 고개를 내밀고 있는 것은 할라드 왕국의 여성 소드 마스터 알리시아 미세룬이었다. 곱슬 기가 있는 붉은 금발을 전투에 방해되지 않도록 위로 틀어서 감싼 그녀는 라곤이 기억하는 것보다 좀 더 성숙한 인상을 풍기고 있었다. 하긴 삼국 친선무투회 이후 3년이 지났으니 당연한 일이다.

라곤은 당혹감을 느끼며 물었다.

"당신이 어떻게 여기에 있는 겁니까?"

"왜라니, 당연히 우리나라에서도 토라스에 지원 병력을 파병했으니까 그렇죠. 오크들이 리할드 왕국을 멸망시켜 버리는 바람에 다들 발등에 불이 떨어져서 토라스와 엘비라스로 병력을 보내고 있어요."

"아, 그렇군요. 할라드 왕국에서도 지원을 보낸 건가."

아무래도 자신이 토라스까지 오는 동안 상황이 많이 변한 모양이다. 라곤은 그렇게 생각하며 이마를 짚었다. 알리시아와 대화를 나누다 보니 조금씩 두통이 가라앉고 있었다.

알리시아가 물었다.

"그보다 몸은 괜찮아요? 당신 지금 열흘 만에 깨어난 거예요. 상태가 워낙 지독해서 사제들도 치료하면서 짜증을 냈다고요. 힐링 포션을 물처럼 부어댔죠."

"이런. 큰 은혜를 입었군요. 나중에 갚으려면 큰일이겠는데."

"어떤 식으로 갚을지 기대하도록 하죠. 질리언 경과 카알 경한테도 인사를 하도록 하시고. 혼란스러울 테니 카알 경을 보내 드릴게요."

"질리언은?"

"그는 자기 가문 사람들하고 있어요. 당신이 깨어났다고 전언을 보내두죠."

"감사합니다."

"별말씀을. 다시 만나서 반가워요, 라곤 경."

"저도 그렇습니다."

알리시아는 눈웃음을 치고는 창가에서 떨어졌다. 잠시 후, 카알이 헐레벌떡 마차 뒷문을 열고 달려들어 왔다.

"라곤 경! 깨어나셨군요!"

"응. 근데 보자마자 미안한데, 카알 경, 지금의 상황을 설명해 줄 수 있을까? 알리시아 경하고 이야기를 좀 나누긴 했는데 난 지금 뭐가 어떻게 돌아가는 건지 하나도 모르겠거든?"

"어디서부터 설명해 드릴까요?"

"내가 의식을 잃었을 때부터? 대충 오크들이랑 치고받다가 이제 죽었구나 싶었을 때까지는 생각나는데…… 그리고 목소리 좀 낮춰줘. 큰 소리를 들으니까 머리가 아파."

라곤은 다시 두통이 도지는 것을 느끼며 관자놀이를 눌렀다. 카알이 목소리를 낮추어서 차분하게 설명해 주었다.

"일단 라곤 경이 오크들이랑 싸울 때의 상황을 직접 본 것은 아닙니다. 그건 질리언 경에게 들었어요. 전 그때 토라스 요새로 달려가고 있었기 때문에……."

카알은 라곤이 싸우는 틈을 타서 젖 먹던 힘까지 쥐어짜 내 토라스 요새로 달려갔다. 처음에 그곳의 기사들은 카알의 말을 잘 들으려 하지 않고 일단 차근차근 사정을 캐내려고 했지만, 카알에게서 소드 마스터인 질리언이 위기에 처해 있다는 말을 듣고는 놀라서 병력을 급파했다.

"그리고 거기에 알리시아 경이 있었던 거죠."

할라드 왕국에서 지원 병력으로 파병된 알리시아는 격전지에서 먼, 요새 중앙에 비하면 한산한 지역에 배치되어 있었다. 그녀와 함께 온 할라드 왕국의 병력들은 다들 불만이 대단했지만 토라스 왕국 사람들은 알리시아가 여자라는 이유로 제대로 된 평가를 내려주지 않았다. 하지만 그 덕분에 그녀는 라곤을 구해낼 수 있었던 것이다.

"질리언 경의 말로는, 라곤 경이 정말 죽는다 싶었던 순간에 사라졌다 나타났다는군요."

"사라졌다가 나타나? 아, 무의식중에 블링크를 썼나? 목걸이에 각인된 게 아직 남아 있었으니……."

마지막에 시야가 암흑으로 물들었던 것은 블링크가 발동했기 때문이었던 모양이다.

드워프들이 만들어준 마법기는 라곤의 마력에 반응해서 작동하도록 되어 있었다. 그때는 간단한 마법조차 발동시킬 수 없는 상태였지만, 마법기 사용은 가능했던 것이다.

덕분에 라곤은 목숨을 구할 수 있었다. 그 틈을 이용, 질리언이 달려들어서 적들을 베어 넘겼던 것이다. 그때는 질리언도 부상이 심했기 때문에 진짜 이판사판으로 힘을 쥐어짜 냈다고 한다. 그러고도 적들의 마법 공격에 밀려서 조금씩 절망적인 상황에 몰리고 있었는데…….

"알리시아 경이 나타나서 적들을 싹 쓸어버렸지요."

다른 병력보다 빠르게 그곳에 도착한 알리시아는 간단하게 적들을 쓸어버리고 질리언과 라곤을 구했다. 하지만 그 후에도 문제가 일어났다.

"라곤 경을 치료하기가 쉽지 않았어요."

치료가 불가능했다는 소리가 아니었다. 라곤의 상태는 대단히 위중했기에 다시 살려내려면 신성마법이 뛰어난 성직자들이 대거 투입되어 기력을 쏟아부어야만 했다.

토라스 국경 요새는 계속 격전을 치르느라 부상자들이 꾸준히 발생하고 있었고, 성직자들은 전장에 투입될 때 외에는 그들을 치료하느라 여념이 없었다. 그렇게 여력이 없는 상황에서 살려낼 수 있을지 없을지도 확신할 수 없고, 반드시 살려야만 할 정도로 고귀한 신분도 아닌 이를 살릴 필요성을 느끼지 못했던 것이다. 질리언은 소드 마스터라는 귀중한 인력이기에 기꺼이 치료 인력을 내주었지만 라곤의 경우는 상황이 달랐다.

알리시아가 개인적으로 힘을 써서 할라드 왕국에서 파견된 사제들로 치료를 하게 했지만 그 정도로는 부족했다. 라곤은 이틀이나 응급처치만으로 숨을 이어갔고, 카알이 알리시아를 통해 국경 요새 최고의 마법사인 타밀란을 불러 라곤의 마법 회로가 얼마나 놀라운 것인지 확인하게 한 뒤에야 제대로 된 치료를 받을 수 있었다고 한다.

거기까지 들은 라곤은 카알에게 고개를 숙였다. 당황하는 카알 앞에서 라곤은 감동한 얼굴로 말했다.

"카알 경, 고마워. 정말 큰 은혜를 입었군."

"아, 아니, 뭘요. 제가 라곤 경에게 입은 은혜를 생각하면 아무것도 아니죠."

"질리언한테도 인사를 해야겠군. 그 녀석 아니었으면 거기서 죽었을 텐데."

"정말 그렇죠. 질리언 경이 국경에서 활약하지 않았으면 이번에 퇴각할 때 라곤 경은 이렇게 편하게 못 왔어요. 질리언 경이 직접 업고 왔을지도 모르죠."

"퇴각? 도대체 뭐가 어떻게 된 거야? 토라스 국경 요새는 돌파당한 거야?"

"네. 그게 어떻게 된 거냐 하면……."

토라스의 서쪽 국경 요새 파리안은 오크들과의 싸움을 잘 버텨내고 있었다. 계속되는 국지전은 물론, 오크들이 대군을 몰고 와서 여덟 시간 동안 싸웠을 때도 병력을 집중해서 막아내는 데 성공했다. 이 전투부터 알리시아와 질리언이 대활약을 펼쳐서 두 사람의 위상이 토라스 왕국군 내에서도 크게 올라갔다고 한다.

카알이 한숨을 쉬었다.

"하지만 그 후가 문제였죠."

한 번 후퇴한 오크들은 불과 네 시간 만에 병력을 정비하고, 새로운 전력을 더해 파리안의 성벽으로 달려왔다.

하이오크 삼귀장의 일원 대마법사 하라두쿰이 나타나 궁극 마법으로 파리안의 방어 결계를 두들겨대고, 키메라들이 아군의 마법을 막아내며 원거리 포격을 가해서 정신을 빼놓았다. 거기에 다른 오크 히어로들과는 차원을 달리하는 강함을 가진 칼카쿰에, 그와 어깨를 나란히 하는 오우거 로드 하르칸과 트롤 원더러 바라사다가 등장하자 파리안은 더 버티지 못하고 무너지고 말았다.

라곤이 눈을 휘둥그레 떴다.

"오우거 로드 하르칸과 트롤 원더러 바라사다?"

오크 히어로들이 떼거지로 나타나는 것만으로도 놀라 자빠질 지경인데 오우거 로드에 트롤 원더러까지 그들과 한편이 되어 나타났단 말인가? 그토록 희귀한 존재가 무더기로 나타나서 인간을 위협하다니, 세상이 미쳐 돌아가고 있는 게 틀림없었다.

본래 초인이란 제대로 된 세력과 사회 체제를 갖고 기술을 전수, 발달시키는 인간과 엘프, 드워프에게서만 자주 나타나고 그 외의 존재들에게서는 거의 나타나지 않는다. 그나마 부족사회를 이루며 적당한 지능을 가졌고 개체수가 많은 오크들은 수십 년에 한 번 정도는 오크 히어로가 나타났지만, 흉포하고 지성이 낮으며, 기술과 문명이 뭔지도 모르고 무리 생활을 하지 않는 오우거의 경우 오우거 로드가 역사상 단 두 번밖에 나타나지 않았다. 그리고 그 존재는 카르벨 왕국을 멸망으로 몰고 갔을 정도의 무시무시함을 보였다.

"트롤 원더러라면 역사상 세 번 정도 나타난 걸로 알고 있는데, 다른 놈들과는 달리 별로 무리를 구성해서 인간과 싸워보겠다고 설쳐대는 놈들이 아니었을 텐데……."

"그렇죠. 하지만 이번에는 다른가 봅니다."

카알이 고개를 끄덕였다.

대부분의 인간은 트롤을 그냥 흉포한 몬스터로만 알고 있지만 그것은 트롤에게 높은 확률로 일어나는 광증(狂症) 때문에 생긴 오해다. 트롤은 인간의 눈에 띄지 않는 깊은 숲에서 부족사회를 이루고 살며, 놀랍게도 오크보다도 지능이 높아 자체적으로 마법을 전수하여 부족에 마법사들이 있다고 한다. 하지만 그들에게는 슬픈 숙명이라고 할 수 있는 광증이 존재하여 한번 발병하면 지성의 흔적조차 찾을 수 없는 괴물이 되는데 그것이 종종 인간 앞에 모습을 드러내는 트롤의 정체였다.

그렇기 때문에 트롤 원더러는 역사상 세 번 모습을 드러냈지만 자신의 종족을 지키는 수호신으로 활동했을 뿐, 오크 히어로나 오우거 로드처럼 몬스터들을 하나로 모아 인간과 싸우려는 야망을 실천하지 않았다. 워낙 조용하게 살아서 학자들과 마법사들이나 알지 일반인들은 그 존재를 알지도 못할 정도다.

카알이 말했다.

"그놈들, 정말 무시무시했습니다. 마법을 아무리 때려 부어도 그냥 무시하고 들어오는데다가 들고 있던 무기로 성벽을 한 대 후려치니까 결계가 그대로 찢어져 버리더라고요."

요새의 방어 결계는 궁극 마법조차 버텨내는 힘을 가졌건만, 한 점으로 집중되어 폭발하는 오러 블레이드를 막아내지는 못했다. 마법사들의 공격을 버티다 못해 오러 디펜더가 다 찢어지고 몸이 너덜너덜해지면서도 돌진해 온 트롤 원더러가 첫 일격으로 결계를 찢고, 그와 어깨를 나란히 하며 달려온 오우거 로드가 성벽 위의 병력들을 날려 버렸으며, 마지막으로 그들 뒤에서 뛰어오른 칼카쿰이 일격으로 성벽을 갈라 틈을 만들었다.

"칼카쿰이라…… 그놈은 확실히 다른 오크 히어로들과는 차원이 달랐지."

라곤은 메이베라에서 칼카쿰과 싸웠던 기억을 떠올리며 중얼거렸다.

칼카쿰은 무식하게 싸우는 것으로 보였지만 오러를 운용하는 기술 면에서는 차원이 다른 실력을 보여줬었다. 다른 오크 히어로들이 대부분의 소드 마스터와 같이 결함을 가진, 그저 큰 힘을 휘둘러댈 뿐인 존재라면 그는 자신이 가진 힘의 본질을 명확히 알고 사용하는 듯한 느낌이었다.

'역시 놈들도 소드 마스터 속성 훈련법 비슷한 것을 사용하는 건가? 아니, 어쩌면 프로토 오크가 신의 권능 같은 것으

로 만들어내는지도 모르겠는데……'

　정보가 부족한 상황인데도 라곤의 추측은 정확히 진실을 짚어내고 있었다.

　잠시 생각하던 라곤이 물었다.

　"그럼 대충 성벽이 돌파당해서 아군은 대패, 살아남은 병력들을 모아서 후퇴하고 있다는 거지? 우린 어디로 가고 있는 거야?"

　"디엘다로 가고 있습니다. 토라스에서는 그쪽으로 병력을 집중시키고 있는데, 외국의 지원 병력들까지 모아서 굉장한 수가 모여 있다는군요."

　"그 정도면 좀 안심이 되는군. 아, 그러고 보니 알리시아 경이 질리언이 자기 가문 사람들하고 만나고 있다고 하던데, 그건 또 어떻게 된 거야?"

　"왕도가 함락될 당시에 바르빌드 가문에서 탈출시킨 생존자들이 토라스 왕국으로 넘어왔다더라고요. 질리언 경의 형님이신 윌리엄 경을 중심으로 70명 정도의 인원인데, 지금 전장에 남아 있는 것은 40명 정도 된다는군요."

　"다 죽은 건가?"

　"죽은 인원도 좀 있긴 하지만, 애당초 비전투원들을 후방으로 빼놓았답니다. 우리나라하고 토라스는 사이가 좋았으니 바르빌드 후작가에서도 그 정도의 인맥은 있겠죠."

　"그렇군. 이제 질리언이 합류했으니 어깨가 좀 펴지겠고.

뭐, 잘됐네."

"네. 다행이죠."

웃으며 대답하던 카알은 다음 순간 흠칫했다. 피식 웃던 라곤의 표정이 갑자기 무섭게 굳어졌기 때문이다. 카알이 조심스럽게 그를 불렀다.

"…라곤 경?"

"카알 경, 혹시……."

라곤은 표정을 일그러뜨리면서 문득 생각난 한 가지 의문을 카알에게 물어보았다.

3

질리언은 알리시아가 보낸 전언을 듣고는 곧바로 라곤을 실어 나르는 마차로 향했다. 그가 도착했을 때, 라곤은 마차 지붕 위에 앉은 채 빵을 뜯어 먹고 있었다.

"라곤 경."

"여어, 질리언. 오랜만…… 인가?"

"그렇죠. 열흘 만입니다."

"오래 쓰러져 있어서 그런지 배가 고파. 마음 같아서는 소 한 마리 정도는 통째로 삼킬 수 있을 것 같은데 맛없는 빵밖에 없군."

패잔병들의 행렬이다 보니 식량 사정이 여의치 않았다. 덕

분에 라곤은 죽도록 배가 고픈 상황에서도 빵 두 개밖에 먹을
수 없었다. 그나마도 배급 쪽에서 귀한 마법사이시니 크게 선
심 썼다는 투로 던져 준 것이다.

"많이 먹어야 회복을 할 텐데. 디엘다에 도착할 때까지는
비실비실하겠군. 나도 사냥이나 나갈까?"

워낙 식량 사정이 열악해서 식량 확보를 위해 병력을 운용
하고 있었다. 하지만 어디까지나 일반 병사들만 움직이고 있
어서 그렇게 성과가 크진 않은 모양이다.

질리언이 말했다.

"저랑 라곤 경이 나서면 아마 단숨에 식량 사정이 개선될
걸요."

"아서라. 난 괜찮지만 넌 그러면 안 돼. 소드 마스터의 체
면이 있지."

"별로 체면 따질 때는 아닌 것 같은데요."

"너도 나한테 많이 물들었구나. 근데 그런 일 하면 너희 가
문 사람들이 안 좋아하지 않겠어?"

"그건 그렇죠."

질리언은 훌쩍 뛰어서 마차 위에 올라섰다. 그가 옆에 앉자
라곤이 말했다.

"가문 사람들이랑 다시 만나서 잘됐다. 바르빌드 후작가도
다시 일어날 생각을 해야겠네."

"네. 다 죽은 줄만 알았는데…… 다시 만나니까 진짜 눈물

이 나오더라고요."

질리언이 하늘을 올려다보며 쓴웃음을 지었다. 왕도의 참상을 두 눈으로 목격했을 때, 질리언은 모든 것을 포기하고 오크들에게 씻을 수 없는 원한을 품었다. 물론 지금도 그 원한은 변함이 없지만 그래도 가족들이 살아남았다는 사실이 그에게 큰 위안을 주었다.

"아버님하고 형님 돌아가신 것은 안됐어. 두 분 다 끝까지 훌륭한 기사다우셨다고 들었다."

"네."

바르빌드 후작과 질리언의 큰형은 왕도에서 도망치지 않고 오크들과 맞서 싸우다가 장렬하게 전사했다고 한다. 지금 가문의 일원을 이끄는 것은 이제는 바르빌드 후작이 된 질리언의 둘째 형 윌리엄 바르빌드였다.

"아, 그리고……."

거기까지 말한 라곤은 쉽게 말을 잇지 못하고 머뭇거렸다. 그답지 않은 태도에 의아한 표정을 지었던 질리언은 곧 그의 속내를 짐작하고 말했다.

"형수님, 그러니까 라비니아 양은 무사해요. 토라디암에 가 계시다는군요."

"아……."

질리언에게 마음을 읽힌 라곤은 어색한 듯 볼을 붉적였다.

카알에게 바르빌드 후작가의 생존자들이 있다는 사실을

들었을 때 라곤의 뇌리에 제일 먼저 떠오른 것이 라비니아였다. 그가 유일하게 사랑했던 여자이며 그를 버린 여자.

처음부터 애정보다는 냉혹한 계산으로 자신과 관계를 맺었다는 것을 알고 있었는데도 어째서 그녀를 잊지 못하는 것일까. 스스로도 한심하다고 여겼지만 사람의 마음이라는 것은 뜻대로 되는 게 아닌 모양이다.

질리언이 그런 라곤을 보며 실소했다.

"우리 형수님이긴 하지만 참, 자길 버리고 다른 사람이랑 결혼까지 한 사람인데 아직도 그렇게 신경이 쓰여요? 라곤 경도 다른 사람이랑 결혼까지 했었으면서."

"사람 마음이라는 게 그렇게 쉽게 정리가 되질 않더라고. 그렇다고 해서 이제 와서 라비니아 양과 어떻게 해보고 싶다는 그런 생각을 하는 것은 아냐. 그건 그냥…… 그래, 첫 경험의 여자를 추억하는 것과 같은 거지. 왠지 떠올릴 때마다 아련한 기분이 드는."

"아, 그렇군요…… 가 아니라 잠깐, 첫 경험? 첫사랑이 아니고?"

고개를 끄덕이던 질리언이 문득 이상함을 느끼고 라곤을 바라보았다. 라곤이 고개를 갸웃했다.

"왜?"

"그럴 때는 보통 첫사랑의 추억이라고 하는 거라고요. 거기서 첫 경험이 왜 나와요?"

"그래? 하지만 난 라비니아 양이 첫사랑이었는데. 딱히 다른 여자를 사랑해 본 적이 없어. 그냥 눈 맞아서 같이 잔 적은 많았지만……."

"……."

질리언은 할 말을 잃었다.

하지만 라곤의 성장 과정을 생각해 보면 당연한 일이었다. 어렸을 때 빚 대신 전장에 내던져져서 죽자 사자 싸워서 생사의 경계를 넘나들었으니 보통 사람들이 말하는 첫사랑의 추억 따윈 없는 게 당연한 일이다.

라곤이 쓴웃음을 지었다.

"사실 내 주변에는 여자가 별로 없었어. 어딜 가나 다들 치마만 둘렀다 하면 눈이 돌아가고 좀 예쁘다 싶으면 저건 여신이다 하면서 침을 질질 흘리는 놈들만 가득했지. 격전지라는 곳이 다 그래. 건실한 관계 끝에 사랑에 빠질 만한 여자 만나기는 하늘에서 별 따기야. 여자라곤 다들 부대 주변에서 영업하는 술집 아가씨나 손님 받는 아가씨들, 그도 아니면 여자 용병들 정도였고. 그런 사람들은 다들 화통해서 술 좀 들어가고 분위기 좀 잡혔다 싶으면 바로 침대로 가서 뒹굴곤 했어."

"거참…… 문란한 생활을 하셨군요."

"너야 곱게 자란 귀족 도련님이니까 그렇게 말하는 거지. 사람이 만날 죽냐 사냐 하는 긴장감 속에서 살아봐. 여자한테 안겨서 위로받고 싶은 마음이 가득해진다고. 그걸로도 모자라서 미쳐 가는 놈들이 얼마나 많은데. 근데 이상하네. 귀족들도 결혼 전까지는 다들 문란하게 살잖아? 아니, 결혼 후에도 문란한 인간들이 산더미처럼 쌓였던데. 내가 사교계 나가서 진짜 놀란 게 어딜 가나 스캔들 이야기가 가득하더만. 누구랑 누가 연애한다더라, 삼각관계가 되어 결투할까 말까 고민한다더라, 바람났다더라, 불륜의 불길을 사르고 있다더라, 뭐, 그런 이야기들이 쏟아지던데 넌 그런 경험 없는 거야?"

"그런 인간들이랑 똑같이 취급하지 마세요. 무엇보다 전 소드 마스터 되기 전까지는 검만 휘두르느라 여자 만날 기회도 없었다고요."

"그랬지, 참. 그렇다고 아직까지 경험이 없진 않을 거 아냐?"

"……"

질리언이 얼굴을 붉히며 슬그머니 고개를 돌렸다. 라곤이 믿을 수 없다는 듯 눈을 크게 떴다.

"세상에, 너 아직도 동정 안 뗐어?"

"그, 그런 말을 큰 소리로 하지 마세요."

질리언이 당황해서 라곤의 입을 막았다. 하지만 이미 때는 늦어서 마차 주변에서 걷고 있던 병사들이 묘한 눈길로 질리언을 바라보고 있었다. 왠지 내일부터 그들 사이에서 '순결한 소드 마스터' 어쩌고 하는 식으로 불리지 않을까 하는 불안감이 질리언의 가슴에 물밀듯이 밀려왔다.

질리언이 원망스러운 듯 노려보자 라곤은 미안한 듯 웃었다. 그리고는 목소리를 낮추어서 물었다.

"근데 소드 마스터 된 후에는 시간 많았잖아. 사교계에 나가서 아가씨들 만날 기회도 많았는데 연애 한번 못해본 거야?"

"그게 쉽질 않더라고요. 솔직히 다가오는 아가씨들은 많았는데 이 사람들이 다 내가 좋아서 다가오는 게 아니고 소드 마스터라는 배경 보고 어떻게 덕 좀 보려고 다가오는 게 아닌가 생각하니 그만……."

"연애 경험 한 번 없이 여성 불신에 걸린 거야? 어이없다, 정말. 그럴 땐 적당히 마음에 드는 아가씨 골라잡아서 재미도 좀 보고 경험도 하면서 이 사람이 나랑 맞나 안 맞나 보면 되잖아."

"그게 쉽게 척척 된답니까? 예쁜 얼굴 너머에 무슨 꿍꿍이를 품고 있는지 모르는데. 여자 하나 잘못 건드렸다 신세 망치는 사람들이 얼마나 많은데요."

"이상하네. 난 귀족 아가씨들, 너무 예쁜 사람이 많아서 놀랐었어. 곱게 살면서 잘 꾸미고 살아서 그런가, 내가 그전까지 봤던 아가씨들하고는 미모의 차원이 다르더라고. 실은 라비니아 양한테 반했던 것도 처음에는 분수대 옆에 서 있는 것을 보고 넋을 잃었다가…… 이야기를 해보니 교양도 넘치고 매력적인 사람이라서 완전히 마음을 빼앗겼지."

“그거 결국 겉모습에 반했다는 소리 아니에요? 사랑이라는
게 그렇게 가벼운 거예요?”

“아이고, 연애 한번 안 해본 티가 풀풀 나는 소릴. 거 옛날
부터 전해져 오는 로맨스들 봐. 전부 미남미녀가 만나서 열
걸음 걷기 전에 사랑에 빠져서 이 사랑은 운명이니 뭐니 하잖
아. 그게 서로 외모 보고 반한 거지 설마 첫눈에 상대방의 마
음을 꿰뚫어 봐서 그런 거겠어?”

“그건 그렇지만……..”

“내 생각에 남자는 눈으로 사랑을 하는 것 같아. 마음이 중
요하니 뭐니 해도 그건 나중 문제고, 첫눈에 반한다거나 가슴
이 두근거리는 것은 일단 외모 보고 반하는 거지.”

“그렇게 말하면 본능으로만 움직이는 짐승 같잖아요.”

“마음이라는 게 이성적으로 재고 계산하고 할 수 있는 게
아니잖아. 움직이기 시작하면 걷잡을 수 없지. 그러니까 너도
좋은 아가씨 만나서 분위기 잡혔다 싶으면 냉큼 침대로 같이
가보라니까.”

“작작 좀 하세요, 좀.”

질리언이 눈살을 찌푸리자 라곤은 피식 웃으며 몸을 일으
켰다. 앞뒤로 길게 이어진 패잔병들의 행렬이 보인다. 라곤
과 질리언은 시답잖은 농담이나 떠들어대고 있지만 주변의
분위기는 말도 못하게 가라앉아 있었다. 지키고 있던 성이
함락당하고, 수많은 동료들을 잃은 채 도망치고 있는 것이니

당연하다.

라곤은 그들을 잠시 동안 바라보다가 말했다.

"뭐, 그것도 일단 상황이 좀 나아진 후의 이야기가 되겠군. 질리언, 오크들을 물리치고 잘나가게 되면 사교계에 나갈 때 같이 가자. 괜찮은 아가씨 어디 없나 찾아서 끝내주게 멋진 연애를 즐겨보자고."

라곤이 씩 웃으며 던진 말에 질리언은 실소하고 말았다. 아무리 암울한 상황에 처해 있어도, 이 사람과 이야기를 나누고 있으면 아무것도 아닌 것 같은 기분이 든다. 질리언은 하늘을 올려다보며 대답했다.

"그렇게 되면 좋겠군요."

4

질리언이 가문 사람들에게 돌아가고 나자 라곤은 알리시아에게 찾아갔다. 할라드 왕국의 병력들을 이끌고 있는 그녀는 말에 올라탄 채 편지를 쓰고 있었다. 아무리 천천히 달리고 있다고 해도 흔들리는 말 위에서 뭔가를 적는다는 것은 어려운 일이지만, 소드 마스터인 그녀는 마치 책상 앞에 앉은 것처럼 차분하게 글을 적어 나간다. 잠시 동안 재미있다는 듯 그것을 바라보던 라곤에게 그녀가 말했다.

"찾아왔으면 인사부터 하지 그래요? 분위기 어색하게."

“열중하고 계신 듯하여 잠깐 기다리고 있었죠.”

라곤의 능청스러운 대꾸에 그녀는 웃으면서 말에서 뛰어내렸다. 무거운 갑옷을 입은 상태에서 준비 동작조차 없이 뛰어내리는데도 전혀 흐트러짐없는 몸놀림은 과연 소드 마스터다운 것이었다.

라곤이 말했다.

“투구까지 쓰면 정말 여자라는 것도 모르겠는데요. 중갑을 선호하나 보군요.”

“아, 사실 별로 제 취향은 아닌데 폐하께서 선물해 주신 거라서 어쩔 수 없이 입고 있어요. 그래도 경량화 마법이 걸려 있어서 보기보다는 가볍고, 또 대마법 방어 처리가 되어 있어서 실용적이죠.”

“높으신 분이 주셨으면 어쩔 수 없죠. 그래도 쓸모있는 물건이니 다행이네요.”

두 사람은 행렬에서 벗어나서 목소리가 다른 사람에게 닿지 않는 곳을 걸었다. 알리시아가 물었다.

“몸은 좀 괜찮아요? 열흘 전에는 완전 엉망진창이었는데⋯⋯.”

“아직 좀 아프긴 하지만 상처는 그럭저럭 다 아문 것 같아요. 신성마법 치료도 받을 만큼 받았고 하니 며칠 후면 운신하는 데는 문제없을 것 같군요.”

소드 마스터의 힘은 잃었지만 라곤의 몸은 보통 인간과 비교하면 훨씬 강건하고 회복이 빨랐다. 워낙 부상이 심했기 때문에 후유증이 걱정되긴 했지만 일단 마법 회로는 이상없이 기능하고 있고, 몸에도 큰 이상은 느껴지지 않는다.

두 사람은 잠시 동안 말없이 걸었다. 무려 3년 만에, 그것도 이런 상황에서 다시 만나서 그런지 별로 할 말이 떠오르지 않아서 어색하다. 그런 분위기를 참지 못한 라곤이 억지로 할 말을 떠올렸다.

"그동안 어떻게 지냈어요?"

"음. 결혼하라는 압박에 끊임없이 시달리면서 지냈죠."

"아직 결혼 안 했어요?"

라곤이 놀라서 물었다. 요즘 세상에 귀족 아가씨가 스물세 살까지 미혼이면 노처녀라는 소리를 들어도 이상하지 않다. 빠르면 열대여섯 살, 늦어도 스물한두 살에는 결혼하는 게 일반적이었다. 물론 알리시아는 특수한 경우이긴 하지만 그래도 스물세 살이 되도록 결혼을 안 했을 줄은 몰랐다.

알리시아가 고개를 끄덕였다.

"네. 어쩌다 보니 그렇게 됐네요. 아버지가 데릴사윗감을 계속 데려오시는데 하나도 마음에 차는 남자가 없더라고요. 어째 데려오는 인간마다 돈만 있거나 아니면 그쪽 혈연으로 어떻게 연줄 좀 잡아보겠다는 속셈이 빤히 보여서 신경질이 확……."

신세한탄을 하던 알리시아의 표정이 찌푸려졌다. 정말 스트레스가 쌓이긴 쌓였던 모양이다. 곧 그녀가 실소하며 말했다.

"그래서 도망 다니듯이 여기저기 전장을 돌아다녔죠. 실은 국경의 장군 자리가 비어서 노리고 있었는데 경력 좀 되는 후작가의 장남이 가로채 가더라고요. 그래서 이 임무 저 임무 닥치는 대로 맡아서 자주 돌아다닐 수밖에 없었어요. 그러다가 토라스에 지원군으로 파견된 거죠."

"왠지 처절하군요."

"그러는 라곤 경은 한 번 결혼했다가 이혼했다면서요? 듣고 좀 놀랐어요."

"그거 누가 말했어요? 질리언이에요, 카알 경이에요?"

"질리언 경."

"이 녀석이 남의 아픈 과거를 소문내고 다니다니, 후환이 두렵지 않은 건가."

"별로 아픈 과거도 아닌 것 같던데요, 뭘."

라곤이 투덜거리자 알리시아가 핀잔을 주었다.

문득 라곤이 표정을 바꾸며 말했다.

"고마워요."

"뭐가요? 구해준 거라면 아까 인사받은 걸로 됐어요. 저도 질리언 경 덕분에 재미있는 것도 배웠으니까요."

느닷없는 감사의 말에 알리시아가 의아해했다. 라곤이 말했다.

"그거 말고요. 제가…… 소드 마스터가 아니게 된 것에 대해서 아무 말도 하지 않은 거, 고맙다고요."

"……."

라곤의 말에 알리시아는 입을 다물었다. 잠시 동안 두 사람 사이에 어색한 침묵이 흘러갔다.

3년 전, 알리시아는 라곤을 만났을 때 충격을 받았다. 스스로의 힘만으로 소드 마스터가 된 후, 가문의 후광에 힘입어 일그러진 광기로 만들어진 다른 소드 마스터들을 보며 권태에 빠져 있던 그녀는 자신과 동등한, 아니, 그 이상으로 대단했던 라곤을 보며 일종의 감동을 느꼈고, 스스로를 채찍질해 더 높은 곳을 향해 갈 수 있었다.

그러면서 그녀는 언젠가 라곤과 다시 만나는 순간을 기다리고 있었다. 동경하는 상대에게 더 발전한 자신을 보여주고 인정받고 싶다는 마음이었다.

하지만 3년 만에 다시 만난 라곤은 소드 마스터의 힘을 잃어버렸다. 그 사실을 알았을 때 알리시아는 마음이 아팠고, 가슴에 품고 있던 기대가 박살 난 것에 크게 낙담했다.

알리시아가 조심스럽게 물었다.

"어쩌다 그렇게 된 거죠?"

"한 사람을 만났기 때문이죠."

라곤이 쓴웃음을 지었다. 그는 잠시 먼 곳을 바라보다가 베이런 크로네스와의 만남을 이야기해 주었다. 라곤의 말을 들은 알리시아는 놀라움을 금치 못했다.

"흑기사 베이런 크로네스라면 저도 알고 있어요. 철혈의 검후(劍后)라 불리는 나타샤 프리바흐의 한쪽 눈을 빼앗았던 희대의 살인마. 그 남자가 살아 있었다니……."

나타샤 프리바흐는 대륙에 세 명밖에 존재하지 않는 여성 소드 마스터 중 하나로, 여자의 몸이면서도 바이더스 제국 최강의 3기사에 이름을 올린 인물이었다. 베이런 크로네스를 잡을 때 활약했고, 지금까지 현역으로 명성을 떨치고 있는 강자다.

"그럼 질리언 경이 말한 진동의 묘리라는 것은, 당신이 그를 통해서 얻은 것이었겠군요."

"질리언이 그런 이야기도 했어요?"

"파리안에 있을 때 연습하고 있는 걸 봤어요. 그걸 보고는 서로 오러를 다루는 기술에 대한 정보를 교환했죠. 질리언 경도 당신의 스파이럴 차징을 익히고 있더군요."

우우우웅…….

알리시아는 손을 들어 오러를 발현했다. 그녀의 손가락으로부터 작은 오러 블레이드가 구현되더니 초당 수백 번 이상 진동하기 시작했다. 진동수는 떨어질지언정 그 폭이 일정해서 안정되어 있다는 것은 이미 그녀가 진동의 묘리를 터득했다는 사실을 알려주고 있었다.

라곤이 놀라서 말했다.

"이미 진동을 터득한 겁니까?"

"터득했다고 말할 수 있을 정도는 아니에요. 진동수도 얼마 안 되고, 이렇게 아무런 방해도 없이 집중할 수 있는 상황에서만 안정적으로 구현할 수 있으니까요. 실전에서 쓰려면 아직 갈 길이 한참 멀었죠."

"그 정도면 어려운 상황에서 써먹을 카드 정도는 될 겁니다."

"전 그럴 때일수록 철저하게 훈련해서 확실하게 터득한 기술만을 믿을 수 있다고 생각해요. 신뢰성이 떨어지는 기술에 목숨을 맡길 수는 없죠."

"도박을 좋아하지 않는군요."

"전투에 임함에 있어서 스스로 가진 무기를 신뢰할 수 없는 것만큼 슬픈 일이 있을까요?"

알리시아가 씩 웃으며 물었다. 그 말에 라곤이 대꾸했다.

"정론입니다. 하지만 실전에서는 임기응변이 필요할 때도 있죠."

"그 점은 동의해요. 라곤 경의 임기응변에는 정말 놀랐어요. 마검사가 되어 오크 히어로를 쓰러뜨렸다는 말을 들었을 때는 내가 사람 잘못 보진 않았구나 싶었지요."

"어떻게 봤는데요?"

"넘어져도 동전 하나는 주워서 일어날 사람."

그 말에 라곤은 픽 웃고 말았다. 알리시아가 말을 이었다.

“아마 마검사라는 존재가 실존한다는 것을 보여주면 다들 놀라겠죠. 저도 기대하고 있어요.”

“기대에 부응하도록 노력하죠.”

라곤이 가슴을 치며 대답했다.

5

리할드 왕국력 357년 10월.

그 후 파리안의 패잔병들은 나흘 정도 더 길을 재촉한 끝에 디엘다에 도착할 수 있었다. 라바나 백작령에 속한 도시 중에 가장 전투에 적합한 디엘다에는 이미 각지에서 모여든 토라스 왕국군과 외국의 지원 병력을 더해 2만의 병력이 모여 있었다. 토라스 왕국의 소드 마스터들은 물론, 은퇴한 소드 마스터들도 투입되었고, 타국의 소드 마스터까지 합쳐서 무려 스물네 명의 소드 마스터가 한곳에 모였다.

마법사들은 도시의 방어 결계를 개량하고, 마탑을 정비했으며, 병사들은 밤낮을 가리지 않고 성벽 바깥에 오크들을 맞이하기 위한 준비를 하고 있었다.

라곤은 그곳에 리할드 왕국의 잔존 병력이 2천을 넘게 모여 있다는 사실을 알고는 놀랐다.

“우리 왕국의 생존자들이 이렇게 많이 이쪽으로 와 있었다니."

"그러게요. 그리안 왕자 전하가 살아 있는 거야 알고 있었지만 병력이 이 정도나 남아 있을 줄은……."

질리언도 놀람을 감추지 못했다. 하긴, 왕국의 멸망이 확정된 상황에서 동맹국으로 피신한 것은 현명한 선택이라고 할 것이다. 상대도 안 되는 적에게 끝까지 덤벼서 산화하기보다는 후일을 기약하는 편이 현실성이 있었다.

두 사람은 리할드 왕국군을 지휘하고 있는 다스람 공작을 만나러 갔다. 아직 열세 살밖에 되지 않은 그리안 왕자는 전장에 나서는 대신 토라디암에 피신해서 승전 소식이 오기만을 기다리고 있다고 한다.

"환영하네. 이런 때 자네들이 합류해 주니 정말 반갑군."

다스람 공작은 진심으로 두 사람의 합류를 반겼다. 리할드 왕국군은 수는 2천이나 되지만, 소드 마스터도 없고 고위 마법사도 거의 없어서 푸대접을 받고 있었다고 한다. 질리언은 그들의 위상을 크게 상승시키고 사기를 진척시킬 수 있는 구세주와 같은 존재였다.

다스람 공작은 라곤에 대해서도 이미 잘 알고 있었다. 그는 라곤의 어깨를 두드려 주며 기대를 표했다.

"자네의 활약도 기대하고 있네. 왕국을 사악한 오크 놈들에게서 되찾는 날까지 함께 힘내보세나."

"예."

라곤은 짧게 대답했을 뿐, 별말은 하지 않았다. 이후 현재 정세에 대해서 듣고 영양가없는 환담을 한 시간 정도 나눈 두 사람은 다스람 공작의 거처에서 물러났다. 약간 못마땅한 표정으로 복도를 걷고 있는 라곤을 보던 질리언이 물었다.

"라곤 경, 왜 그렇게 못마땅한 표정이에요?"

"음? 내 표정이 왜?"

"뭔가 굉장히 불만이 많은 표정을 짓고 있는데요?"

"그래? 쳇. 다스람 공작이 마음에 안 들어서 그만. 그 작자 앞에선 티 안 났지?"

"네. 그땐 표정 관리 잘하셨어요. 근데 다스람 공작 각하는 왜요?"

"내가 소드 마스터일 때 노골적으로 견제해대서 짜증났거든. 내 앞에서야 왕국의 미래니 어쩌니 하지만 뒤에서는 평민 출신 운운하면서 관직 꿰차는 것도 막고, 기사단 창설도 반대하고…… 그랬던 주제에 기대를 거니 같이 고생하자느니 하는 소리를 천연덕스럽게 늘어놓으니 한 대 때려주고 싶다."

"그, 그래요? 하지만 지금 그런 과거의 일을 따질 때는 아니잖아요?"

"그건 그렇지. 근데 문제는 난 여기 오래 머무를 생각이 없다는 거야."

"네?"

생각지도 못한 라곤의 말에 질리언이 눈을 크게 떴다. 라곤이 말했다.

"여기 상황이 좀 정리된다 싶으면 두두베르다로 갈 생각이야. 가지 않으면 안 돼."

"두두베르다에는 왜요?"

"지금 이 상태론 큰 발전을 기대할 수 없어. 내가 목표하는 영역까지 갈 방법을 만들려면 드워프들의 도움이 필요해."

"하지만 당장 오크들과 싸워야 하는 판인데……."

"내 말이 지나치게 이기적으로 들리겠지. 비난해도 어쩔 수 없어. 어차피 지금 내 상태론 큰 도움이 되지 못할 거야. 상황이 안정되면 드워프들과 협력해서 나 자신은 물론, 우리 왕국에도 도움되는 결과물을 들고 오겠어."

라곤은 단호하게 말했다. 질리언은 잠시 할 말을 잃고 그를 바라보았다. 어색한 분위기가 흐르자 라곤이 흠흠, 하고 헛기침을 하며 덧붙였다.

"물론 지금 당장 도망치듯 가겠다는 소리는 아냐. 어디까지나 추격해 오는 오크들을 물리치고 상황이 좀 정리되어서 여유가 생기면 그러겠다는 거야. 그리고……."

"그리고?"

"그전까지 너를 좀 가르쳐 보고 싶은데, 네 의향은 어때?"

"저를 가르쳐요?"

예상치 못한 제안에 질리언이 놀라서 되물었다. 라곤이 고개를 끄덕였다.

"넌 이제 우리 왕국의 간판이야. 다른 나라 녀석들보다 약하게 보이면 곤란하지. 물론 내가 소드 마스터가 아니니까 가르칠 자격이 없다고 생각할지도 모르겠지만 적어도 검술은 가르쳐 줄 수 있으니까."

"아뇨. 절대 그렇게 생각 안 합니다. 잘 부탁드립니다."

질리언이 라곤의 말을 끊으며 고개를 숙였다. 예상보다 훨씬 적극적인 그의 태도에 라곤이 좀 당혹스러워하자 질리언이 말했다.

"전 라곤 경의 마음을 이해합니다."

"무슨 말이야?"

"왕국의 존망보다도 베이런 크로네스와의 결착을 더 중요하게 생각하는 그 마음을."

"……."

정곡을 찔린 라곤이 쓴웃음을 지었다. 베이런의 이름을 언급하지 않고 말하기는 했지만 라곤의 본심은 질리언의 말대로였다. 두두베르다로 떠나려는 것은 어디까지나 베이런과 싸울 힘을 손에 넣기 위해서고, 왕국에도 도움이 될 결과물을 가져오겠느니 하는 것은 의미없는 핑계에 지나지 않았다.

"저도 힘이 필요합니다, 오크들의 대전사 라카둠과 다시 만났을 때 그를 쓰러뜨려서 증조부님의 복수를 할 수 있는 힘이."

질리언은 오크들에게 씻을 수 없는 원한을 품었다. 그중에

서도 오크 대전사 라카둠은 그가 반드시 복수해야 할 상대였
다. 크루소를 죽이고, 자서스까지 죽인 그와 같은 하늘을 이
고 살 수는 없었다.

그러나 직접 겪어본 라카둠의 힘은 너무나도 강했다. 압도
적인 오러와 기술, 거기에 프로토 오크가 부여한 권능까지 가
진 그는 인간의 힘으로 쓰러뜨린다는 것이 불가능해 보일 정
도로 막강한 괴물이었다.

그의 진심을 들은 라곤은 씩 웃었다. 라곤과 질리언은 같은
절망을 공유하고 있었다. 도저히 이길 수 있을 것 같지 않은
적을 향한, 하지만 반드시 풀어야만 하는 원한.

"미리 말해두겠는데, 내 훈련을 따라오기는 좀 힘들 테니
까 각오해 두도록 해."

"기대하겠습니다."

질리언이 고개를 끄덕였다.

6

오크들의 움직임은 예상보다 느렸다. 파리안을 격파할 때
상당수의 병력을 소진한 오크들은 후방에서 병력을 보충하면
서 서서히 진군해 오고 있었다.

오팔리안 제국의 적은 토라스만이 아니다. 북동쪽으로는
엘비라스가, 북쪽으로는 이벨드 공국이 있었고, 그 외에도 바

렐의 숲이라는 천연의 방벽을 두른 서부 외에는 모든 국경을 타국과 맞대고 있었다. 오팔리안 제국에 모여든 오크의 수는 이미 100만을 넘어 200만에 가까워지고 있고, 다른 몬스터 종족들을 통합하고 있으며, 인간에 비해 전투 병력의 비율이 월등히 높기까지 하지만 그럼에도 불구하고 그들 모두를 상대로 싸우기에는 부족함이 있었다.

현 시점에서 가장 활약하고 있는 것은 역시 엘비라스 왕국이었다. 오크들이 토라스에 병력을 집중하고 있는 동안 엘비라스 왕국은 빠르게 연합군을 완성, 오히려 공세에 나섰다고 한다. 거기에 대응하느라 토라스 침공의 기세가 둔화되고 있는 것이다.

"덕분에 이쪽에 여유가 생긴 것은 다행이지만……."

라곤이 검을 허공에 대고 휘두르면서 중얼거렸다. 별로 집중하지 않고 획획 휘둘러대는 것 같은데 그 기세가 예리하기 그지없었다. 조금씩 위치를 옮겨가며 검을 휘두르는 그의 모습을 보면 흡사 그 앞에 보이지 않는 상대가 있어 서로 현란한 공방을 벌이고 있는 듯했다.

주저앉은 채로 그것을 보던 질리언이 기운없는 목소리로 말했다.

"라곤 경은 기운이 남아도네요, 진짜."

"소드 마스터가 그런 말을 하면 쓰나. 체력적으론 네가 나보다 훨씬 위인데."

라곤은 마법으로 가속된 감각을 즐기며 폭풍처럼 검무(劍舞)를 추다가 어느 순간 마법을 해제했다.

두 사람은 방금 전까지 대련 형식의 검투 훈련을 진행했다. 라곤이 제시한 훈련 스케줄은 오크들의 움직임이 관측되기 전까지는 하루 세 시간으로 정해져 있었다. 두 시간은 질리언의 검술 기초를 잡아준 뒤 반복 훈련하게 하고, 한 시간은 대련 형식으로 지도하는 방식이다. 물론 대련 시에는 소드 마스터인 질리언의 속도를 따라가기 위해 라곤도 헤이스트를 제외한 모든 마법을 써서 감각을 가속시키고 있었다.

오늘은 훈련 나흘째가 되는 날이었다. 그동안 진행된 훈련에서 검술의 기초를 짚을 때 질리언은 자신의 검술이 그렇게까지 엉터리였나 싶어서 부끄럽고 창피하고 화가 나는 상황을 두 시간 내내 겪어야 했고, 그 후 이어진 한 시간의 대련에서는 자신이 이렇게 약했나 싶어서 자괴감에 빠져야 했다.

오러 블레이드는 검을 보호하는 수준으로만 구현하고, 오러 디펜더는 외부로 구현시키지 않는 조건하에서 검술만을 겨루는 것이긴 하지만 근력, 순발력, 체력, 반사신경 등 모든 면에서 질리언은 라곤을 압도한다. 그런데도 질리언은 한 시간 동안 라곤을 제대로 건드려 보지도 못하고 농락당했다.

라곤은 그의 공격을 사전에 예측하는 것은 물론, 검투를 벌일 때 나오는 나쁜 버릇을 일일이 뼛속까지 아픈 타격과 함께 지적해 주며 교정시켰다. 그런 식으로 훈련을 진행하자 소드 마스터인 질리언도 훈련이 다 끝났을 때는 지쳐 버리고 말았다.

질리언이 질렸다는 듯 고개를 저었다.

"와, 아무리 그래도 이 정도로 격차가 심할 줄은 몰랐어요."

"어디까지나 검술을 지도하는 거니까 그렇지. 네가 소드 마스터로서 가진 것을 전부 발휘하면 지금의 나로서는 어쩔 수 없을 거야. 오크 히어로들은 변화가 없어서 예측하기가 쉬운 반면, 소드 마스터들은 다들 그보다는 훨씬 변화무쌍해서 따라가기 힘들거든. 스치기만 해도 치명상을 감수해야 하는 내 입장에서는 진짜 상대하기 싫은 스타일이지."

"그건 실제로 전장에서 드러나는 결과도 그렇잖아요. 기량 면에서 소드 마스터들이 오크 히어로들을 압도하고 있는데……."

"꼭 그렇지도 않아."

라곤이 고개를 저었다. 질리언이 의아한 듯이 바라보자 그가 설명했다.

"소드 마스터가 오크 히어로를 압도하고 있는 것은 어디까지나 오러의 성향 때문에 일어나는 상성 문제야. 가위바위보에서 이기고 있는 거지. 근데 서로 자기가 가진 힘만을 무턱대고 휘두를 때는 그런 결과가 나오는데, 제대로 활용할 때 보면 그것도 아닌 것 같단 말이지. 라카둠과 칼카쿰을 봐."

"확실히 그 둘은 다른 오크 히어로들과는 차원이 다르죠. 칼카쿰만 해도 일대일로 싸우면…… 솔직히 이길 자신이 없습니다."

"오크 히어로들을 풀 베듯이 베어 넘긴 알리시아 경마저도 칼카쿰을 쉽게 압도하지 못했다면서? 변화로 압도해도 일격의 파괴력과 방어력이 뒤떨어지기 때문에 치고 들어갈 때의 부담이 크지. 그건 마치 경장을 하고 가벼운 검을 들어서 빠르고 변화무쌍한 검술을 사용하는 기사가 중갑에 두터운 무기를 든 기사하고 싸우는 격이야. 눈에 보이는 기술은 경장에 세검을 든 쪽이 뛰어나겠지만 그렇다고 해서 그게 승리로 이어진다는 보장은 없지."

"상성이라……. 그럼 엑서 하이어와 오러 테이커는 어떻죠?"

"글쎄. 내가 보기에는 엑서 하이어는 소드 마스터를 상대로 유리하고, 오러 테이커는 오크 히어로를 상대로 유리한 것 같은데."

"어째서요?"

"드워프는 지형을 자유자재로 활용할 수 있어서 변화를 무기로 내세우는 인간의 움직임을 봉하기가 쉽거든. 그리고 어스 스트라이크가 발동하면 한 번에 방출하는 힘의 양이 보통이 아니니까, 아무리 변화무쌍해도 힘과 규모로 눌러 버릴 수 있어. 그리고 오크는 변화하지 않는 만큼 원거리전에 약해.

하늘까지 날면서 원거리전을 벌일 수 있는 오러 테이커와는 상성이 최악이지."

"소드 마스터와 오러 테이커는요?"

"그건 난 소드 마스터가 유리하다고 생각해. 내가 관찰한 바로는 오러 테이커의 공격은 거리를 조절할 수 있다는 점에서는 좋지만 대신 한 발 한 발이 가볍고, 거리가 멀어지면 멀어질수록 제어 능력이 떨어지거든. 오러 디펜더를 계속 변형해 가면서 원격으로 조종되는 오러 공격의 타점을 비껴내고, 위력있게 날아드는 원거리 공격은 오러 블레이드를 변형해 흘려내면서 접근한다면 승산이 높지. 하지만 아까도 말했다시피 이것은 기본적인 성향만을 두고 생각했을 때의 이야기야. 서로 가진 능력을 최대한으로 활용할 수 있는 기량이 있다면 이야기가 완전히 달라지지."

"흥미로운 이야기인데요."

그때 두 사람의 대화에 끼어드는 목소리가 있었다. 질리언은 흠칫했지만 라곤은 놀라지 않고 고개를 돌리며 말했다.

"알리시아 경, 기척을 숨기고 다니는 것은 별로 좋은 버릇은 아닌 것 같은데요."

갑옷을 벗고 간편한 차림을 한 알리시아가 훈련장 입구에 기대어 서 있었다. 그녀가 어깨를 으쓱했다.

"미안해요. 리처드 경이 워낙 귀찮게 굴어서 요즘 밖에 다닐 때는 기척을 죽이는 게 습관이 되었어요."

"그건 전부터 할 줄 알았어요, 아니면……?"

"물론 엘비라스에서 라곤 경이 하는 것을 보고 배운 거죠. 여러모로 쓸모가 많아요. 특히 집 안에 있을 때 잔소리꾼들이 다가온다 싶으면 자리를 피할 때……."

"굉장히 유용하게 쓰고 계시군요."

라곤이 한숨을 쉬었다. 소드 마스터는 특유의 존재감이 있어서 그것을 완전히 죽이는 것은 쉽지 않다. 그런데 알리시아는 같은 소드 마스터인 질리언이 눈치채지 못할 정도로 완벽하게 기척을 죽이고 20미터 거리까지 접근해 왔다. 이것은 라곤이 엘비라스에서 몰려드는 귀족들의 이목을 피할 때 사용했던 기술인데, 알리시아는 그때 한 번 보는 것만으로 완벽하게 체득해서 사용하고 있는 것이다.

알리시아가 웃으면서 다가왔다.

"두 사람이 같이 훈련하고 있는 것을 두고 말이 많더군요. 라곤 경에 대해서 모르는 사람들은 질리언 경이 라곤 경에게서 싹수를 보고 소드 마스터로 만들려고 하는 거다…… 라는 말도 안 되는 소리를 늘어놓고 있어요."

"제가 마법사라는 것은 싹 무시하고 말이죠?"

"마법사라는 것도 잘 모르는 거죠. 라곤 경에 대해서는 리할드 왕국 병사들도 제대로 알고 있지 못한 것 같거든요."

"이래 봬도 나름 유명할 때도 있었는데…… 소드 마스터 아니게 되니까 순식간에 잊히는군요."

라곤이 투덜거렸다. 엘비라스에서 이름을 떨친 것이 엊그제 같은데, 벌써 3년이 지나면서 그의 존재는 완전히 잊힌 모양이다. 하긴 그동안 활동을 안 했으니 이름이 기억될 이유도 없겠지만 묘하게 열받는 것도 사실이다.

알리시아가 말했다.

"이름이야 앞으로 다시 얻으면 되는 거죠. 그나저나 두 사람이 어떤 훈련을 하고 있는지 물어봐도 결례가 되지 않을까요?"

"별로 특별한 것은 없습니다. 질리언에게 검술을 가르치고 있었죠. 정확히는 문제를 교정해 준다고 해야 하나……."

라곤은 대수롭지 않다는 듯 대답했다. 알리시아가 흥미로 눈을 빛냈다.

"검술이라니 재미있군요. 그러고 보면 질리언 경도 다른 소드 마스터들과 비교하면 상당히 오러를 다루는 방식이 다채로워서 흥미로웠는데, 역시 라곤 경의 영향인가요?"

"어느 정도는. 하지만 제가 질리언을 직접 가르치는 것은 이번이 처음입니다. 지금은 돌아가신 질리언의 증조부께서 혜안을 가지신 분이라 질리언이 지금 같은 기량을 갖게 된 거죠."

"그렇군요."

"알리시아 경은 제대로 검술을 배우셨습니까?"

문득 질리언이 물었다. 알리시아가 고개를 끄덕였다.

"기초는 용병에게 배웠지만 가문의 기사들이 훈련하는 것을 보고 칼라지아타를 익혔죠. 용병으로 떠돌던 시절에는 배운 것만 연습해서 써먹었지만, 가문으로 돌아온 후에는 다시 칼라지아타를 제대로 배웠어요. 정통파 검술에는 심오한 맛이 있어서 오러의 사용법을 발전시키는데도 많은 도움이 되었지요."

칼라지아타는 약 700년 전, 대륙 동부에서 이름을 날린 소드 마스터 칼라지안이 만든 검술 유파로, 치밀한 연계 공격을 통해 상대방의 허점을 유도하고, 그것을 조금씩 벌려 나간 끝에 승리에 도달한다는 철학을 기반으로 하고 있었다. 이렇게 유명한 검술들은 일반인들 사이에도 그 형(形)과 식(式)이 전해져 내려오지만 모든 기술과 비기(秘技)까지 간직한 것은 전통있는 무가뿐이며, 역사있는 가문이라면 그런 기술들을 자체적으로 발전시켜 나가게 마련이었다. 그러니 알리시아가 익힌 칼라지아타도 일반적으로 알려진 것과는 형태가 다를 것이다.

라곤이 흥미를 보였다.

"칼라지아타라, 이름은 많이 들어봤지만 견식해 본 적은 없군요. 질리언의 경우는 데아드리가를 익혔죠."

"데아드리가라면 우리 왕국에도 꽤 사용자가 많죠. 리할드에서는 파리스류가 데아드리가와 함께 명성이 높다고 들었는데……."

"파리스류라면 형식만은 저도 할 수 있습니다. 뭐, 기술을 터득하고 있을 뿐이라 몇몇 기술 외에는 실전에서 쓰지 않지만……."

"흥미롭군요. 라곤 경, 이 기회에 칼라지아타를 견식해 볼 생각은 없으신가요? 저도 라곤 경의 검술이 궁금한데."

알리시아가 소드 마스터로서는 파격적인 제안을 내놓았다. 그 말에 라곤이 씩 웃었다.

"좋습니다."

7

라곤과 알리시아의 대련은 라곤과 질리언이 훈련할 때와 똑같은 조건하에서 치러졌다. 라곤이 마법을 거는 것을 본 알리시아가 물었다.

"괜찮겠어요? 마법을 건다고 해서 소드 마스터의 속도를 따라오기는 힘들 텐데……."

"문제없다고 말하고 싶지만, 알리시아 경이 상대니 좀 무리하도록 하죠."

라곤은 목걸이 형태의 마법기에 걸린 헤이스트까지 발동시켰다. 질리언과 싸울 때보다 한 차원 더 감각과 육체를 가속시킨 것이다.

겹겹이 마법이 걸리는 것을 지켜보던 알리시아가 말했다.

“어디 한번 볼까요.”

동시에 그녀가 움직였다. 바람 가르는 소리가 울렸다고 생각한 순간, 두 사람이 전광석화처럼 교차하며 위치를 바꾼다.

츠팡!

옅은 오러 블레이드에 감싸진 알리시아의 검과 마법으로 보호받는 라곤의 검이 부딪치며 섬광이 튀었다. 첫 일격으로 라곤의 속도를 가늠한 알리시아의 입가에 미소가 걸렸다.

“대단하군요. 이 정도 속도라면 확실히 소드 마스터와 동급.”

라곤은 마력 면에서는 고인이 된 대마법사 할로드를 능가했고, 익히고 있는 모든 마법을 최고 효율로 연마했다. 거기에 헤이스트까지 걸고 나니 속도 면에서 소드 마스터와 동급 수준까지 가속할 수 있었다.

라곤이 말했다.

“이 조건하에서는 봐줄 생각은 안 해도 될 겁니다.”

“그럴 생각이에요.”

알리시아가 다시금 뛰어들었다. 라곤도 기다렸다는 듯 마주 달려들면서 두 사람의 검이 질풍처럼 교차하기 시작했다.

채채채채챙!

한 호흡에 수십 번의 검격이 난무했다. 두 사람은 빠르고 정확한 공격을 가하는 것은 물론, 눈빛과 신체 일부의 움직임을 이용해서 상대방을 현혹시키면서 현란한 공방을 주고받고 있었다. 겉으로 보기에는 서로 경쟁적으로 속도를 높여갈 뿐인 것 같지만 그 실상은 무서울 정도로 깊이있는 수 싸움이었다.

칼라지아타의 철학을 숙지한 알리시아의 검술은 마치 상대방을 천천히 깎아나가는 듯했다. 서서히 방어를, 집중력을, 체력을 깎아나가고 상대방의 검격을 엇나가게 하면서 허점을 만들어 나간다. 허점이 드러났다고 해서 바로 찌르고 들어가는 부담을 지지 않고 더욱 정밀한 움직임을 통해서 그것을 헤집어 벌려놓는다. 그것이 충분히 벌어졌다고 생각하는 순간, 아무렇지도 않은 얼굴로 섬전 같은 검격을 날려 그것을 관통했다.

채앵!

두 사람의 위치가 다시 반전되었다.

알리시아의 얼굴에 경악이 떠올랐다. 그녀가 자신의 머리칼이 몇 가닥 잘려 나간 것을 보며 물었다.

"대단하군요. 전부 계산한 건가요?"

"아뇨. 그럴 리가. 당신이 원하는 흐름을 타고 가속해서 마지막 순간에 살짝 반항한 것뿐이죠."

그렇게 말하는 라곤도 머리카락 몇 가닥이 잘려서 나풀거리고 있었다. 알리시아가 재미있다는 듯 말했다.

"라곤 경의 검술은 정말 재미있군요. 감각파인지 이론파인지 알 수가 없어."

　라곤의 검술은 독특했다. 정통파 검술과 비교하면 기술적인 세련됨은 뒤떨어지지만, 용병들이 쓰곤 하는 자기류 검술과 비교하면 또 압도적인 기교가 돋보인다. 기본기만 충실한 게 아니라 그것을 어떻게 연계해서 사용할 것인가에 대해서도 많은 연구와 훈련을 거쳤다는 것이 느껴진다. 기본이 충실하면 응용 기술은 쉽게 익히게 마련이지만, 정통파 검술의 응용 기술이란 수백 년에 걸쳐 계승되면서 연구되고 발전되어 온 것이다. 그렇기에 개인의 경험과 연구만으로는 도저히 그 깊이를 따라갈 수 없다.

　라곤은 그런 부족함을 탁월한 감각으로 메우고 있었다. 기본기는 소름 끼치도록 정확하게 목표한 지점을 노릴 수 있었고, 상대방의 호흡과 움직임을 읽고 감각을 흐트러뜨리는 솜씨는 예술적이라고 할 만했다.

　즉, 인간을 제외하고 기술의 완성도를 따지자면 라곤의 검술은 그리 대단하지 않다. 하지만 라곤이라는 인간이 그것을 자신에게 맞게 최적화시켜 사용하기에 극치의 검술이 된다. 알리시아는 기술이 아무리 뛰어나도 그것을 사용하는 것은 결국 인간이라는 사실을 깨달을 수 있었다.

　라곤이 말했다.

　"좀 더 해보죠."

　"물론이죠. 이걸로 끝내면 너무 싱겁잖아요?"

　알리시아도 웃으며 그에 응했다.

두 사람은 30분에 걸쳐 격렬하게 검투를 벌였다. 서로 살의를 지우고 기술을 겨루는 것이긴 했지만 질리언이 보기에는 정말 아슬아슬할 정도로 위험한 경계를 넘나드는 겨룸이었다. 둘 다 느긋함이라곤 온데간데없이 조금이라도 허점이 드러났다 싶으면 용서없이 그곳을 향해 칼날을 찔러 넣는다. 대련이 끝났을 때쯤에는 둘 다 연습용 보호구가 너덜너덜해졌을 정도였다.

'그래도 상처는 하나도 없다는 게 진짜 무서워. 괴물들 같으니.'

질리언이 혀를 찼다. 라곤도 알리시아도 보호구와 의복을 손상시켰을 뿐 상대방에게 직접적인 상처는 단 하나도 입히지 않았다. 고작해야 머리카락이 조금씩 잘려 나간 정도였다. 그것은 그들이 처음부터 경계선을 그 정도로 정해두고 검투를 벌였다는 것을 증명했다.

라곤이 예를 표하고 검을 검집에 집어넣으면서 말했다.

"칼라지아타는 정말 멋지군요. 정통파 검술은 접할 때마다 느끼는 것이지만 심오한 멋이 있는 것 같습니다."

"수백 년의 시간 동안 다듬어져 온 것이니까요. 저도 가문에 돌아가서 칼라지아타를 다시 익혔을 때는 그 깊이에 놀랐지요. 무가들이 이런 대단한 기술을 버리고 소드 마스터 속성법을 택하는 것이 안타까웠을 정도예요."

"맞는 말씀입니다. 개인적으론 도대체 왜 속성법이 만들어졌냐가 가장 궁금한 부분이지요."

라곤이 알리시아의 말에 동의하며 근본적인 의문을 제시했다. 알리시아가 의아해하며 물었다.

"아무리 뛰어난 검사라도 소드 마스터라는 초인에게 대적하는 것은 불가능. 소드 마스터가 있느냐 없느냐가 가문의 성세를 결정하는 것은 물론이고 국가의 위상에도 영향을 미치니 속성법에 탐닉하는 것은 당연한 일 아닐까요?"

"그건 그렇지요. 하지만 제가 궁금해하는 것은 카르벨 대왕이 왜 소드 마스터 속성법을 만들어냈냐 하는 것입니다."

"소드 마스터 속성법을 만들어낸 것이 카르벨 대왕이라고요?"

알리시아가 놀라서 물었다.

프로토 오크가 부활하고 오크들이 리할드 왕국을 점령한 지금, 그들이 천 년 전에 카르벨 대왕을 중심으로 하는 연합군과 싸웠다는 사실은 많이 알려져 있었다. 하지만 소드 마스터 속성법의 기원에 대한 것을 알고 있는 자는 일부 학자들을 제외하면 거의 없다. 라곤 역시 소드 마스터의 힘을 잃고 그에 대한 기록이란 기록은 전부 찾아보는 과정에서 알게 된 것이다.

라곤이 대답했다.

"네. 카르벨 대왕이 말년에 각국의 왕들을 불러 모아 진행한 계획의 결과물로 알고 있습니다. 국가나 가문의 비전으로 비밀리에 관리되었어야 할 것 같은 소드 마스터 속성법을 귀족이라면 개나 소나 알고 있는 것은 의도적으로 그 기술을 귀족들에게 나누어 주고 계승시켰기 때문이죠. 학자들은 대륙을 구한 카르벨 대왕이 인류를 위해 그러한 계획을 진행시켰다는 견해를 가진 것 같지만, 그들도 왠지 석연치 않다고 느끼는 것 같습니다."

"카르벨 대왕도 일국의 왕인데 왜 그런 기술을 독점하려고 들지 않고 공개해서 보급시켰느냐 하는 부분인가요?"

"그렇습니다. 거기에는 우리가 모르는 중요한 이유가 숨어 있는 것 같아요. 당시의 소드 마스터들은 모두 저나 알리시아 경처럼 기적적인 우연의 산물이었고, 따라서 속성법으로 만들어진 소드 마스터가 어떤 결점을 갖는지도 꿰뚫어 보았을 것이 틀림없습니다. 그건 심지어 정상적인 훈련을 통해서 소드 마스터가 될 수 있는 재목이라고 하더라도 망가뜨려 버리고 마는, 양날의 검이라고 할 수 있는 방법인데……."

"그런데도 굳이 그 방법을 보급시켜 소드 마스터의 수를 늘려야만 하는 이유가 있었다, 소드 마스터보다는 훨씬 쉽게 만들어지고, 그 기술로 발전해 온 마법사만으로는 충분하지 않았다…… 그런 거군요."

"전 그렇게 생각합니다. 카르벨 대왕에게는 그럴 수밖에 없었던 이유가 있는 거라고. 마법사만으로는 안 되고, 반드시 소드 마스터의 수가 많아져야만 한다고 생각했던 이유가 있는 거라고."

"흥미로운 의문이군요. 역사에는 별로 관심이 없지만, 어쩌면 라곤 경의 의문이 앞으로 이어질 오크들과의 싸움에서 도움이 될지도 모르는 일이죠."

"글쎄요. 그러면 좋겠군요."

라곤이 쓴웃음을 지었다. 라곤은 알렉스를 가르치는 것을 포함해서 소드 마스터에 대해서 조금이라도 더 많이 알기 위해 노력해 왔고, 그 결과 몇몇 학자들을 제외하면 누구보다도 많은 사실을 알게 되었다. 그러나 그런 지식이 정말로 전투에 도움이 될지는 시간이 지나봐야 알 일이다.

알리시아는 연습용 보호구를 벗어놓으며 라곤에게 물었다.

"방해되지 않는다면 저도 가끔 훈련에 참여해도 될까요? 혼자 훈련하는 것보다는 이쪽이 훨씬 재미있는데."

"저야 물론 환영이지만, 질리언에게도 의견을 물어봐야 할 것 같군요."

"저도 좋습니다. 알리시아 경에게도 배울 게 많으니까요."

질리언이 냉큼 찬성했다.

그가 본 알리시아의 기량은 전율스러울 정도였다. 라곤이 소드 마스터의 힘을 잃기 직전과 지금의 그녀를 머릿속에서 비교해 보면 생각할 것도 없이 저울추가 그녀에게 기울었다. 소드 마스터 시절의 라곤에 대한 기억은 시간이 지나면서 질

리언의 마음속에서 다소 과장되고 미화된 구석이 있는데도
그렇다.

"그럼 특별한 일이 없으면 오죠. 시간은 대충 오늘 왔을 때
보다 한두 시간 정도 일찍 오면 되나요?"

"그 시간보다 세 시간 전쯤부터 하고 있으니까 그때 맞춰
오시면 됩니다. 언제 전투가 일어날지 모르니까 무리한 훈련
은 안 하고 있어요."

"그렇군요. 그럼 내일 뵙죠."

알리시아는 고개를 끄덕이고는 훈련장을 나섰다. 라곤이
질리언을 돌아보며 물었다.

"질리언, 너 꽤 도량이 넓구나."

"뭐가요?"

"나는 그렇다 치고 알리시아 경은 타국 사람이고, 게다가
여자잖아."

"하지만 존경할 만한 기량의 소유자니까요. 알리시아 경의
기술들은 배울 만한 가치가 있습니다."

"아니, 그게 아니고…… 나한테 깨지는 것은 상관없지만
알리시아 경한테 깨지면 좀 자존심이 많이 상하지 않겠어? 대
련 좀 해보니까 검술을 논할 때는 아마 나처럼 가차없이 지도
할 타입으로 보이는데……."

"……."

그 말에 질리언의 표정이 굳었다. 거기까지는 생각해 보지

않았던 것이다. 라곤에게 당할 때도 굴욕감과 부끄러움이 치솟는데 타국 사람이며 여자이기까지 한 알리시아에게 똑같은 일을 당하게 된다면…….

라곤이 그의 어깨를 툭툭 두드려 주며 말했다.

"뭐, 이미 엎질러진 물이니 어쩔 수 없지. 열심히 해봐라."

"으윽."

질리언은 뒤늦게 자신에게 찾아올 미래를 깨닫고 신음했지만 라곤의 말대로 이미 엎질러진 물이었다.

CHAPTER 19
재회

마검전생

오크 히어로 칼카쿰은 인간들의 성벽 위를 걷고 있었다. 너덜너덜해진 성벽은 얼마 전 그의 손으로 직접 파괴한 것이었다. 인간들이 지키고 있던 성벽을 파괴하고, 이제는 사로잡은 인간들을 노예로 부려 그것을 다시 수리하는 광경은 왠지 우스꽝스럽게 느껴졌다.

"흠."

인간 노예들이 채찍질당하며 일하는 것을 지켜보던 칼카쿰은 성벽 한구석으로 향했다. 그곳에는 주변의 다른 존재들보다 몇 배는 커 보이는 거대한 오우거의 실루엣이 있었다. 5미터에 달하는, 오우거 중에서도 거구라고 할 수 있는 바위

같은 근육질의 몸 위로 투박하고 두터운 갑옷을 입은 그는 성벽에 걸터앉은 채 담배를 피우고 있었다.

그 광경을 본 칼카쿰이 눈살을 찌푸리며 물었다.

"그건 뭐야?"

"뭐긴 뭐야? 담배지. 애송이, 담배도 모르나?"

놀랍게도 오우거가 또렷한 발음의 오크어로 되물었다. 그의 입가에 물린 담배는 인간이나 드워프가 피우는 것보다 몇 배는 큰 비정상적인 크기를 자랑했다. 인간이라면 입을 있는 대로 벌려야 겨우 물 수 있을까 말까 한 그런 크기다.

칼카쿰이 으르렁거렸다.

"계속 애송이라고 지껄이면 그 입 찢어버린다고 분명히 말했을 텐데?"

"자신있으면 해보시던가. 애송이를 애송이라고 부르는데 뭐가 불만이야? 그러고 보니 인간들에겐 그런 말이 있다지? 어린애일수록 자기를 어린애라고 부르는 것을 싫어한다는?"

"크으……."

칼카쿰이 주먹을 부들부들 떨었다. 오우거가 코웃음을 쳤다.

"나이 좀 더 처먹고 오너라, 아가야. 아직 열 살밖에 안 된 것이 애송이 소리 안 들으려고 칭얼거리는 건 무리란다."

칼카쿰은 오크 중에서도 커다란 덩치를 자랑하지만 나이는 아직 열 살밖에 되지 않았다. 인간에 비해 평균 수명이 짧은 오크는 장성하기까지의 기간도 짧다. 7, 8세면 이미 성인 장정이라고 할 수 있을 정도로 성장한다.

칼카쿰은 어려서부터 다른 오크들보다 머리 하나는 큰 덩치를 자랑했고, 그만큼 힘이 세었으며, 오크의 무술을 익힘에 있어서도 탁월한 재능을 발휘했다.

척박한 땅에서 생활하는 작은 부족에서 태어난 칼카쿰은, 먹을 것을 찾아 위험이 도사리는 지역으로 이동한 부족을 지키기 위해 밤낮을 가리지 않고 싸우는 도중, 프로토 오크의 강림을 영혼으로 느끼며 영웅의 빛을 각성했다. 그 후 그는 부족을 이끌고 인간들을 격파해 가면서 오팔리안 제국으로 향했고, 대전사 라카둠의 지도하에 다른 오크들을 압도하는 기량을 갖추어 장군의 지위를 갖게 되었다.

칼카쿰이 쏘아붙였다.

"나잇살 처먹은 게 자랑인가? 얼마 전까지는 다리 사이에 달린 거 덜렁거리면서 돌아다니는 것밖에 할 수 없었던 주제에."

"물론 자랑은 아니지. 하지만 네놈을 애송이라고 부를 수 있으니 어찌 즐겁지 않겠느냐?"

"적당히 해두시지, 하르칸. 칼카쿰 자네도 저런 저열한 도발에 넘어가서 씩씩거리다간 다른 놈들한테도 애송이란 소리를 들을 거야."

그때 둘 사이에 끼어드는 중후한 목소리가 있었다. 오우거 로드 하르칸이 목소리의 주인을 돌아보며 투덜거렸다.

"바라사다, 네놈은 또 무슨 일이지?"

그곳에는 암녹색 피부를 가진 트롤이 있었다. 키가 2미터 50센티 정도로 칼카쿰보다 좀 더 컸지만 자세가 구부정하고 마른 몸매를 가진 탓인지 오히려 약간 작아 보인다. 키에 비해 팔이 길쭉하여 신체의 균형이 기묘했고, 매부리코가 두드러지는 얼굴은 음울하면서도 날카로워 보였다. 회색 머리칼을 늘어뜨린 그는 금으로 만든 귀고리를 하고 있었고 갑옷 여기저기에도 마법적인 의미가 담긴 장신구를 달아두어서 걸을 때마다 짤랑거리는 소리가 울렸다.

트롤 원더러 바라사다였다. 그가 퉁명스럽게 말했다.

"아마 칼카쿰이 네놈에게 온 것과 같은 이유겠지. 네놈은 자리에 없어서 통신을 못 받은 모양이다만."

"조만간 지원 병력이 도착한다는 소식이 왔다. 도착하는 대로 진군하라는 지시다. 그리고 되도록 많은 인간 노예를 사로잡아서 보내달라는 요청도 있고."

"인간 노예를? 쳇. 그 지저분한 탑 짓는 데 쓰려고 그러나?"

칼카쿰이 설명하자 하르칸이 투덜거렸다.

오팔리안 제국 내에서 부려지는 인간 노예의 숫자는 굉장히 많았다. 그들은 가축처럼 취급당하며 매일매일 수십 명씩 죽어나갈 정도로 혹사당한다. 그들 대부분은 오크들이 사는 도시를 중축하고 무기를 만들고, 농장을 관리하고 광물을 캐는 등 일반적으로 사회를 유지하기 위해 필요한 노동력으로 쓰이지만 최근 1만 명 이상이 동원되어 진행되고 있는 특별한 일이 있었다. 그것이 바로 하르칸이 말한 '탑'이었다.

칼카쿰이 으르렁거렸다.

"불경하다, 하르칸! 그것은 프로토 오크께서 직접 명하신 일이다."

"어이쿠, 몰라뵈었습니다요. 훌륭한 탑으로 정정하지. 어쨌든 그런 탑을 지어서 뭘 하려고 하는 거지?"

"인간들의 마탑과도 비슷한 것 같은데, 아이오네스라는 작자가 관여하고 있는 것 같다. 프로토 오크의 신위를 떨치기 위한 건축물이라고 하니 완성되면 그 가치를 알 수 있겠지."

"그 기분 나쁜 마법사 나부랭이 말인가? 프로토 오크의 신뢰를 받고 있지만 않았어도 한 번에 목을 부러뜨리는 거였는데……."

"내 기억으로는 그때 네놈의 목이 날아갈 뻔한 것으로 아는데?"

"닥쳐."

지금까지 칼카쿰을 도발하며 이죽거리던 하르칸이 노기를 드러냈다. 그에게서 피어나는 살기가 멀리 떨어진 인간들마저 얼어붙게 만들었지만, 바라사다는 눈썹도 까딱하지 않고 그 살기를 정면으로 받아넘기고 있었다. 그가 피식 웃었다.

"베이런 크로네스가 무섭긴 무서운가 보군."

"닥치라고 했지."

하르칸이 당장에라도 폭발할 것 같은 기세로 쏘아붙였다.

얼마 전, 하르칸이 프로토 오크의 어전에서 물러났을 때 아이오네스가 그 앞에 나타나 말했다.

"그저 오러의 힘을 각성하는 것만으로도 쥐새끼만도 못했던 돌대가리가 인간에 가까운 지능을 갖게 되다니 정말 훌륭한 실험대상이로군."

그 말에 분노한 하르칸은 그 자리에서 아이오네스의 목을 꺾어놓으려고 들었다. 하지만 그 순간 아이오네스의 곁에 있던 베이런이 나섰고, 하르칸은 그에게서 피어오르는 검은 오러에 휘감겨 바닥에 처박혔다. 베이런은 꼼짝도 못하게 된 하르칸의 머리에 발을 올려놓더니 차갑게 말했다.

"주제 파악을 해라, 짐승. 네가 자신이 무엇인지 알고, 자신이 무엇을 바라는지 알고 날뛸 수 있는 것은 모두 남이 준 은총이다. 자기가 원래는 저능한 버러지에 불과하다는 사실을 잊지 않았으면 좋겠군."

오우거는 야성이 강한 만큼 행동양식이 짐승에 가까웠다. 자연 속에서는 거의 적수가 없기에 폭군처럼 행동하지만 드물게 자기보다 강한 존재, 예를 들면 더욱 크고 강한 오우거 개체를 만나면 얌전히 꼬리를 내리고 달아난다.

하지만 오러의 힘을 각성하여 오우거 로드가 된 하르칸은 이러한 본성에 저항하고자 했다. 놀랍게도 그는 자신이 가진 힘을 연마하고자 하는 향상심을 가졌고, 그것을 통해 본성이 명하는 굴종을 거부하고자 하는 의지가 있었다.

하르칸은 베이런에게 경외심과 두려움을 품고 있었다. 하르칸은 프로토 오크의 뜻에 따라 베이런의 손으로 만들어진 존재였기 때문이다. 그가 오우거 로드로 각성한 과정은 베이런에 의해 오크 히어로로 각성한 오크들과 다르지 않았다. 프로토 오크 앞에서 배짱을 부릴 수 있을지언정 베이런 앞에서는 얌전히 고개를 숙일 수밖에 없는 것이 하르칸의 현실이었다.

그 점을 알고 있는 바라사다가 그를 조롱했다.

"허세를 떨어봐야 소용없어, 어린 녀석. 네놈이야말로 애송이에 불과하다는 것을 알아야지. 먹고 싸고 난동 피우는 것밖에 모르던 짐승이 지성을 얻었다고 다른 누군가를 애송이 취급한다니 기도 안 차는군."

"애송이는 인내심이 부족하지. 어디 애송이의 무서움을 한번 볼 텐가, 늙은이?"

"그러던가. 뒷일을 감당할 자신이 있다면."

바라사다도 적의를 피워 올리기 시작했다. 둘 사이에 팽팽한 긴장감이 감돌기 시작하자 칼카쿰이 그 사이로 끼어들었다.

"둘 다 그만둬. 프로토 오크께서는 우리끼리 싸우는 일이 없으라고 하셨다.”

“프로토 오크의 말씀은 언제나 옳지. 하지만 그런 사려 깊음이 통하지 않는 짐승도 있으니 슬픈 일이야.”

바라사다는 흥이 깨졌다는 듯 어깨를 으쓱했다. 오우거인 하르칸에게 혐오감을 표시하는 그였지만, 그는 원래 조용한 성격이었다.

하르칸도 으르렁거리기는 했지만 결국 발작을 일으키지는 않았다. 그는 재미없다는 듯 담배를 다시 물었고, 그것을 본 칼카쿰이 다시 물었다.

“그런데 그건 대체 뭐야?”

“담배라니까.”

“그러니까 담배라는 게 그렇게 큰 물건이 아니지 않나?”

“인간들한테 만들게 했지. 나를 위한 특제품이다. 만들기가 아주 힘든 관계로 아껴 피워야 하는 게 단점이지만. 인간들이 참 손재주는 쓸 만해서 부려먹기 좋지.”

하르칸이 연기를 뿜어내며 말했다. 바라사다가 눈살을 찌푸렸다.

“몸에 좋지도 않은 걸 그렇게 즐기는 심보를 모르겠군. 하긴 인간들이 하는 짓 중에 이해할 수 있는 게 별로 없지. 난 이만 가보겠다.”

바라사다가 담배 연기를 불쾌해하며 몸을 돌렸다. 칼카쿰이 하르칸에게 말했다.

"이번 지원군에는 오우거와 미노타우로스가 다수 포함된다고 하니 그것들은 네가 알아서 지휘해라."

"흥. 나한테도 동족 부하들이 생기는 건가? 뭐, 좋아. 그놈들은 내가 맡지. 하지만 나나 네놈이나 하나같이 돌대가리인데 이렇게 큰 규모의 군대를 지휘하라고 하다니, 솔직히 무모하지 않나 싶군. 바라사다 저놈이 머리는 우리 중에서 제일 잘 굴러가는데…… 하긴 뭐, 트롤이라 남들한테 명령하는 게 체질에 안 맞는다니 어쩔 수 없나."

"오크 용사는 부하들을 책임지는 데 주저하지 않는다."

"알겠다, 알겠어."

하르칸이 질렸다는 듯 고개를 젓자 칼카쿰이 몸을 돌렸다. 두 장군이 떠나고 홀로 남은 하르칸은 얼어붙은 인간 노예들을 보며 호통쳤다.

"뭘 구경났다고 멍하니 보고 있어? 빨리 일하지 못해!"

인간 노예들은 그 말에 화들짝 놀라서 다시 일하기 시작했다. 하르칸이 투덜거렸다.

"하나같이 마음에 안 드는군. 어디 근사한 오우거 아가씨 없나?"

2

리할드 왕국력 357년 10월.

　알리시아는 최근 한 사람 때문에 귀찮아하고 있었다. 그것은 바로 토라스의 유력한 귀족이며 소드 마스터인 리처드 바난 후작이었다.

　파리안이 무너질 때 질리언과 함께 오크 히어로 수십을 해치우고, 성벽을 넘어오는 오크 히어로 칼카쿰, 오우거 로드 하르칸, 트롤 원더러 바라사다를 상대로 격투를 벌여 그들의 진군을 막아낸 알리시아는 '석양 속의 별'이라는 별명을 얻으며 그 위명이 드높아져 있었다. 전투 전까지 여자라고 푸대접하던 것을 생각하면 믿을 수 없을 정도로 대우가 달라진 상태다.

　그때 상상을 초월하는 알리시아의 전투에 깊이 감명받은 리처드는 매일 같이 그녀의 뒤를 쫓아다니면서 회유하려 하고 있었다.

　"그러지 말고 나중에 한번 만나봐 주지 않겠나? 내 아들 녀석이 아직 소드 마스터는 아니지만 어디 가서 빠지는 인물은 아니라네. 셋째 아들은 요즘 잘나가는 마법사라서……."

　단정하게 빗어 넘긴 금발과 호수처럼 푸른 눈동자를 가진 리처드 바난 후작은 겉보기로는 30대 중반 정도로 보이는 잘생긴 남자였다. 하지만 소드 마스터라서 젊어 보이는 것이지 사실은 47세였고, 두 명의 부인을 두었으며 아들 셋과 딸 둘이 있었다.

"죄송하지만 생각없다고 몇 번이나 말씀드렸는데요."

알리시아는 싱글싱글 웃는 리처드를 한 대 패버리고 싶은 충동을 억누르느라 고생하고 있었다. 결혼하라는 소리 듣기 싫어서 전장을 전전하기까지 한 그녀이거늘 여기에서까지 결혼 문제로 시달리게 될 줄이야. 그것도 가족이나 친척도 아니고 타국의 고위 귀족한테! 당장 오크들의 대군이 쳐들어올지도 모르는 상황에서!

'여자가 능력만 있으면 결혼 안 하고 살아도 아무 말 안 듣는 나라 어디 없나?

그런 나라가 있으면 당장 이민 가고 싶을 지경이었다.

"죄송하지만 전 따로 약속이 있어서 이만 실례하겠습니다!"

리처드의 공세를 견디다 못한 알리시아는 결국 달아나고 말았다. 아직 라곤, 질리언과의 약속 시간까지는 두 시간 정도 남았지만 리처드와 대화를 나누는 것은 오크들과 격전을 벌이는 것보다 더 힘들었다.

'버틸 수가 없다!'

"알리시아 경! 잠깐만 기다려 보게! 초상화도 갖고 왔는데 한 번쯤 봐주기라도……!"

뒤에서 들리는 리처드의 목소리를 무시하고 알리시아는 소드 마스터의 운동 능력을 최대한 발휘, 질풍처럼 복도를 달려서 도망쳐 버렸다. 그녀의 거처에 남겨진 리처드가 아쉬운 듯 입맛을 다셨다.

"쩝. 역시 능력이 출중한 아가씨라 그런지 쉽게 안 넘어오네. 우리 아들들이 그래도 인물은 어디 가서 안 빠지는데……."

리처드는 결국 보여주지 못한 둘째 아들과 셋째 아들의 초상화를 꺼내보며 투덜거렸다. 초상화를 그릴 때 어느 정도 미화되는 게 상식이긴 해도 그의 아들들이 훤칠하니 잘생기긴 했다. 나이도 각각 스물두 살, 열여덟 살로 결혼 적령기고, 바난 후작가라는 배경까지 있으니 어딜 가도 인기있을 일등 신랑감들이었다.

몸을 일으키던 리처드는 옆에 대기하고 있던 시녀를 보며 물었다.

"그런데 알리시아 경은 또 어느 분과 약속이 있어서 나가신 건가?"

"아, 그게……."

시녀는 쉽게 대답하지 못하고 머뭇거렸다. 그녀는 알리시아를 죽 모셔왔기 때문에 눈치가 있었고, 리처드 경에게 그 사실을 알려주어서는 안 된다는 것을 알고 있었다.

리처드가 못마땅한 표정을 지었다. 그는 토라스의 대귀족이며 소드 마스터이기까지 하다. 그렇기에 아랫사람이 자신에게 거역하는 상황에 불쾌감을 느끼는 게 당연했다.

"뭐, 자네 주인의 지시가 있었던 것 같으니 내 이해하지. 스스로 알아보겠네."

그는 넓은 아량을 발휘해서 더 캐묻지 않고 알리시아의 거
처를 나섰다.

3

최근 라곤의 일과는 매일매일 똑같이 반복되고 있었다. 식
사 시간과 질리언, 알리시아와 훈련하는 시간을 제외하면 모
조리 다 마법을 공부하는데 쏟아부었다. 터득하고 있는 마법
을 좀 더 정밀하게 다듬는 것은 물론, 새로운 마법을 익히기
위해 노력하고 있었다.
라곤이 투덜거렸다.
"힐링 이거 진짜 어렵네."
리할드 왕국이 멸망할 때 치료 수단의 필요성을 뼈저리게
실감한 라곤은 카알과 함께 힐링을 공부하고 있었다. 다행히
리할드 왕국군의 마법사 중에 힐링을 할 줄 아는 마법사가 있
었고, 그와의 교섭을 통해서 카알이 가르침을 받는 데 성공했
다. 카알은 자신이 익힌 뒤에 라곤에게 가르쳐 주는 중이었지
만, 철저하게 필요한 마법만을 익히느라 전반적인 지식과 기
초가 부족한 라곤은 쉽게 힐링을 익히지 못하고 있었다.
"어려운 마법이긴 해요. 사실 효과도 그렇게 크진 않은데
5서클로 분류되는 것은 다 이유가 있죠."
"그러게."

라곤이 혀를 내둘렀다.

힐링은 5서클이지만 기본적인 마력 소모량은 1서클인 포스 볼트와 비슷할 정도였다. 하지만 마법식이 워낙 정밀한데다가 다양한 방면의 마법 지식을 갖춰야만 이해할 수가 있어서 라곤에게는 습득 난이도가 너무 높았다.

카알이 말했다.

"너무 서두르지 마세요. 이건 서두른다고 되는 게 아니라서……."

"어쩔 수 없군. 이래저래 일이 잘 안 풀리네. 이것도 그렇고 이그나이트 포스도 그렇고……."

라곤이 끄응 하고 앓는 소리를 냈다. 대마법사 할로드 데이커가 남긴 마법 이그나이트 포스의 해석 역시 지지부진했다. 이 마법을 해석해 줄 마법사를 물색해 봤지만 고위 마법사들은 성벽의 결계를 개량한다 뭐다 해서 다들 바쁘고, 시간이 있는 마법사들은 수준 미달이었다.

라곤과 카알이 마법에 열을 올리고 있을 때, 문득 문을 노크하는 소리가 들렸다. 누군가 싶어서 들어오라고 하자 뜻밖의 인물이 얼굴을 내밀었다. 긴 붉은 머리칼을 뒤로 묶어 내린 알리시아였다.

"알리시아 경, 아직 훈련 시간도 아닌데 웬일이에요?"

"갑자기 찾아와서 미안해요. 혹시 들어가도 될까요?"

"네. 들어오시죠."

라곤이 고개를 끄덕이자 알리시아는 비틀거리며 안으로 들어와서 문을 닫았다. 그제야 그녀의 얼굴에 지친 기색이 가득한 것을 알아차린 라곤이 물었다.

"무슨 일 있었어요?"

"…결혼."

알리시아가 작게 중얼거렸다. 그 말의 의미를 알아듣지 못한 라곤이 눈을 동그랗게 뜨며 물었다.

"네?"

"전 말이죠, 전장에서까지 결혼 문제에 시달리게 될 줄은 꿈에도 상상하지 못했어요."

"왜요? 혹시 가족들이 여기까지 신랑감 초상화 들고 오기라도 했어요?"

"그게 아니라……."

알리시아는 한숨을 푹푹 쉬면서 리처드에게 시달린 이야기를 해주었다. 그 말을 들은 라곤이 애써 웃음을 참으며 물었다.

"푸훗, 아니, 그럼 리처드 경이 알리시아 경한테 홀딱 반했다는 거예요?"

"웃지 말아요. 본인이 반하면 차라리…… 아니, 그것도 생각해 보니 끔찍하군요."

알리시아가 지긋지긋하다는 듯 고개를 저었다. 그때 카알이 두 사람 앞에 찻잔을 놓아주며 물었다.

"하지만 알리시아 경은 할라드 왕국의 소드 마스터이신데, 결혼을 청한다고 해도 자기 가문에 들어오라는 조건이면 애당초 성립할 수가 없지 않나요?"

"데릴사위로 가도 괜찮다면서 둘째 아들하고 셋째 아들에 대해서 입에 침이 마르도록 괜찮은 녀석들이라고 하는 거예요."

"데릴사위로요? 그럼 대체 바난 후작에게는 어떤 이득이 있죠?"

"대신 소드 마스터로서의 기술을 공유해 주길 바라는 거죠. 그 점은 노골적으로 이야기하더군요."

알리시아가 찻잔을 입으로 가져가며 말했다.

귀족들의 결혼이란 계약의 증표와도 같았다. 사랑하는 남녀가 결혼하는 것이 아니라 정치적, 경제적인 이득을 보고 가문끼리 결합하는 것이다. 라곤과 시에나의 관계가 그러했듯이, 거래에 있어 확실한 신뢰 관계를 구축하기 위해 결혼이라는 행사를 치른다고 봐야 했다. 리처드의 뜻은 타국의 소드 마스터인 알리시아와 말로만 거래를 하기보다는 확실하게 인척 관계를 맺어두고 이득을 보고 싶다는 것이었다.

라곤이 피식 웃었다.

"바난 후작도 참 노골적이군요. 그래도 전장에서 잔뼈가 굵은 베테랑이라 그런지 보는 눈이 있네요. 알리시아 경의 기술을 그렇게까지 탐내다니……."

"베테랑이라고 해봤자 질리언 경만도 못한 걸요. 속성법으로 만들어진 소드 마스터의 기량이라고 해봤자 도토리 키 재기죠."

"그렇지는 않을 겁니다."

"네?"

예상치 못한 라곤의 말에 알리시아의 눈이 조금 크게 떠졌다. 라곤이 말했다.

"리처드 바난 후작이라면 소드 마스터가 된 지 20년이 넘었고, 소드 마스터끼리의 전투 경험도 몇 번이나 있는 사람이죠. 정확한 기량은 직접 보지 못해서 모르겠지만, 아마 그 정도 경험이 있다면 총체적인 전투 능력 면에서는 질리언보다 나을 겁니다."

"어째서 그렇죠? 질리언 경은 오러 블레이드의 운용에 있어서도 다른 소드 마스터들보다 훨씬 다채롭고, 아직 미숙한 구석이 있긴 해도 회전기도 사용할 수 있는데……."

"그건 기술의 뛰어남이지 전투 능력의 뛰어남은 아니죠. 물론 소드 마스터로 활동한 기간이 비슷한 다른 소드 마스터들과 비교하면 질리언의 능력이 압도적이긴 할 겁니다."

"하지만 베테랑 소드 마스터는 다르다는 건가요?"

"기술이 뛰어난 사람이 힘이 센 사람을 이긴다는 법이 없듯이, 소드 마스터로서 오러의 운용법이 다채롭다고 해서 그렇지 못한 이를 이긴다는 보장은 없습니다. 요는 자신이 가진 무기를 얼마나 잘 활용하느냐에 있지요. 베테랑 소드 마스터들은 기술적으론 부족하지만 다양한 경험과 그것을 통해 얻은 감각이 있기 때문에 얕볼 수 없습니다.”

둔하지만 힘이 세고 맷집이 강한 파워 파이터와 빠르고 정확한 테크니컬 파이터가 싸웠을 때 어느 한쪽이 절대적으로 유리하다고 볼 수는 없다. 승패는 상황에 따라서, 그리고 자신이 가진 무기를 어느 수준까지 연마했느냐와 그것을 활용하는 전술적인 능력이 얼마나 뛰어나느냐까지 전부 종합된 결과다.

라곤이 베테랑 소드 마스터에 대해 이렇게 높은 평가를 주게 된 것은 베이런에게 죽은 리할드 왕국의 소드 마스터 블란드 때문이었다. 베이런 앞에서는 맥을 못 추고 단칼에 쓰러지긴 했지만 그전까지 그가 보여준 전투 능력은 놀라운 것이었다. 그는 거칠고 단순하지만 가장 효율적인 방법을 선택할 줄 알았고, 전술적 행동을 통해 오크 히어로들을 돌파하여 하라두쿰에게 도달했었다.

라곤이 말했다.

“물론 베테랑 소드 마스터들은 경험이 많은 만큼 오히려 새로운 기술을 습득하는 데 있어서는 굉장히 취약할 겁니다. 자신이 가진 것을 신뢰한 끝에 그러한 활용 능력을 손에 넣은 것이고, 오랫동안 버릇이 굳어져 버렸을 테니까요. 하지만 전투 능력 자체를 무시할 수는 없겠죠.”

"그렇군요. 그런 식으로 생각해 본 적은 없어요."

알리시아가 새로운 깨달음을 얻었다는 듯 고개를 끄덕였다. 전장에서 다른 소드 마스터가 싸우는 모습은 몇 번 보고 나서는 흥미를 잃어서 자세히 관찰해 본 적이 없었는데 앞으로는 생각을 달리해야 할 것 같았다.

문득 알리시아가 물었다.

"그런데 라곤 경은 뭘 하고 있었던 거죠?"

"마법 공부죠."

"전시인데 마법 공부를 해요?"

"다른 마법사들하곤 달리 별로 할 일이 없으니까요. 워낙 마법을 편식해서 결계를 보수한다던가 함정을 만든다던가 하는 데는 전혀 도움이 안 되는 무능한 마법사다 보니."

라곤은 특정한 조건에 맞춰 발동되게 설치해 두는 마법도 쓸 수 없었고, 오래 지속되는 결계도 칠 줄 몰랐다. 6서클까지의 마법을 사용할 수 있는 주제에 마법사로서의 범용성은 믿을 수 없을 정도로 떨어지는 존재다. 그렇기에 오크들의 공격에 대비하는 시점에서는 정말 할 일이 없었다.

"그랬군요. 그럼 방해하지 말아야겠네요. 어디 다른 데 도망칠 곳이나 찾아봐야겠어요."

"두 시간 후에 뵙죠."

라곤은 그녀를 배웅하고는 다시 힐링을 공부하는 데 열중했고, 두 시간 후에는 그렇게 한 것을 후회했다.

라곤은 한숨을 푹 쉬며 말했다.

"붙잡혔군요."

"…네."

알리시아가 기어들어 가는 목소리로 대답했다. 그것은 라곤과 질리언에 대한 미안함과 자신이 처한 상황에 대한 지긋지긋함이 더해진 반응이었다.

그녀의 뒤에는 리처드가 있었다. 요리조리 도망 다니던 알리시아는 약속된 훈련 시간이 되어 훈련장으로 찾아왔다가 그에게 붙잡히고 만 것이다. 요 며칠간 알리시아가 이곳에 드나드는 것은 병사들 사이에서는 유명한 이야기라서 리처드는 별로 힘들이지 않고 알아낼 수 있었다.

"이런 곳에서 소드 마스터들끼리 모여서 훈련하고 있었을 줄이야. 하긴 알리시아 경과 질리언 경은 파리안에서도 둘이 함께 활약했었지."

리처드가 그때의 일이 납득 간다는 듯 고개를 끄덕였다. 아직 상황을 모르는 질리언이 당황해하며 라곤에게 귓속말을 했다.

"저분은 왜 여기 오신 거예요?"

"자기 아들을 알리시아 경하고 결혼시키려고."

“…네?”

질리언이 눈을 크게 뜨는데 리처드가 눈을 날카롭게 빛냈다. 그가 질리언을 노려보며 물었다.

“갑자기 이렇게 묻는 것은 실례가 되겠네만, 혹시 질리언 경은 알리시아 경과 장래를 약속한 사이인가?”

“아, 아닌데요.”

“정말 아닌가?”

“네.”

“정말이겠지?”

“아니라니까요. 제가 거짓말을 해야 할 이유가 있습니까?”

리처드가 먹이를 가로채려는 하이에나를 쏘아보는 사자 같은 눈빛으로 추궁해 대자 질리언도 결국 불쾌감을 드러냈다. 리처드는 자신의 태도가 좀 너무했다고 생각했는지 헛기침을 했다.

“흠흠. 미안하네. 이게 좀 민감한 문제다 보니 그만. 그럼 순수하게 같이 훈련하고 있을 뿐인 건가? 하지만 두 사람은 서로 다른 나라 소속이고 가문 간의 친분이 있는 것도 아닐 텐데…….”

“그것까지 대답해 드려야 할 의무는 없을 것 같은데요, 리처드 경.”

알리시아가 짜증을 드러내며 말했다. 노골적으로 나가달라는 분위기를 풍기고 있었지만 수십 년 동안 사교계에서 단

련된 리처드의 얼굴 가죽은 대단히 두꺼운 것 같았다. 그는 싱글싱글 웃으며 말했다.

"기왕 이렇게 된 것, 나도 훈련을 견학하면 안 되겠나? 아군 소드 마스터끼리의 기술 교류라니 귀중한 경험이 될 것 같은데……."

"죄송합니다만, 이 훈련을 주관하는 것은 제가 아니고, 어디까지나 신세를 지고 있는 입장이라 그럴 수는 없습니다."

"알리시아 경이 훈련을 주관하는 게 아니라고? 그럼 질리언 경 자네인가?"

"저도 아닙니다."

"그럼? 또 다른 소드 마스터도 함께하고 있는 건가? 그런 이야기는 못 들었는데?"

분명 라곤이 질리언의 옆에 서 있건만 리처드는 눈길조차 주지 않고 영문을 모르겠다는 표정을 지었다. 그도 그럴 것이, 소드 마스터끼리의 훈련인데 소드 마스터가 아닌 이가 주체가 될 수 있다고는 상상도 하지 못하는 것이다.

라곤은 그의 태도가 재미있다는 듯 웃고 있었고, 정작 발끈한 것은 질리언이었다. 그가 퉁명스러운 목소리로 말했다.

"훈련의 주체는 여기 라곤 경입니다. 제가 라곤 경에게 가르침을 받고 있죠."

"라곤 경? 자네가…… 질리언 경을 가르치고 있다고?"

리처드가 믿을 수 없다는 듯 라곤을 바라보았다.

라곤에 대해서는 그도 익히 알고 있었다. 직접 본 적은 없지만 엘비라스 왕국에서 벌어졌던 3국 친선무투회에 엄청난 기량을 가진 젊은 소드 마스터가 나타났다는 이야기를 전해 듣고 관심을 가졌다. 하지만 후에 라곤이 소드 마스터의 힘을 잃었다는 사실을 알았을 때, 리처드는 그에 대한 관심을 완전히 접어버렸다.

지금 이 순간까지 리처드는 라곤의 존재를 잊고 있었다. 하지만 오러 파동 대신에 마력 파동을 흘리고 있는 라곤의 존재를 보자 예전의 기억이 되살아났다.

"자네는 지금은 마법사가 아닌가? 어떻게 소드 마스터를 가르친다는 거지?"

"그건 쉽게 대답해 드릴 수 있는 사안이 아니니 양해해 주셨으면 좋겠군요. 어쨌든 이 훈련은 서로 나누는 것이 있어서 진행 중이라 다른 분에게 공개할 수 없습니다."

"흐음."

라곤이 웃으면서 거부 의사를 표하자 리처드의 얼굴에 불쾌감이 떠올랐다. 이제는 소드 마스터도 아닌 망국의 신흥 귀족 따위가 토라스의 영토 내에서 자신을 무시하는 상황이니 당연했다. 그의 감정에 호응하듯 압박감이 거세졌지만 라곤은 태연하게 그것을 받아넘겼다.

"죄송합니다만 이만 돌아가 주셨으면 합니다. 알리시아 경과의 문제는 나중에 따로 이야기하시고요."

라곤이 아무 반응 없이 말하자 리처드의 눈썹이 꿈틀거렸
다. 분명 일반인이라면, 아니, 마법사라고 할지라도 숨이 막
힐 정도의 기세를 집중시켰는데 라곤은 태연자약한 것이다.
그는 라곤에 대한 흥미가 생기는 것을 느끼며 다시 사교적인
미소를 지었다.

"알겠네. 내가 실례를 했군. 이만 가보겠네."

리처드는 순순히 고개를 끄덕이고는 물러갔다. 그가 떠나
고 문이 닫히자 질리언이 투덜거렸다.

"원 참. 마음대로 쳐들어와서는 억지를 부리다니. 후작이
면 단가?"

리할드 왕국의 명망 높은 후작가의 자식인 그가 그런 말을
하니 뉘앙스가 묘했다. 라곤이 쓴웃음을 지으며 말했다.

"뭐 우리는 현 시점에서는 망국의 귀족이고 저쪽은 이 나
라의 고위 귀족이니까 무시받는 거야 어쩔 수 없지. 하지만
저런 타입은 골치 아픈데……."

"왜요?"

질리언이 의아해하며 물었다. 라곤이 의자에 앉아 턱을 괴
며 투덜거렸다.

"귀족사회에서 잔뼈가 굵은 양반이라 그런지 흉금을 잘 드
러내지 않는데, 조금 전에 보니까 나한테도 흥미를 가진 것
같아. 우리 병사들 상대로 뒷조사하면 나에 대한 사실은 금방
알 수 있을 거고……."

"그런다고 뭐가 문제가 되나요?"

"아니, 왠지 나도 알리시아 경처럼 결혼하지 않겠냐고 시달리지 않을까 걱정되어서. 끄응. 알리시아 경, 혹시 바난 후작한테 결혼 적령기의 딸이 있나요?"

"그건 잘 모르겠어요."

"없기를 바라야겠군."

"전 있었으면 좋겠네요. 그럼 라곤 경도 저와 고충을 함께 나눌 수 있을 테니."

"무서운 말씀은 하지 말아주시죠."

라곤은 진짜로 두렵다는 듯 몸을 부르르 떨었다.

그리고 그때 리처드 후작은 시종을 불러서 지시를 내리고 있었다.

"리할드 왕국의 라곤 클란드에 대해서 알아봐라. 어떤 인물인지, 그리고 어떤 일을 했는지 알 수 있는 대로 모조리."

"알겠습니다. 그런데 그분에 대해서는 왜 알아보려고 하십니까?"

다른 귀족 같으면 자신의 지시에 토를 다는 시종에게 화를 냈을지도 모르지만, 리처드는 자기 밑에서 오래 일한 시종이 정보를 수집함에 있어 어떤 조건에 중점을 두어야 할지 알기 위해 물어본 것임을 알았다. 리처드가 대답했다.

"괜찮은 녀석이면 다이안의 신랑감 후보로 올려볼까 생각

중이다.”

“다이안 아가씨의 신랑감으로요?”

“그래. 그 애도 벌써 열네 살이니 약혼자를 두어도 이상하
지 않지. 그는 원래 평민 출신이라 하니 왕국에 대한 충성심
은 별로 없을 거고, 그러니 데릴사위로 들일 수도 있을 게야.”

“알겠습니다. 인물 됨됨이까지 확실하게 조사해 오겠습니
다.”

“사흘 주겠다.”

“예.”

시종은 고개를 숙여 보이고는 그의 거처를 나섰다. 혼자 남
은 리처드는 라곤과 알리시아를 떠올리며 음흉한 웃음을 지
었다.

그 시각, 라곤은 이유 모를 한기가 등줄기를 스쳐 가는 것
을 느끼고는 몸을 떨고 있었다.

5

오크들의 움직임에 촉각을 곤두세우고 있던 디엘다에 희
소식이 전해진 것은 그로부터 닷새 후의 일이었다. 바로 전날
부터 눈에 띄게 태도를 호의적으로 바꾼 리처드는 라곤과 질
리언, 알리시아를 점심 식사에 초대하여 그 소식을 알렸다.

“오늘 저녁에 엘프들이 도착한다고 하더군. 왕국의 사자가

들고 간 동맹 제안에 좋은 대답이 온 모양이야."

"엘프가 온다고요?"

"드워프들도 며칠 안에 도착할 예정이긴 하네만, 일단 엘프 선발대가 먼저 도착한다고 하네. 지금까지 모르고 있었는데 엘프들에겐 포스 트리라는 장거리 이동 수단이 있다고 하더군."

그 말에 라곤과 질리언이 서로를 바라보았다.

"포스 트리를 타고 온다면……."

"리리디카 보르드누스?"

엘프 지원군이라고 하면 당장 생각나는 것이 오러 테이커인 리리디카 보르드누스였다. 그녀와는 크루세스가 무너진 후 다시 만나지 못했지만, 오크들에게 원한을 불사르고 있을 그녀라면 전장으로 다시 돌아오는 것이 자연스러웠다.

리처드가 놀란 기색으로 물었다.

"어떻게 알았나? 엘프들이 오러 테이커 세 명을 보내는데 그중 하나가 리리디카 보르드누스라는 이름을 가졌다고 들었네."

"그녀와는 이전에 인연이 있습니다. 우리 왕국에도 지원군으로 왔었기 때문에……."

질리언의 대답에 리처드가 고개를 끄덕였다.

"그렇군. 그럼 그녀가 오면 같이 맞이하러 나가주겠나? 아무래도 아는 얼굴이 있는 쪽이 분위기가 부드러워질 것 같은데……."

"그러겠습니다."

"드워프들은 엘프들보다 가까이 있긴 하지만 다리가 짧아서 그런지 이동 속도가 그리 빠르지 않더군."

"엘프들은 포스 트리를 타지 않더라도 정령 마법을 써서 이동하기 때문에 우리가 말을 타고 달리는 것만큼이나 빠르죠. 그에 비해 드워프들은 마법을 쓰긴 해도 마차를 타거나 걸어와야 하니 할 수 없습니다."

"드워프들도 엑서 하이어를 그냥 날려 보내주면 좋을 텐데, 어째 우리 인간 말고는 천공의 궤적을 이용하지 못하는군."

리처드가 혀를 차자 라곤이 대꾸했다.

"그럴 수밖에요. 천공의 궤적에 대응하려면 오러 디펜더를 굉장히 민첩하게 변형시켜야 하는데 그걸 할 수 있는 것은 소드 마스터뿐입니다. 다른 종족의 초인들도 그게 가능하다면, 아마 우리는 오크 히어로들이 쉴 새 없이 전장으로 떨어져 내리는 걸 봐야 했겠죠. 뭐, 애당초 그놈들에겐 천공의 궤적을 쓸 수 있는 마법사도 하이오크인 하라두쿰 정도밖에 없긴 하겠습니다만."

"하긴."

리처드가 납득했다.

천공의 궤적은 오로지 소드 마스터만을 이동시킬 수 있었다. 오크들은 천공의 궤적이 유용함을 알았지만 그것을 쓸 만한 마법사가 하라두쿰밖에 없었다. 다른 오크 메이지들은 편법으로 만들어져 특정한 마법들을 난사할 뿐, 다채롭고 영리한 운용이 불가능한 것이다.

그리고 인간들은 몰랐지만 오크들은 천공의 궤적으로 오크 히어로를 날리는 실험을 해본 적이 있었다. 하라두쿰이 천공의 궤적을 사용, 오크 히어로를 날린 결과 갑작스럽게 덮쳐오는 막대한 중압을 버텨내기 위한 오러 디펜더의 변형이 늦어서 심한 내상을 입고 추락했다. 인간들에게는 다행스러운 결과라고 할 수 있었다.

리처드가 말했다.

"그럼 내가 말해둘 테니 라곤 경과 질리언 경도 함께 엘프들을 맞이해 주게나. 그들이 도착하는 대로 사람을 보내겠네."

"알겠습니다."

6

디엘다의 마법사들은 엘프들을 유도하기 위해 반경 10킬로미터 상공에 유도 마법을 뿌려놓았다. 포스 트리를 타고 날아온 엘프들은 그 덕분에 헤매지 않고 곧바로 디엘다로 올 수 있었다.

천천히 하강해 오는 포스 트리의 실루엣을 본 라곤이 놀랐
다.

"두 그루잖아?"

모습을 드러낸 포스 트리는 두 그루였다. 잠시 후 포스 트
리가 돌풍을 일으키며 내려서고, 그 안에서 엘프들이 나오자
사람들이 술렁거렸다. 그들을 맞이하게 위해 나간 지휘관들
역시 당황할 수밖에 없었다. 모습을 드러낸 엘프의 숫자는 고
작 서른 명에 불과했던 것이다.

토라스 왕국군을 지휘하고 있는 벨트런 공작은 애써 침착
한 표정을 지으며 말했다.

"환영합니다, 엘프 여러분. 이곳을 책임지고 있는 디아카
벨트런입니다."

"반갑습니다. 빛의 전사단 소속 마스터 오러 테이커 리리
디카 보르드누스입니다."

엘프들을 이끄는 것은 흑발에 진녹색 눈동자를 가진 아름
다운 여성 리리디카 보르드누스였다. 벨트런 공작과 인사를
나누던 그녀는 문득 익숙한 오러 파동을 느끼곤 고개를 돌렸
다. 질리언과 라곤을 발견한 그녀의 얼굴에 반가운 기색이 스
쳐 갔다.

그때 벨트런 공작이 조심스럽게 물었다.

"그런데…… 혹시 지금 오신 분들은 선발대이신 겁니까?
오러 테이커 세 분이 오신다는 것 외에는 구체적인 이야기를

듣지 못해서……."

"이번에 평의회에서 토라스 왕국에 보내는 지원 병력은 우리가 전부입니다."

"뭐라고요?"

그 말에 사람들이 술렁거렸다. 엘프들의 지원군에는 모두 기대를 걸고 있는 터였다. 그런데 고작 서른 명의 인원이 전부라니?

리리디카는 당황하지 않고 말을 이었다.

"수가 적어서 실망하실지 모르겠습니다만, 인간보다 수가 적은 우리는 리할드 왕국에서 잃은 인원이 너무 많아서 소수 정예의 지원 병력을 보내기로 결정했습니다. 빛의 전사단 소속 오러 테이커 세 명, 9서클을 수행하는 대마법사 두 명, 8서클을 수행하는 고위 마법사 일곱 명, 고위 성직자 열여덟 명. 솔직히 말하자면 이 정도 고위 인력을 보내는 것은 우리로서도 꽤나 무리한 것이니 이해해 주셨으면 좋겠군요."

"그, 그렇군요."

차분한 리리디카의 설명에 벨트런 공작도 평정을 되찾았다. 수가 적다고는 하나 리리디카가 설명한 대로의 전력이라면 결코 작다고 할 수 없었다. 토라스 왕국에는 9서클을 수행하는 대마법사가 단 한 명도 없는데 두 명이나 합류한 것이다. 엘프의 마법은 인간의 마법과 궤를 달리하기에 전술적인 유용성을 따지기 어렵겠지만 어쨌든 대단하다는 것만은 분명

했다.

리리디카는 벨트런 공작과 형식적인 대화를 나누고 나서 일행을 위한 거처를 안내해 줄 것을 요구했다. 그리고 자신은 일행에게서 벗어나 라곤과 질리언에게로 다가왔다. 그녀가 웃으면서 말했다.

"질리언 경, 살아 있었군."

"첫 인사치고는 별로 듣기 좋진 않군요. 오랜만입니다, 리리디카."

질리언이 웃으며 말했다. 리리디카가 대꾸했다.

"리할드 왕국이 무너졌다는 소식을 들어서, 솔직히 당신들이 살아 있을 거라고는 기대하지 않았어. 이렇게 다시 만나서 반가워. 이렇게 빌어먹을 세상에서도 즐거운 일이 있긴 있는 모양이야."

"저 빌어먹을 오크들에게 그때의 복수를 해주기 전에는 죽을 수 없습니다."

"그래. 그렇게 하지 않으면 자서스 그 고집불통 양반도 편히 잠들지 못할 테니."

리리디카는 오랜 앙숙을 떠올리며 쓴웃음을 지었다. 살아 있을 때는 서로 아웅다웅하기만 하는 사이였지만 전장에서 그들은 서로를 위해 목숨을 걸 수도 있었다. 그런 그가 죽었으니 오크들의 피로 진혼제를 지내주지 않으면 안 된다.

라곤이 물었다.

"그런데 대마법사를 두 명이나 데려오다니, 엘프에게는 그 렇게 고위 마법사가 많나?"

"이번에는 소수 정예라 투입된 것뿐이야. 평의회가 보유한 9서클 수행자는 공식적으론 일곱 명밖에 없어."

"일곱 명이나?"

리리디카의 대답에 라곤이 깜짝 놀랐다. 대륙에서 가장 수 가 많은 것은 인간이며, 마법사의 수가 가장 많은 것도 인간 이다. 하지만 그중에 9서클을 수행하는 대마법사의 숫자는 겨우 열 명을 넘기는 정도였다. 그런데 수가 적은 엘프들에게 일곱 명이나 되는 대마법사가 존재한단 말인가?

라곤이 놀라는 것을 본 리리디카가 피식 웃었다.

"우리는 인간보다 훨씬 수명이 길고 경쟁보다는 교류를 중 시하지. 그렇기 때문에 항상 그 정도의 숫자가 유지돼."

수가 적은 만큼 서로 교류가 깊은 엘프들은 인간과는 달리 자신의 종족에게 마법을 전수함에 있어 폐쇄적인 태도를 보 이지 않는다. 그렇기 때문에 새로운 발상이나 마법 자체의 수 준을 올리는 데는 많은 숫자가 다양한 연구를 하는 인간보다 취약해도 기존에 있는 기술을 전수하는 데 있어서는 탁월한 효율을 보였다.

리리디카의 말을 통해 그러한 사실을 이해한 라곤이 감탄 한 기색으로 고개를 끄덕였다.

"과연. 인간과는 다른 종족적, 사회적 특성이 그런 결과를 낳는다는 거로군.”

“이해가 빠르군. 그런데 라곤 경, 당신은 그때에 비해서 좀 목표에 다가갔어?”

“요즘은 정체 상태지. 하지만 오크 히어로 한둘쯤은 문제 없으니까 방해가 되진 않을 거야.”

“그렇군. 기대하지. 내일 여유가 나면 놀러 갈게.”

“얼마든지.”

라곤의 대답을 들은 리리디카는 몸을 돌려서 엘프들의 거처로 향했다.

하지만 다음날 그녀가 찾아오는 일은 없었다. 왜냐하면 엘프들이 도착하고 나서 채 세 시간도 지나지 않아서 먼 지역을 정찰하던 부대의 마법사들이 오크들의 움직임을 알려왔기 때문이다.

CHAPTER 20
마검(魔劍)

마검전생

① 1

전령에게서 오크들이 다가오고 있다는 소식을 들은 리리디카는 당황하지 않았다. 그녀는 한숨을 쉬며 투덜거렸다.

"여독을 풀 시간도 주지 않는군."

"그러게."

그렇게 대답한 것은 리리디카의 거처에서 이야기를 나누고 있던 엘프 대마법사 포르포린 라다바르스였다. 외모상으로는 리리디카보다 두세 살 정도 어린 10대 후반의 소녀로 보이는 그녀는 역시 긴 흑단 같은 머리칼을 늘어뜨리고 있었고 청록색 눈동자를 가진 아름다운 엘프였다. 실제로는 리리디카보다 스무 살 어렸지만 평의회를 구성하는 열두 명의 의원

중의 하나라서 직위상으로는 리리디카보다 위였다.

리리디카가 말했다.

"서두를 것 없어. 세 시간 거리라면 느긋하게 움직여도 돼. 어차피 자잘한 준비는 인간들이 할 일이니까."

"그렇군. 하지만 미리 나가서 인간들 사이에서 어떻게 움직일지 지휘관과 이야기를 해둬야 하지 않아?"

"응. 하지만 천천히 해도 돼. 다들 컨디션 조절해 두라고 해."

"그러지. 드워프들이 오기 전에 맞붙는 것은 별로 기분이 좋지 않군. 먼저 고생하는 기분이야."

"다리가 짧은 것들이니 어쩔 수 없지. 우아하고 도량이 넓은 우리가 이해해야 할 일이야."

"후. 그러고 보니 드워프들은 이번에는 어떤 전력을 투입해 올까?"

"글쎄. 아마 우리와 마찬가지로 소수 정예를 투입하거나, 아니면 오히려 지난번보다 많은 병력을 투입할지도 모르지."

리할드 왕국에서 패배했을 때, 드워프들은 엘프들보다 더욱 많은 이들이 죽었다. 그들 역시 수명이 긴 대신 손이 귀한 종족이니만큼 일반인도 아닌 귀중한 인력 200명이 죽은 것은 종족 전체에 있어 뼈아픈 손실일 것이다.

엘프들이 이번 파병을 소수 정예로 구성한 것은 그때의 타격이 너무 컸기 때문이다. 같은 일이 벌어질 것을 우려한 수도 마라세토의 평의회는 어떤 상황에서도 자신을 지키며 몸을 뺄 수 있는 능력자들만으로 지원군을 꾸렸다.

포르포린이 물었다.

"왜 그렇게 생각하지?"

"그 땅딸보들은 우리하고는 달리 한 대 맞으면 열 대 때려주지 않고는 직성이 안 풀린다는 놈들이니까."

"풋. 그건 그래. 워낙 성격이 단순무식하지."

"게다가 우리와는 달리 그놈들에게는 광범위하게 활약할 만한 화력을 가진 마법사가 없어. 그걸 고려하면 외려 많은 수를 보내는 게 낫겠지."

"마법사라…… 하긴 그러네."

인간과 엘프, 드워프의 마법 체계는 모두 다르다. 엘프와 드워프는 특히 종족 특유의 능력을 가졌기 때문에 마력의 성질 자체가 독특했고, 마법의 특성 역시 판이하게 발전했다. 엘프의 정령 마법은 태어나면서부터 가진 나무와 감응하는 능력을 이용한 것이고, 드워프의 부여 마법은 암석과 감응하는 능력을 이용한 것이다. 선천적으로 타고난 인간은 이 둘 모두를 사용할 수 있지만 효율이 훨씬 떨어진다.

엘프는 마력을 널리 떨쳐 여러 개체에게 전달하는 데 능하고, 드워프는 자신의 마력으로 장악한 고유의 영역에 특수한 성질을 부여하는 데 능하다. 드워프의 마법은 방어적인 측면에서는 최강이지만 공격적인 측면에서는 화력이 부족한 편이었다.

리리디카의 거처를 나서려던 포르포린이 물었다.

"아, 그러고 보니 그 인간들은 어때?"

"무슨 인간들?"

"네가 아는 척했던 인간들. 리할드 왕국의 생존자들인 것 같은데……."

"엿들었구나."

리리디카가 눈을 부라렸다. 포르포린은 긍정도 부정도 하지 않고 웃기만 했다. 리리디카는 뾰로통한 얼굴로 대답했다.

"그 둘은 기대해도 될 거야."

"그래? 인간들 중에 쓸 만한 녀석들은 별로 없던데, 뭐, 네가 그렇게 말한다면 그런 거겠지."

포르포린이 다른 일행에게 명령을 전달하기 위해 나가자 리리디카가 창밖을 바라보며 중얼거렸다.

"비가 올 것 같군. 진흙탕 싸움은 별로 좋아하지 않는데……."

2

쏴아아아아…….

잔뜩 찌푸린 먹구름에 가려져 시커멓게 물든 하늘에서 비가 쏟아지고 있었다. 가뜩이나 밤이라 어두운데 먹구름까지 잔뜩 껴 있으니 시야가 극단적으로 제약된다. 성벽 여기저기에 피워놓은 불빛이 닿는 곳이 아니면 뭐가 뭔지 하나도 안 보였다.

성벽 위에 올라 상황을 살펴보던 라곤이 혀를 찼다.

"쯧. 오크들이 좋아하는 상황이군."

"그러게요."

카알이 대답했다.

밤눈이 밝은 오크들은 어두운 전장을 좋아했다. 인간 입장에서는 밤에 싸우는 것만으로도 짜증나는데 비까지 내리니 최악이라고 할 수밖에. 전투가 시작되면 마법사들이 조명을 띄워 전장을 비추겠지만 거기에 마력을 낭비하는 만큼 전투에 직접 참여할 수 있는 마법사의 숫자는 줄어든다.

게다가 비가 내리는 동안에는 화력도 제한된다. 파이어 볼을 비롯한 주력 공격 마법들이 제 위력을 발휘할 수 없는 것이다. 전장에 넘쳐나는 물을 이용해서 워터 해머 등의 마법을 사용할 수야 있겠지만 아무래도 위력이 떨어진다.

라곤이 말했다.

"게다가 나도 오크 히어로들 상대로 싸울 때 좀 불리해질 테니 되도록 그 외의 전력을 노리는 편이 낫겠다. 오크 메이지들과 사제들을 집중적으로 해치워야겠어."

"라곤 경은 왜요?"

"일단 비가 내리고 있으면 윈드 워크로 일으키는 기류가 어떻게 움직이는지 고스란히 드러나니까 움직임을 읽히기 쉬워져. 나야 이 신발 덕분에 진흙탕에 빠지지 않고 싸울 수는 있겠지만 체력이 빨리 소모되는 것도 어쩔 수 없고."

라곤이 오크 히어로와 싸우는 것은 한 대만 맞아도 끝날 수 있는, 칼날 위에서 맨발로 추는 춤처럼 아슬아슬한 행위다. 예전에 비해 기량이 향상되긴 했지만 불안 요소가 한두 개만 껴도 자칫하면 한 번에 저승 구경을 하는 수가 있다.

라곤이 말했다.

"대신 워터 해머와 아쿠아 디펜스 필름을 사용할 수 있으니 그건 좀 낫군. 여태까지 쓸 일이 별로 없었는데."

"라곤 경의 마력을 생각하면 근거리에서 쓰는 파이어 볼은 문제없을 걸요."

"그것도 아냐. 저놈들, 수가 적을 경우에만 그런 것 같기는 하지만 오크 사제의 가호를 받으면 일개 병사가 내 파이어 볼을 뚫고 들어온다고. 그때 컨디션이 나쁘긴 했지만 얼마나 놀랐는데."

성의 방비 상태를 점검하고 주변을 살펴보는 두 사람은 기사들에게 지시를 내리고 있던 이를 만났다. 리처드였다. 두 사람을 본 리처드가 다가와서 투덜거렸다.

"쯧. 엘프들한테는 실망을 해야 할지 안 해야 할지 아리송하군."

"대마법사가 둘이나 있으니 수가 적다고 타박할 수는 없죠."

“그건 그렇지. 우리한테는 정말 가뭄의 단비니까. 드워프들도 빨리 와줘야 할 텐데…….”

“중간에 연락 없었나요?”

“마법사들이 통신을 시도해 본 결과 잘하면 전투 중에 도착할 수도 있는 데까지는 왔다는군. 저쪽 말로는 뭐 무거운 장비를 잔뜩 지고 오기 때문에 속도를 높이기가 어렵다고 하는데, 대체 뭘 지고 오는지 모르겠어.”

“그럼 라이트닝 파이어 때문일 겁니다. 발리스타보다 위력이 끝내주는 물건으로, 성벽 위에다 설치해 놓고 적을 향해 쏘죠.”

“그런가? 흠…….”

그렇게 라곤과 리처드가 대화를 나누고 있는데 망루에서 척후의 통신을 받은 병사가 오크들의 등장을 알렸다. 지금은 시야가 크게 제약되기 때문에 성벽에서 육안으로 관측하는 방식으로는 적의 규모와 움직임을 파악할 수가 없었다.

“적의 정확한 숫자와 구성은 불명! 하지만 1만 이상으로 추정된다고 합니다! 진군 속도로 보아 앞으로 30분 안에 도착할 것으로 보임!”

“젠장. 알 수 있는 게 없는 건가.”

리처드가 투덜거렸다. 오크들의 병력 구성은 굉장히 다양하다. 그렇기 때문에 규모만 알아서는 어떤 식으로 공격해 올지 파악하기가 어려웠다.

그때였다. 옥구슬이 굴러가는 것 같은 목소리가 들려왔다.

"허락하신다면 제가 다녀와도 될까요?"

라곤과 리처드가 목소리의 주인을 바라보았다. 성벽 바깥쪽에 뜬 채 다가오고 있는 것은 소녀의 모습을 가진 엘프 대마법사 포르포린이었다. 리처드가 놀라서 물었다.

"대마법사께서 직접 말이오?"

"네. 인간 마법사들은 이 기상 조건에서는 섣불리 다가가서 정찰하기가 어려운 모양입니다만, 저한테는 그리 어려운 일이 아니니까요. 적의 규모와 구성을 파악하는 것 정도는 문제없습니다."

"그럼 부탁드리겠습니다. 제 권한으로 허락하죠."

리처드가 냉큼 고개를 끄덕였다. 미소를 지으며 고개를 끄덕인 포르포린이 문득 라곤에게 시선을 주었다. 그녀의 얼굴에 흥미로워하는 기색이 떠올랐다.

"호오."

대마법사인 그녀의 눈은 라곤의 몸에 흐르는 마력의 흐름을 보고 있었다. 그녀가 재미있다는 듯 물었다.

"당신은…… 아, 저는 포르포린 라다바르스. 당신의 이름을 들려주시겠어요?"

"라곤 클란드라고 합니다. 엘프의 대마법사를 뵙게 되어 영광입니다."

"라곤 경이시군요. 실례지만 당신의 마법 회로를 개설해

준 존재가 누구인지 물어도 될까요?"

"그건……."

라곤이 좀 난처한 표정을 지었다. 자신의 마법 회로에 대해서 이야기하려면 베이런에 대한 이야기를 하지 않을 수 없었기 때문이다. 포르포린이 미소 지었다.

"대답하기 곤란하시다면 더 묻지 않지요. 다만 왠지 그 사람은 내가 알고 있는 사람일지도 모른다는 느낌이 들어서……."

"네?"

"아니, 착각인 것 같군요. 그럼 가보겠습니다."

포르포린은 라곤에게 궁금증만 심어두고는 밤하늘로 날아올랐다. 그리고 주변에 바람의 벽을 두른 채 엄청난 속도로 오크들이 다가오고 있는 방향을 향해 날아가 버렸다.

라곤이 어리둥절해하며 중얼거렸다.

"무슨 소리를 하려는 거지?"

3

포르포린은 5분도 되지 않아서 정확한 정보를 들고 왔다. 지휘관들이 성벽 위에 모이자 그녀가 말했다.

"적의 숫자는 대략 2만가량. 그중 오크 히어로의 숫자가 70 이상이며 오크 메이지가 50, 오크 사제의 숫자는 20 정도로 보입니다. 또한 오우거와 미노타우로스, 트롤과 고블린들도 섞여 있더군요. 이들의 숫자는 정확하게 알 수 없었습니다만, 이들을 통솔하는 것은 오우거 로드와 트롤 원더러."

"역시 그놈들도 오는 건가."

리처드가 신음처럼 중얼거렸다.

파리안이 무너질 때 보았던 그들의 전투 능력은 가공했다. 압도적인 파괴 능력을 자랑하는 오우거 로드와 불사신 같은 생명력을 자랑하는 트롤 원더러. 거기에 다른 오크 히어로들과는 차원이 다른 실력을 자랑하는 칼카쿰이 더해졌을 때, 리처드는 절망이 무엇인지 느낄 수 있었다. 그들을 혈혈단신으로 막아서고, 마법사들이 장대한 불의 벽을 일으켜 오크들의 진군을 일시적으로 막을 때까지 버텨낸 알리시아의 신위는 지금 생각해도 현실 같지 않을 정도였다.

포르포린이 분위기에 어울리지 않게 재미있다는 듯 말했다.

"트롤 원더러는 봤지만 오우거 로드를 실제로 보는 것은 처음이군요. 전승에 의하면 무지막지한 힘을 자랑한다던데……."

"트롤 원더러를 봤소?"

리처드가 놀라서 물었다. 포르포린이 고개를 끄덕였다.

"그야 트롤 원더러는 한 세대에 하나 정도는 나오게 마련이니까요. 트롤이 워낙 얌전히 살아가는 편이라서 잘 눈에 띄지 않지만……."

"트롤이 얌전하다니, 그게 무슨 소리요? 더러운 트롤들은 괴물일 뿐인데……."

다들 당황해서 포르포린을 바라보았다. 얌전한 트롤이라고? 혹시 이 엘프가 말하는 트롤은 우리가 알고 있는 트롤하고 다른 무엇인가? 그들의 기억 속에서 트롤은 이상하리만치 회복이 빠른 괴물일 뿐이었다.

포르포린이 대답했다.

"여러분이 아는 트롤들은 광증에 걸린 트롤입니다. 마법사들에게 물어보면 자세한 대답을 들을 수 있을 거예요. 어쨌든 현 세대의 트롤 원더러 바라사다는 단독으로 소드 마스터를 포함한 바이더스 제국의 기사단을 전멸시킨 적도 있는 무시무시한 존재이니 주의하는 게 좋을 것 같군요."

"그를 알고 있습니까?"

그녀의 이야기를 경청하던 라곤이 물었다. 포르포린이 대답했다.

"예. 이종족 사냥을 목적으로 영토를 침범해 온 바이더스 제국군과 싸울 때 잠시 연합했던 적이 있죠. 16년쯤 전이었던가. 아주 지적이고 기품있는 트롤입니다."

"지적이고 기품있는 트롤이라니…… 잘 상상이 안 가긴 하지만 광증에 걸리지 않은 트롤들이 문헌에 기록된 것과 같은 존재라면 그렇겠군요."

"트롤들은 인간들에게 당한 게 많아서 깊은 증오를 품고 있지요. 신상을 잃지 않은 트롤들이 프로토 오크 휘하에 집결했다면, 아마 인간에 대한 원한과 프로토 오크가 제시한 미래의 이익 때문일 겁니다. 어쨌든 트롤 마법사는 오크 메이지들과는 달리 응용력도 있는 존재일 테니 염두에 두시길."

"트롤들에게 마법사도 있소?"

그 자리에 있는 인간들 중 마법사가 아닌 이들에게는 포르포린의 말 한마디 한마디가 충격을 가져다주고 있었다. 포르포린은 인간들의 무지에 난감함마저 느끼며 쓴웃음을 지었다.

"네. 하지만 지금은 트롤에 대한 지식을 설파할 때가 아닌 것 같습니다만……."

"그, 그렇구려."

그녀의 지적에 지휘관들도 다들 정신을 차렸다. 그들은 포르포린이 알아온 적 병력의 구성에 따라 어떻게 대응할지를 결정하고 병력을 배치했다. 그리고 적이 다가오기만을 기다렸다.

그로부터 30분 후, 마침내 오크의 대군이 모습을 드러냈다.

4

칼카쿰은 쏟아지는 빗속에서 붉은 안개 같은 오러를 피워

올리고 있었다. 어둠이 내리깔리고 비까지 내리는 이 상황은
오크들에게 유리했지만 칼카쿰은 별로 탐탁지 않았다. 무릇
영웅이라 함은 전심전력으로 달려드는 적을 사나이답게 격파
해 줘야 하는 법, 이런 식으로 지리적 이점을 취한 채 잔재주
를 부리는 것은 그의 취향이 아니었다.

　하지만 그의 취향 때문에 아군에게 손실을 강요할 수는 없
는 법이다. 그렇기에 칼카쿰은 굳이 사제들이 프로토 오크에
게 받은 계시대로 날씨가 궂어지는 이 순간을 노려서 적이 집
결한 디엘다를 공격했다.

　"흠. 적의 수가 우리보다 많으니 이 정도는 동등한 대결을
위한 조건으로 해두지."

　칼카쿰은 그렇게 스스로를 위로하며 앞장서서 진군해 갔
다. 그의 옆에서 걷고 있던 바라사다가 말했다.

　"슬슬 시작할 때가 된 것 같은데."

　"시작하지."

　칼카쿰이 고개를 끄덕였다. 바라사다가 손을 들어 올리자
뒤에 있던 오크 사제들이 양손을 합장하고 기묘한 소리를 냈
다. 그들의 몸이 황금빛으로 휘감기나 싶더니 허공으로 빛줄
기가 솟구친다.

　그 광경을 본 인간들은 의아해했다. 아무런 의미도 없는 행
동으로 보였기 때문이다.

　그때 칼카쿰이 외쳤다.

"전군 돌격!"

와아아아아아!

함성과 함께 오크들이 돌격하기 시작했다. 붉은 오러 디펜더를 전개한 하라두쿰이 앞장서서 성벽을 향해 질주했다. 그 광경을 본 마법사들이 곧바로 대응을 시작했다.

파앙! 파아아앙!

폭음과 함께 허공에 커다란 불빛들이 떠올랐다. 똑바로 쳐다보다가는 눈이 멀어버릴 것 같은 광량(光量)을 자랑하는 마법의 불빛이었다. 정식 마법사 여럿이 힘을 합친 그 빛은 전장을 비추어 오크들의 움직임을 윤곽으로 파악할 수 있게 해주었다.

투두두두두두!

그리고 고위 마법사들이 사우전드 포스 볼트를 전개하자 섬광의 화살이 비처럼 쏟아져 내렸다. 그 사이사이로 궁수들이 쏘아올린 진짜 화살이 수백 발 이상 섞이니 오크들 사이에서 피해자가 속출했다.

"같잖은 것들!"

칼카쿰이 포효하며 날아드는 마법을 뿌리쳤다. 비 때문에 화력 일부를 제한당한 인간 마법사들은 아직 화망(火網)을 완전히 구성하지 못했다. 일단 화망이 완벽히 구성되면 천하의 칼카쿰이라도 마법사들의 집중 포화에서 벗어나기 어렵지만, 공격이 허술한 지금을 노려서 치고 들어가면 비교적 쉽게 성벽까지 도달할 수 있으리라.

"간다! 나를 따르…… 크헉!"

포효하며 질주하던 칼카쿰의 외침이 비명으로 바뀌었다. 성벽으로부터 100미터쯤 떨어진 지점에 도달하는 순간, 발밑에서 빛이 치솟는가 싶더니 폭발이 그를 휘감았기 때문이다. 예상치 못하게 발밑에서 터진 충격파에 칼카쿰은 내장이 뒤흔들리는 것을 느끼며 날아가 버렸다.

"이런!"

그것을 본 바라사다가 재빨리 달려들어서 칼카쿰의 몸을 붙잡아서 뒤로 던졌다. 그리고 자신은 마치 허공을 미끄러지는 듯한 움직임으로 이동해서 그 옆에 내려섰다.

"괜찮은가?"

"으윽, 인간 놈들, 잔재주를 피우다니!"

"약자가 강자와 싸울 때는 당연한 전술이지. 이 또한 인간의 힘. 그 힘을 외면하고 무시하기만 해서는 결코 극복할 수 없다."

바라사다는 제자를 가르치듯 말하며 한 걸음 앞으로 나섰다. 그의 눈이 빛나면서 투명한 백록색 빛의 파문이 주변으로 퍼져 나간다.

트롤은 태어나면서부터 생명의 흐름을 시각화해서 볼 수 있는 능력을 가진다. 그것을 극한까지 연마하여 트롤 원더러가 된 바라사다는 마력을 포함한 모든 에너지의 흐름을 성향에 따라 선별해서 볼 수 있었다. 그의 눈에 보이는 것은 이 지점부터 성벽까지 발 디딜 틈도 없이 가득 깔려 있는 마법 지뢰들이었다.

"빽빽하게도 깔아뒀군. 시간을 너무 많이 준 탓인가. 일단 진군을 멈추고……."

콰쾅!

그가 명령을 전달하려고 할 때 멀리 떨어진 곳에서 폭음과 함께 비명이 울려 퍼졌다. 그곳을 본 바라사다가 어이없다는 듯 중얼거렸다.

"저것들은 머릿속에 뇌가 없는 건가?"

오우거 로드 하르칸이 이끄는 오우거와 미노타우로스 부대가 거침없이 지뢰밭으로 들어갔다가 폭발에 휩쓸려 날아가고 있었던 것이다. 특히 오러 디펜더로 보호받는 하르칸은 한 번으로 그치지 않고 지뢰밭 속에서 연이어 폭발을 일으키며 공깃돌처럼 날아다니고 있었다.

그렇게 오크들의 진군이 주춤한 틈을 노려서 인간 마법사들이 화망을 정밀하게 구성하기 시작했다. 피어오르는 물안개 너머로부터 물기둥이 간헐천처럼 치솟더니 그대로 오크들을 덮친다.

푸화하하하하학!

워터 해머를 비롯한 각종 물의 공격 마법들이 오크들을 두들겨댔다. 살상력은 부족하지만 대열을 무너뜨리고 피해를 일으키기에는 충분한 공격이다.

그동안 오크들도 대응에 들어갔다. 오크 메이지들이 앞으로 나서서 마법을 난사, 앞쪽에 빽빽이 깔린 마법 지뢰들을 폭파시키기 시작한 것이다.

콰콰콰콰쾅!

마법의 섬광이 쏟아지면서 마법 지뢰들이 연달아 폭발했다. 그렇게 청소작업을 마치고 나자 칼카쿰이 다시금 해머를 들어 올렸다.

"그럼 돌격한다!"

"잠깐……!"

바라사다가 당황해서 그를 붙잡으려고 했지만 칼카쿰은 이미 땅을 박차고 가속하고 있었다. 그의 돌진력은 실로 발군으로 한 번 땅을 박찬 순간 붉은 혜성으로 화해 수십 미터 앞을 달려가고 있었다. 다음 순간 바라사다는 골치 아프다는 듯 이마를 짚었다.

퍼버버버벙!

이번에는 사방에서 빛의 원이 떠오르더니 그로부터 섬광이 쏟아져 나와서 칼카쿰을 두들겨대기 시작했다. 단순히 밟으면 터지는 방식의 지뢰는 방금 전의 작업으로 청소했지만, 인간은 그것만으로는 제거할 수 없는 다양한 방식의 마법 함정을 깔아둔 것이다.

거기에 인간 마법사들의 공격까지 더해지자 칼카쿰이 할

수 있는 일은 방어를 굳히고 버티는 것뿐이었다. 그것을 본 바라사다가 고개를 절레절레 저었다.

"오크 젊은이들은 너무 성질이 급해."

바라사다에게도 마법이 날아들고 있었지만 그는 그것을 파리를 때려잡듯이 오러 블레이드를 휘둘러서 쳐내고 있었다. 그는 혀를 차며 오크 사제에게 물었다.

"위쪽 상황은 어떻게 되었나?"

"이제 곧입니다."

오크 사제의 대답에 바라사다가 고개를 끄덕였다. 점점 촘촘해지는 인간 마법사들의 공격이 이쪽의 병사들을 갈라놓는다. 용감하게 돌격하던 오크 히어로들의 발이 묶이고, 그들을 구원하려던 오크 메이지들 역시 인간들의 의도대로 사방으로 흩어지고 있었다.

이쪽에서도 발악하듯 활을 쏴대고, 투석기로 돌덩이들을 발사하고 마법을 날려댔지만 화력의 차원이 너무 다르다. 그나마 피해가 적은 것은 후방에 배치된 키메라들이 광범위한 방어 결계를 펼쳐 두고 있기 때문에 인간들이 사용하는 마법의 효과가 반감되고 있어서다.

문득 바라사다가 하늘을 올려다보았다. 그가 씩 웃으며 중얼거렸다.

"좋아. 이제야 왔군. 이런 날씨라서 좀 고생하긴 했지만……."

그의 시선이 닿은 곳에는 한 무리의 오크가 있었다. 워낙 높이 날고 있는데다가 시야가 극단적으로 제약된 상황이라 인간들은 아직 눈치채지 못했다. 바라사다가 명령했다.

"키메라 부대 앞으로!"

오크 부대가 좌우로 갈라지며 거대한 키메라들이 앞으로 나오기 시작했다. 인간 마법사들이 밝힌 조명 아래서 그들의 기괴한 모습이 드러난다. 갖가지 짐승을 열기로 녹여서 이어 붙인 것 같은 역겨운 외관에 갑각류의 그것과 같은 껍질이 붙어 있고, 비정상적으로 크고 긴 양팔이 지면을 박살 내며 그 몸을 앞으로 나아가게 한다.

인간들은 위협을 느끼며 키메라들에게 공격을 가했다. 하지만 뭉치면 궁극 주문조차 방어해 낼 수 있는 키메라들의 방어를 물의 공격 주문만으로 뚫는 것은 역부족이었다. 거리가 가까웠다면 강력한 고위 마법을 먹여줄 수 있겠지만 100미터 이상 떨어져 있으니 그러기도 어려웠다.

스무 마리의 키메라가 전면에 나서서 성벽을 마주 보고 섰다. 그들의 팔이 일제히 올라가자 바라사다가 명령을 내렸다.

"공격 개시!"

퍼퍼퍼퍼펑!

폭음과 함께 푸른 에너지 덩어리가 날아들었다. 그 정체를 파악한 디엘다의 마법사들이 경악했다.

"압축된 냉기의 탄환이라고? 이놈들, 파이어 볼만 쓰는 게 아니었단 말인가?"

리할드의 생존자들이 알려온 바로는 키메라들의 공격 수단은 압축해서 위력과 사정거리를 높인 변형 파이어 볼뿐이었다. 그런데 비가 와서 서로 화염 공격을 하기 어려운 상황이 되자 이번에는 냉기를 이용하는 주문을 들고 나온 것이다. 응축된 냉기는 공기 중을 통과하면서 쏟아지는 비를 순식간에 얼려서 뭉쳤고, 그렇게 형성된 얼음덩어리가 포탄처럼 디엘다의 성벽을 덮쳤다.

콰콰콰콰쾅!

인간 마법사들이 마법을 사용, 날아드는 얼음 포탄을 요격했다. 요격을 뚫고 날아든 얼음 포탄도 성벽의 결계를 뚫지 못하고 튕겨 나간다.

하지만 키메라들의 공격은 그 한 번으로 그치는 게 아니었다. 맨 앞 열에 버티고 있는 스무 마리의 뒤쪽에서 동일한 숫자의 키메라들이 다가오더니 교대하면서 공격을 퍼붓기 시작했다.

그 공격을 요격하기 위해 인간 마법사 중 상당수가 동원되어야 했다. 그들의 공격으로부터 벗어난 오크들이 자유롭게 움직이면서 불길함이 드리워졌다.

5

"이런 식으로 공격하는군. 제법인데?"

상황을 지켜보던 포르포린이 감탄했다. 오크들과 싸우는 게 처음인 그녀는 그들이 들고 나온 무기에 흥미를 느끼고 있었다. 마법 전력 면에서 인간보다 압도적으로 열세인 그들이지만 다수의 키메라는 그런 부족함을 메워주기에 충분해 보였다.

리리디카가 핀잔을 주었다.

"여유있게 품평하고 있을 때가 아냐. 오크 히어로들이 앞으로 나오고 있어. 잘못하다간 한순간에 돌파당한다고."

"슬슬 나서야 할 때라 이거군."

포르포린이 고개를 끄덕이며 손을 들어 올렸다. 그녀의 마력 파동을 느낀 또 다른 엘프 대마법사 지에르자도 마력을 전개하기 시작했다.

후우우우우!

빗발을 휘어놓던 바람이 점차 격해지면서 지면을 적신 물이 격렬하게 춤을 춘다. 빗방울이 온 길을 거꾸로 거슬러 올라가듯이 수억 개의 물방울이 춤을 추는 가운데, 그것들이 한 곳으로 모여서 거대한 실루엣을 그려내기 시작했다.

그 광경을 본 마법사들이 숨을 삼켰다.

"물의 정령인가?"

전장에 가득한 수분을 매개로 물의 정령들이 소환되고 있었다. 그것도 한둘도 아니고 수십, 수백의 정령이 일제히 일

어나서 오크들의 머리 위를 날기 시작한다. 하늘에 떠 있는
조명 마법의 불빛이 미묘하게 일그러지면서 투명한 어둠이
드리워졌다.

흐워어어어어!

물로 이루어진 육체를 얻은 정령들이 괴성을 질러대기 시
작했다. 오크들이 당황해서 검을 휘두르고 창을 찔러댔지만
그야말로 물을 가르는 감각을 느낄 뿐, 전혀 타격을 줄 수 없
었다. 오크 사제와 오크 메이지, 그리고 오크 히어로들은 물
의 정령을 쓰러뜨릴 수 있었지만 그보다 물의 정령이 생성되
는 속도가 더 빨랐다.

원하는 숫자의 정령들이 소환되고, 엘프 마법사들의 마력
을 하나로 연동하는 마법식이 완성되자 포르포린이 읊조렸
다.

"워터 스웜."

콰콰콰콰콰콰!

순간 전장 위를 날던 물의 정령들이 일제히 폭발했다. 수
톤의 물이 하나로 응집되었던 그들이 폭발하면서 거대한 물
결이 오크들을 덮쳤다. 그것은 마치 둑이 일순간에 파괴되었
을 때, 그 뒤쪽에 오랫동안 갇혀 있던 물이 일제히 해방되는
광경 같았다. 상상도 하지 못했던 홍수가 덮치자 수백의 오크
가 그에 휩쓸려 버렸다.

제9서클 광역 공격 주문 워터 스웜.

정령 마법이라는 특성을 통해 원소력을 인간보다 능수능란하게 다루는 그들이기에 사용할 수 있는 마법이었다. 포르포린이 만족스럽게 웃었다.

"아, 이 정도 마법을 실제로 사용해 보는 것도 오랜만이야. 오크들에게 감사해야겠어. 만날 시뮬레이션으로만 궁극 주문의 숙련도를 시험하는 것도 스트레스 쌓이는 일이니까 말이지."

"퍽이나."

리리디카가 투덜거렸다.

그때였다.

"하늘이다!"

요새 위를 날고 있던 마법사들이 비명을 질렀다. 깜짝 놀라서 그쪽을 바라보니 마법사 몇 명이 피를 뿌리며 떨어져 내리고 있었다.

그리고 삼색의 빛을 흩뿌리며 유성처럼 낙하하는 존재들이 있었다. 오크 히어로들이었다. 리리디카가 신음처럼 중얼거렸다.

"오크 히어로들인가? 오크 주제에 이런 잔대가리를 굴리다니!"

스물여섯 개체의 오크 히어로가 성벽 안쪽으로 떨어져 내렸다. 성을 감싼 결계를 돌파하는 순간 마법사들에게 감지되었지만, 그들의 낙하를 저지할 방법은 없었다. 지상의 마법사

들이 급히 마법을 쏘아댔지만 오러 디펜더를 펼치고 모조리
막아내면서 떨어져 내린다.

쿠우우우웅!

오크 히어로들이 내려선 곳에 있던 병력들이 한순간에 피
박살 나서 흩어졌다. 오크 히어로들은 포효하며 오러 블레이
드를 전개, 주변을 닥치는 대로 파괴하기 시작했다.

리리디카가 오러의 파편을 흩뿌린 뒤 발밑에 응집시켜서
허공으로 날아올랐다.

"젠장. 완전히 한 방 먹었어."

그녀는 활시위를 당기고 오러의 화살을 쏘아대기 시작했
다. 응집된 빛의 화살이 100미터 이상의 거리를 격하고 오크
히어로를 두들긴다. 오크 히어로는 거리가 멀 때는 리리디카
의 공격을 쉽게 쳐냈지만, 거리가 좁혀질수록 위력이 증대되
고, 흩어졌던 화살들이 원격 조작되는 오러의 파편으로 화해
쏟아지자 버티지 못하고 쓰러졌다.

콰아아아아!

오크 히어로의 몸이 터져 나가며 빛의 폭풍이 몰아쳤다.

"한 놈!"

순식간에 한 마리를 해치운 리리디카가 외쳤다. 그런데 그
때였다.

크오오오오오!

짐승 같은 포효가 울려 퍼졌다.

동시에 압도적인 오러 파동이 퍼져 나간다. 리리디카는 흠 칫하며 그 파동의 주인을 바라보았다. 오크 히어로의 오러 디펜더가 믿을 수 없을 정도로 농밀해지더니 그 몸을 완전히 가려 버렸다. 불타오르는 섬광의 실루엣으로 변해 버린 오크 히어로의 눈동자만이 악귀처럼 불타올랐다. 그것을 본 리리디카가 신음했다.

"저건 또 뭐야? 설마 어그레시브 비스트? 아니, 뭔가 다른데……."

리리디카에게 당한 한 마리를 제외한 모든 오크 히어로들의 오러가 폭주하며 그런 형상으로 변하고 있었다. 인간과 달리 오러에 대한 모든 것을 기록하고 전수해 온 엘프들이건만, 리리디카는 그것의 정체를 알 수가 없었다.

"하지만 어그레시브 비스트와 비슷해. 뭔가…… 되돌릴 수 없는 짓을 벌이고 있다는 느낌이야."

리리디카는 그 변화를 관찰한 다음 중얼거렸다.

기록에 의하면 오러를 터득한 자들이 모든 것을 포기하고 오로지 파괴와 살육만을 위해 자신을 내던지는 어그레시브 비스트는 무시무시한 힘을 발휘한다고 전해진다. 하지만 어떻게 해야 어그레시브 비스트로 변할 수 있는지에 대해서는 리리디카도 모르고 있었다. 역사적으로 어그레시브 비스트가 출현한 것은 단 두 번뿐이었고, 둘 다 인간 소드 마스터였으니까.

"아무리 봐도 처음부터 자폭할 생각으로 들어왔다고밖에
는 볼 수 없군. 오크 히어로를 결사대로 쓰다니, 프로토 오크,
오크 히어로 정도는 얼마든지 만들어낼 수 있는 소모품에 불
과하다는 거야?"

"아마 그럴걸."

그녀의 중얼거림에 대답한 것은 라곤이었다. 라곤이 윈드
워크를 사용, 허공을 달려서 그녀의 곁에 따라붙은 것이다.
리리디카가 바라보자 그가 말을 이었다.

"아무리 봐도 프로토 오크는 마음먹은 대로 오크 히어로를
찍어낼 수 있는 것 같아. 우리처럼 문제는 생기되 확률을 높
이는 정도의 방법을 사용하는 것도 아니고 그냥 원하면 확실
하게 오러의 힘을 각성시킬 수 있는 수단이 있는 게 틀림없
어. 그렇지 않고서야 오크 히어로의 수가 이렇게 많은 것도,
이런 식으로 소모하는 것도 말이 안 되지."

"지저분한 오크들의 신답게 하는 짓이 더러우시군그래."

"어쨌든 서둘러서 막지 않으면 돌이킬 수 없게 될 거야. 저
게 어떤 상태인지는 정확히 모르겠지만 어그레시브 오러 모
드보다도 더 힘이 폭증하는 것 같아."

"게다가 방어력까지 같이 상승된다는 점이 무섭군."

어그레시브 오러 모드는 공방에 소모되는 오러의 비율을
바꾸어 폭발적인 공격력을 얻는 기술이다. 그런데 지금 오크
히어로들의 변신은 방어력까지 같이 올라가고 있었다. 마법

사들이 난사하는 마법은 물론 소드 마스터들의 공격까지 몸
으로 받아내면서 날뛰는 것이 그 사실을 증명했다.

"저 정도로 힘이 폭증되면 기술이고 나발이고 필요없어.
대규모 마법을 썼다가는 아군도 휘말려들 테니 결국은 소드
마스터만이 대적할 수 있지."

라곤의 말대로 오크 히어로가 변신한 뒤 폭주하자 어마어
마한 피해가 나고 있었다. 오크 히어로가 성벽 안으로 뛰어들
어 온 것만으로도 큰일인데 지금의 위험성은 그에 비할 바가
아니다. 그들이 포효하며 오러 블레이드를 휘둘러댈 때마다
건물이 파괴되고 다수의 피해자가 발생했다.

어둠 속에서 공포가 들불처럼 번져 가고 있었다. 병사들은
아비규환의 참상 속에서 겁에 질려 달아나기에 바빴고, 디엘
다의 내부 전력은 그렇게 붕괴되어 갔다.

라곤이 말했다.

"내가 하나는 어떻게 처리해 보지. 당신 정도면 하나는 처
리할 수 있겠지?"

"물론! 하지만 정말 할 수 있어?"

"믿어보라고. 이미 어그레시브 비스트도 한번 해치워 봤거
든. 그리고 우리 쪽에도 믿을 만한 인원이 몇 있으니까 어떻
게든 될 거야."

라곤은 그렇게 말하곤 방향을 바꿔서 가까운 곳에 있는 오
크 히어로에게 날아들었다. 온몸이 불길하게까지 보이는 암

청색으로 타오르는 빛의 형상은 폭풍 같은 기세로 건물을 파괴하고 병사들을 학살하고 있었다.

'아무리 그래도 저런 것들이 이쪽 소드 마스터보다 더 많다니, 진짜 해도 해도 너무하는군!'

디엘다에 모여 있는 소드 마스터의 숫자는 스물네 명. 굉장히 많은 숫자라고 할 만하지만 라곤이 보기에 저것 하나 해치우려면 두세 명은 달라붙어야 될 것 같았다. 실제로 오크 히어로의 움직임을 묶은 지점을 보면 소드 마스터 서너 명이 합세하고 있거나, 아니면 마법사들이 죽기 살기로 마법을 퍼붓고 있었다.

이런 식으로 전력이 소모되다니, 최악의 사태다. 마법사들의 화력이 약해진 상황에서 성벽 바깥쪽에서 오크들이 달려들어 오면 간단히 당해 버릴 수도 있었다.

'하지만 저건 왠지 그놈과 비슷해.'

오러를 구현하는 능력을 잃긴 했지만 라곤은 그 움직임에 대해서는 누구보다도 민감했다. 방금 전, 오크 히어로가 폭주할 때 느껴진 오러의 움직임은 왠지 누군가의 그것을 생각하게 했다. 그가 만난 그 어떤 존재와도 다른 끔찍한 공허와 어둠을 품고 있었던 베이런의 오러를.

'직접 싸워보면 좀 더 확실해지겠지.'

라곤은 목걸이에 충전된 헤이스트를 발동시켰다. 스스로의 힘으로 발동시킨 마법에 헤이스트가 더해지자 그의 육체와 감각이 최고 속도로 가속되었다.

라곤은 비명을 지르며 달아나고 있는 병사들에게 외쳤다.

"모두 비켜!"

동시에 그의 검으로부터 섬광이 뻗어나갔다. 임펄스 소드와 버스터 소드가 중첩되어 걸리면서 오러 디펜더조차 찢을 수 있는 파괴력이 구현된다.

투두두두둥!

둔중한 타격음이 연달아 울리면서 오크 히어로가 주춤했다. 라곤이 수십 발의 포스 볼트를 쏘아내 그 움직임을 묶었던 것이다.

"이것도 먹어라!"

라곤이 오크 히어로의 왼쪽으로 돌면서 외쳤다. 워터 해머가 발동하며 주변의 수분이 응집되어 폭발했다. 발밑에서 폭발한 물줄기에 오크 히어로의 몸이 허공으로 치솟는다. 흩어졌던 물방울이 다시 하나로 뭉치더니 오크 히어로를 두들겨 대기 시작했다.

"크워어어어!"

하지만 바위를 부술 수 있는 위력의 워터 해머도 빛으로 화한 오크 히어로에겐 별 타격을 줄 수 없었다. 길이가 20미터에 달하는 오러 블레이드를 몇 번 휘둘러대자 현상을 제어하던 마력이 흩어지며 물방울이 흩어진다.

그 너머로부터 날카로운 섬광이 번뜩였다.

파학!

오크 히어로의 몸 위로 검은 파문이 그려졌다가 사라졌다. 그 몸을 베면서 지나친 라곤이 혀를 찼다.

‘얕았어.’

오러 디펜더의 밀도가 말도 안 되게 높아서 검격이 제대로 들어가질 않았다. 두터운 오러 디펜더를 갈라놓는 데는 성공했지만 그 안의 본체에는 스친 상처를 냈을 뿐이다.

‘단검이 있었으면 좀 더 쉽게 끝낼 수 있었을 텐데.’

드워프들이 만들어준 투척용 단검이 있으면 확실한 기회를 만들 수 있었을 것이다. 하지만 토라스까지 도주해 오는 길에 잃어버렸기 때문에 어디까지나 검으로만 승부해야 한다.

수십 발의 포스 볼트가 연달아 작렬하면서 오크 히어로의 움직임을 조금씩 흔들어놓았다. 하지만 그런 패턴이 몇 번 반복되자 오크 히어로는 포스 볼트가 날아오든 말든 방어를 굳히고 무작정 라곤에게로 달려들었다.

‘포스 볼트만으로는 저지력이 부족해.’

라곤의 포스 볼트는 한 발 한 발이 인간을 즉사시키기에 충분한 위력이었다. 하지만 적의 방어력이 워낙 출중해서 가볍게 흔들어놓는 정도밖에 안 되는 것 같았다.

콰콰콰콰콰!

게다가 한 번 검을 휘두를 때마다 20미터 가까운 범위가 초토화되니 접근하기도 어려웠다. 설령 공격을 피하고 돌진한다고 해도 공격의 여파로 발생하는 충격파가 기다리고 있었다.

"어쩔 수 없지."

건물들을 방패 삼아서 오러 블레이드의 위력을 죽이며 도망 다니던 라곤은 결국 파이어 볼을 날렸다. 이런 빗줄기 속에서는 라이트닝 볼트를 표적에게 제대로 맞출 수가 없으니 어쩔 수 없는 선택이었다.

화아아아악!

0.1초 간격으로 발사된 일곱 발의 파이어 볼이 연달아 작렬하면서 불꽃이 폭발했다. 빗속이라 위력이 반감된다고 해도 이 정도 열기면 충분한 타격을 줄 수 있었다. 쏟아지는 빗방울이 불꽃에 닿아 증발해 버리고, 땅을 질펀하게 적신 수분 역시 격렬하게 끓어오르며 수증기로 화했다.

"크어어어어어!"

괴성과 함께 오크 히어로가 폭염을 뚫고 나온다. 라곤의 예상보다 빠른 움직임이었다. 동시에 오러 블레이드가 크게 휘둘러졌다.

"빌어먹을!"

라곤은 욕설을 내뱉으며 그것을 흘려냈다. 무시무시한 스피드에도 불구하고 확실하게 비껴내는 데 성공했지만 대신 내장이 진탕하는 충격이 느껴졌다. 윈드 워크가 흐트러지고 몸이 빙글빙글 돌면서 땅으로 처박혔다.

라곤은 지면과 충돌하기 직전에 아슬아슬하게 균형을 바로잡고 허공을 미끄러져 갔다. 그새 화염을 완전히 뿌리친 오크 히어로가 라곤을 향해 오러 블레이드를 휘둘렀다. 라곤은 잽싸게 위로 뛰어올라서 그것을 피해내며 입안에 고인 피를 뱉어냈다.

'어둠, 비, 모든 조건이 나한테 불리해.'

어둠 때문에 움직임을 파악하기가 쉽지 않고, 비로 인해 공격 마법까지 제약받아서 상대하기가 어려웠다.

"버스터 소드."

라곤은 팔이 얼얼한 것을 느끼며 검에 다시 버스터 소드를 걸었다. 몇 번 오러 블레이드와 맞부딪치는 것만으로도 마법의 효과가 해체되다시피 했던 것이다.

스피드도, 파워도, 감각도, 심지어 환경마저도 적에게 압도적으로 유리하다. 누구한테 물어봐도 절망적인 상황이라고 대답할 것이다.

'하지만 쓰러뜨리지 못할 녀석은 아니지.'

라곤 자신만 제외하고는.

지금까지의 싸움으로 녀석의 움직임은 대충 파악했다. 빠르고 강하지만 대신 움직임이 단순해서 충분히 파고들어 갈 틈이 있었다.

쿵쿵쿵쿵쿵!

무너진 건물의 잔해를 쳐 날리면서 오크 히어로가 달려들었다. 라곤은 물러나는 대신 춤을 추듯 몸을 돌리며 달려들었다. 동시에 그 궤도를 따라 뿜어진 워터 해머가 오크 히어로의 왼쪽을 두들긴다. 뒤이어 포스 볼트 수십 발이 한 점으로 집중되어 쏟아지며 그 몸을 한쪽으로 밀어냈다. 충격으로 밀려나던 오크 히어로의 몸이 반쯤 무너진 건물에 처박혔다.

'아무리 강해져도 놈의 무기는 오러 블레이드 하나!'

오크 히어로의 오러 블레이드는 소드 마스터의 그것처럼 변화무쌍하게 갈라지지 않는다. 라곤도 어느 정도 거리를 유지한 채 치명타를 먹일 무기를 가진 이상, 그 움직임만 제약시키면 아무리 강한 힘을 가졌어도 쓰러뜨릴 수 있었다.

'왼쪽 아래.'

라곤은 오크 히어로의 균형을 한쪽으로 치우치게 함으로써 움직임을 제약시켰다. 자신이 유도한 상황이기에 적의 움직임을 예측하기도 쉽다.

양팔과 검이 건물의 잔해에 묻힌 오크 히어로는 억지로 그 잔해를 뿌리치면서 라곤을 향해 휘둘렀다. 돌더미가 폭발하듯 사방으로 비산하면서 거대한 빛의 칼날이 라곤에게 날아들었다. 그 궤도를 예측하고 있던 라곤은 오러 블레이드를 절묘한 각도로 쳐서 흘려내면서 더욱 안으로 파고든다.

'오른쪽 위.'

억지로 휘두른 공격이 빗나갔으니 자연히 균형이 무너진

다. 하지만 라곤이 파고들어 오고 있으니 여유있게 균형을 바로잡고 있을 수는 없었다. 오크 히어로는 위로 올려쳤던 검을 억지로 되돌려서 반대로 내려쳤다. 라곤은 불안정한 검격을 간단하게 흘려내면서 일격을 먹였다.

츠팟!

오크 히어로의 목 부분에서 빛이 치솟았다. 응집되었던 오러 디펜더가 흩어지면서 오크 히어로의 몸이 가볍게 떨렸다. 라곤의 검격이 아슬아슬하게 실체의 목을 스치고 지나갔기 때문이다.

"크아아아아아!"

라곤은 코앞까지 와 있었고, 완벽하게 균형이 흐트러진 상황이라 검을 휘둘러서 저지하는 것은 불가능했다. 이런 상황에서 오크 히어로가 선택할 수 있는 행동은 제약되어 있었다. 오크 히어로는 죽을힘을 다해 땅을 박차고 라곤에게 몸통 박치기를 시도했다.

'지금!'

그 순간 라곤의 시야가 암흑으로 물들었다.

파학!

블링크가 끝나면서 시야가 정상으로 돌아왔을 때, 라곤은 오크 히어로의 등 뒤에 나타나서 그 몸을 깊숙이 가르고 있었다. 7미터 길이로 뻗어나간 버스터 소드의 칼날이 단단한 오러 디펜더를 가르고, 그 안에 있던 오크 히어로의 본체까지 베어 넘겼다.

손끝에 전해져 오는 감촉으로 승리를 확신한 순간, 라곤은 갈라진 오러 디펜더의 틈에 파이어 볼을 때려 넣었다.

화아아악!

화염이 폭발하며 일어난 상승 기류를 이용, 라곤은 윈드 워크로 허공을 질주해서 오크 히어로와 거리를 벌렸다. 다음 순간 오크 히어로의 몸이 갈가리 찢어지면서 섬광의 폭풍이 휘몰아쳤다.

콰아아아아……!

"후우, 진짜 피곤한 놈들이군."

라곤은 3층 건물 옥상에 올라선 채 숨을 돌렸다. 힘과 속도가 올라갔을 뿐, 기술적으론 전혀 진보가 없는 놈들이라 생각보다는 쉽게 쓰러뜨릴 수 있었다. 하지만 어둠 속 시야가 제약된 상황에서 더 빨라지고 강해진 놈을 상대하자니 정신력 소모가 장난이 아니었다.

한숨 돌린 라곤은 하늘로 날아올라서 전장의 상황을 살폈다. 그가 한 마리를 쓰러뜨리는 동안 리리디카가 한 마리를 추가로 격파했고, 다른 오러 테이커 두 명이 소드 마스터들과 합세해서 적을 저지하고 있었다. 그리고 리처드와 또 다른 소드 마스터와 힘을 합친 질리언이 한 마리를 격파하고 또 한 마리를 상대하고 있었다.

'우리 쪽도 셋이나 당했군. 젠장.'

소드 마스터의 수를 세어본 라곤이 입술을 깨물었다. 스물네 명의 소드 마스터 중 세 명이 전사했고, 일반 기사들과 병사들은 도대체 몇이나 죽은 건지 모르겠다. 성벽에 있는 자들은 결사적으로 바깥의 오크들을 막고 있었지만 그들을 받쳐 줘야 할 이들이 무너진데다가 언제 등 뒤를 찔릴지 모른다는 불안감으로 상태가 불안정했다.

하지만 그들을 탓할 수는 없다.

'이런 상황에서 냉정할 수 있으면 그게 미친놈이지.'

괴물 같은 적들이 성벽 안으로 침투해 들어와서 수백 단위의 학살극을 펼치며 날뛰고 있는 상황에서 성벽을 사수하는 데만 신경 쓸 수 있으면 그건 인간이 아닐 것이다. 여기서는 최대한 빨리 폭주한 오크 히어로들을 정리하고 전력을 재정비해야 했다.

그렇게 전장을 둘러보던 라곤의 눈길이 한곳에서 멎었다. 그가 감탄한 표정으로 중얼거렸다.

"역시……."

진홍의 섬광이 춤을 추며 오크 히어로들을 농락하고 있었다.

6

알리시아는 세 마리의 오크 히어로와 대적하고 있었다. 구체 형으로 빚어 고속 회전시킨 여덟 개의 오러 블레이드, 스타 더스트를 띄워둔 채 수십 줄기의 가느다란 오러 블레이드를 변화무쌍하게 휘둘러서 적들을 농락한다. 적들의 오러 디펜더가 단단해져서 공격이 잘 안 먹히기는 했지만, 그럴 때는 연타로 움직임을 묶고 응축시켜 회전시킨 오러 블레이드로 갈라주면 그만이었다.

그렇게 한 마리를 해치우고 나자 적들도 위협을 느꼈는지 세 마리가 한데 뭉쳐 그녀의 앞을 가로막았다. 반응속도가 훨씬 빨라지고, 공격력과 방어력이 강해진 놈들이 맹공을 퍼붓자 그녀도 쉽게 해치우지 못하고 시간을 끌고 있었다.

'연계가 잘되는 편은 아니군.'

하지만 그들과 맞서는 알리시아에게는 조금도 흐트러지는 기색이 없었다. 모든 공격을 최소한의 힘만을 들여서 비껴내고 흘려내면서 적들의 공격 패턴을 파악한다.

적들은 단독으로 날뛰는 데 익숙하지, 정밀한 연계 공격을 위한 훈련을 받은 흔적이 보이지 않는다. 그 점을 간파한 알리시아는 팽팽한 대치 상태를 유지하면서 조금씩 그들의 움직임을 뒤틀어놓았다. 자신의 공격에 상대방이 어떻게 반응할지를 파악하면 그들의 움직임을 유도하는 것은 어렵지 않았다.

공방을 계속하던 오크 히어로 중 정면에 있던 녀석이 앞으로 돌출되었다. 그리고 왼쪽으로 돌던 오크 히어로를 묶어두던 압력이 갑자기 약화되었다.

"크워어어!"

그것을 허점이라 파악한 왼쪽의 오크 히어로는 주저없이 돌격해 왔다. 알리시아의 입가에 차가운 미소가 걸렸다.

다음 순간 오크 히어로 둘의 움직임이 한곳에서 엉켰다. 돌출되어 있던 정면의 오크 히어로가 한 박자 늦게 알리시아에게 달려들었기 때문이다. 알리시아는 일부러 순차적으로 압력을 줄이고 허점을 노출하는 방식으로 둘의 공격을 엉키게 만든 것이다.

콰하하핫!

고속 회전하며 뻗어나간 진홍의 오러 블레이드가 정면의 오크 히어로를 베고 지나갔다. 하지만 얕았다. 적은 오러 디펜더가 찢어졌을 뿐, 실체에는 상처 입지 않고 크게 뛰어 물러난다.

알리시아는 혀를 차면서도 그 뒤를 쫓지는 않았다. 대신 다섯 줄기의 오러 블레이드를 뻗어서 왼쪽의 오크 히어로를 두들겨 균형을 흐트러뜨리고, 유유히 그 옆으로 다가가서 목을 쳐 날린다.

파앙!

공기가 폭발하면서 빛으로 화한 오크 히어로의 머리가 하늘로 치솟았다. 활화산처럼 타오르는 오크 히어로의 오러 디펜더는 고속 회전하는 오러 블레이드로도 벨 때 묵직한 저항감을 느끼게 만들었다.

'확실한 허점이 아니면 죽일 수 없나.'

알리시아는 휘몰아치는 오러의 폭풍을 피하면서 눈살을 찌푸렸다. 그새 물러났던 오크 히어로가 오러 디펜더를 회복하고 다시 앞으로 나왔고, 등 뒤에서 나머지 한 놈이 달려들었다.

촤아아아앙!

등 뒤쪽에서 달려든 나머지 하나가 내지른 일격은 스타 터스트에 가로막혔다. 폭출하는 오러 블레이드가 두 개의 스타 더스트를 격파했지만 결국 세 번째 스타 더스트에 의해 움직임이 멈추고 말았다.

알리시아는 소름이 끼치는 것을 느끼며 정면의 오크 히어로의 공격을 맞받았다. 고속 회전 오러 블레이드로 그를 튕겨 낸 다음 급히 옆으로 몸을 뺐다. 그 짧은 순간에 스타 더스트를 모조리 돌파한 오크 히어로가 내지른 일격이 그녀의 망토를 찢어놓았다.

투학!

둔탁한 소리와 함께 오크 히어로들이 튕겨 나갔다. 알리시아가 수십 개로 나뉘었던 오러 블레이드를 단 두 개로 집중시켜서 그들을 후려갈긴 것이다. 서로 반대편으로 밀려나는 그들 중 하나를 골라서 알리시아가 달려들었다. 오크 히어로가 포효하며 마주 달려들었고, 검과 검이 맞부딪치며 잠시 동안 둘의 움직임이 경직되었다.

파아아아아!

다음 순간 그녀의 눈이 크게 떠졌다. 하늘에서 쏘아진 진녹색 섬광이 오크 히어로를 꿰뚫었기 때문이다. 그녀가 놀라서 하늘을 올려다보는 것과 동시에, 숨이 끊어진 오크 히어로의 몸이 폭발하면서 빛이 그녀를 집어삼켰다.

콰콰콰콰콰……!

알리시아는 스타 더스트로 오러의 폭풍을 찢어발기면서 걸어나왔다. 그 앞으로 나머지 한 놈이 돌진해왔다. 알리시아는 수십 개로 나뉜 오러 블레이드로 사방에서 그를 두들겨댔다. 지금까지와는 달리 허점을 만들기 위한 공격이 아닌, 돌격을 저지하고 움직임을 한곳에 묶어두기 위해서였다.

오크 히어로의 움직임이 멎는 순간, 또다시 하늘에서 진녹색 섬광이 내리꽂혔다.

쿠우우우웅!

그 섬광은 압도적인 방어력을 가진 오크 히어로의 오러 디펜더를 간단하게 꿰뚫어 버렸다. 알리시아는 그것이 날아드는 순간, 초고속으로 진동하고 있다는 사실을 알아보았다.

콰아아아아아…….

휘몰아치는 오러의 폭풍에서 멀어지면서 알리시아가 한숨을 내쉬었다. 그 앞으로 리리디카가 내려서며 물었다.

"쓸데없는 참견이었나?"

“아뇨. 훌륭한 타이밍이었어요.”

알리시아가 고개를 저었다. 리리디카가 말했다.

“힘을 합치지 않겠어? 우리 둘이 협력하면 훨씬 빨리 처리할 수 있을 것 같은데.”

“좋아요.”

알리시아는 주저없이 그녀의 제안을 수락했다.

압도적인 실력을 가진 리리디카였지만 폭주하는 오크 히어로들 상대로는 불리한 구석이 있었다. 오크 히어로들의 오러 디펜더가 워낙 단단해서 원격 조종하는 오러 파편으로는 타격을 주기 어려웠기 때문이다. 그렇다고 다짜고짜 일격필살의 공격을 날리자니 반응속도가 빠른 오크 히어로들이 피해 버린다.

그렇기에 저 오크 히어로들을 상대로 리리디카의 힘을 최대한 살리려면 근접전으로 그들의 움직임을 묶어줄 아군이 필요하다. 다수를 상대로 할 때 정밀한 방어로 적들의 움직임을 묶을 수 있는 알리시아와 그 틈을 찔러 원거리에서 일격필살의 공격을 가할 수 있는 리리디카. 대부분의 마법사들이 성밖의 오크들을 저지하는 데 전념하고 있는 지금, 이 둘이 손을 잡는 것은 이 상황을 가장 빠르게 타개할 수 있는 방법이라고 해도 과언이 아니다.

문득 알리시아가 물었다.

“혹시 라곤 경의 상황은?”

"신경 쓰이나 보지? 두 마리째 격파했어."

리리디카가 한쪽을 가리키며 말했다.

그 말대로 라곤은 폭주하는 오크 히어로를 일대일로 싸워서 격파하고 한숨 돌리고 있었다. 알리시아가 감탄하며 중얼거렸다.

"역시. 총체적인 전력 면에서도 소드 마스터 이상이군요."

"당신도 소드 마스터잖아?"

리리디카의 말에 알리시아는 미소 지을 뿐 대답하지 않았다. 성직자들의 축복으로 기력을 회복한 그녀는 다시 붉은 망토를 펄럭이며 오크 히어로들을 향해 달려갔고, 리리디카는 어깨를 으쓱한 뒤 그 뒤를 따라 허공으로 날아올랐다.

둘이 힘을 합치자 지금까지의 격전이 허무할 정도로 쉽게 오크 히어로들을 격파할 수 있었다.

혼자서도 폭주한 오크 히어로들을 연파해 온 알리시아다. 그런 그녀가 적의 움직임을 묶는 데 주력하고, 리리디카가 확실하게 조준된 일격을 날리니 오크 히어로들은 대책없이 무너져 갔다.

—리리디카! 큰일났어!

알리시아와의 연계로 네 마리째의 오크 히어로를 쓰러뜨렸을 때, 포르포린이 다급한 목소리로 통신을 시도해 왔다.

"무슨 일이야?"

—성벽이 돌파당했다고!

"뭐?"

리리디카가 깜짝 놀라서 성벽 쪽을 바라보았다. 워낙 혼전 중이라 몰랐는데 어느새 성벽 위에 거구의 트롤이 올라서 있었다.

7

시간이 지나자 빗줄기는 서서히 약해지고 있었다. 그러자 곧바로 인간 마법사들은 공격 패턴을 변경, 화염 마법을 섞어서 지금까지보다 훨씬 강도 높은 공격을 퍼부어대기 시작했다.

과감하게 돌격했다가 집중 공격을 받고 후퇴한 하르칸이 씩씩거렸다.

"젠장. 빌어먹을 엘프 놈들. 비리비리한 것들이 치사하게 마법으로 깔짝깔짝 신경을 건드리다니."

오크 히어로 결사대가 성벽 안쪽으로 침입한 뒤, 인간들의 방어에는 혼란이 발생했다. 성벽 뒤쪽에서 이루어지던 투석기 공격도 멈췄고, 마법사들의 활동에도 공백이 발생했으며, 소드 마스터들은 하나도 눈에 띄지 않았다.

이 기회를 틈타 단숨에 성벽까지 치고 나가고자 했지만 예상외의 복병이 있었으니, 그것이 바로 엘프 마법사들이었다. 9서클을 수행하는 포르포린과 지에르자는 인간 마법사들 중

에 다소 공백이 생겨도 충분히 그것을 메울 수 있는 능력자들
이었던 것이다. 비 때문에 전장에 물이 넘쳐나는 것은 그들의
정령 마법에는 오히려 이점으로 작용해서 좀처럼 다가갈 수
가 없었다.

문제는 오크 히어로들뿐만 아니라 오크 병사들마저도 성
벽에 가까이 가지 못하고 있다는 점이다. 넘쳐나는 물을 조종
해서 성벽 앞쪽을 진흙탕으로 만들고 강한 수류(水流)로 쓸어
대니 일반 병력은 대책없이 휩쓸려서 나가떨어졌고, 오크 히
어로들에게는 이제까지 했듯이 마법을 집중시켜서 공격하니
다가갈 수가 없었다.

오크 메이지들은 이 국면에서는 전혀 도움이 되지 못했다.
엘프와 인간 고위 마법사들은 그저 빠르게 날아다니면서 파
괴력 높은 마법들을 펑펑 쏴댈 뿐인 그들을 손쉽게 봉쇄하고
격추시켰다.

바라사다가 눈살을 찌푸렸다.

"이건 완전히 제 꾀에 제가 빠진 꼴이군. 비와 어둠 두 가
지가 합쳐지면 우리가 유리하리라 생각했거늘, 오히려 비가
저쪽에 유리하게 작용하고 있다니."

비만 오지 않았어도, 그리고 엘프 마법사들이 합류해 있지
만 않았더라도 이렇게 난처하지는 않았을 것이다. 평소처럼
오크 히어로들에게 마법이 집중되고 있는 동안 일반 병사들
이 성벽에 닿을 수 있었으리라.

그리고 거기까지만 가면 이후의 상황은 압도적으로 유리
해졌을 가능성이 높았다. 성벽 안쪽은 오크 히어로 결사대로
인해서 커다란 혼란이 발생한 상태라 제대로 성벽 방어를 수
행할 수 없었을 테니까.

칼카쿰이 그 옆으로 다가오며 말했다.

"이대론 안 되겠어. 용사들의 귀중한 희생으로 번 기회를
날려 버리게 생겼다."

"흥. 아직까지 버티고는 있을까? 비스트 폼인지 뭔지, 그
인간이 알려준 기술을 썼다곤 해도 그 숫자만으로 오래 버틸
수 있을 거라는 생각은 안 드는데."

하르칸이 투덜거렸다. 바라사다가 대꾸했다.

"아직 버티고 있는 것 같다. 인간들의 혼란이 가라앉지 않
았어. 비스트 폼이라는 기술, 목숨을 걸어야 하는 부담이 있
는 만큼 위력은 확실한 모양이군."

"그렇다면 어떻게든 성벽까지 가지 않으면 그들에게 면목
이 없다."

칼카쿰이 해머를 힘주어 잡으며 말했다.

비스트 폼이란 베이런이 오크 히어로들에게 전수한 기술
로, 오러의 힘이 믿을 수 없을 정도로 크게 상승하는 효과를
지녔다. 자칫하면 목숨까지 잃을 수도 있는 부담을 져야 하는
약점이 있긴 하지만 그 위력은 공격력만을 증가시키는 어그
레시브 오러 모드보다도 뛰어났다.

성벽 안쪽으로 뛰어든 오크 히어로들은 그 위험성을 충분히 알고서, 그리고 적들 사이에서 죽어갈 것을 각오하고서 자원한 것이다. 오로지 아군에게 승리를 가져다주기 위해서.

이러한 희생에 보답하지 않는다면 어찌 사나이라 할 수 있겠는가? 어찌 영웅이라 불릴 수 있겠는가?

칼카쿰은 가슴이 타들어가는 것을 느끼며 이를 악물었다. 그런 그를 본 바라사다가 말했다.

"시간 제한이 다 되기 전에 한번 시험해 보고 싶은 방법이 있긴 한데……."

"뭐지?"

칼카쿰과 하르칸이 귀를 쫑긋 세우며 바라사다를 바라보았다. 바라사다가 난감한 듯 머뭇거리다가 동료들의 칼날 같은 시선을 견디지 못하고 결국 입을 열었다.

"그러니까……."

바라사다의 설명을 들은 칼카쿰과 하르칸의 눈이 휘둥그레졌다. 바라사다의 입에서 나온 방법이 워낙 황당했기에 잠시 동안 말을 잃고 말았다.

하르칸이 말했다.

"네놈, 그거 진심으로 하는 소리냐? 미친 거 아냐?"

"정신 나간 소리로 들릴 만하다는 것은 인정하겠지만, 다른 누구도 아닌 네놈한테 그런 소릴 들으니 자괴감이 드는군. 어쨌든 난 한 번쯤 해볼 만하다고 생각한다. 내가 마지막이 된다면 최악의 경우에도 죽음은 피할 수 있을 테니……."

"해보자."

잠시 동안 고민하던 칼카쿰이 말했다. 하르칸은 잔뜩 찌푸린 얼굴로 둘을 바라보다가 한숨을 쉬며 고개를 저었다.

"이런 미친 것들. 뭐, 좋아. 가끔은 우리 셋이 힘을 합쳐 보는 것도 나쁘지 않겠지."

하르칸은 무기로 쓰던, 차라리 기둥이라고 불러야 할 것 같은 길이 8미터짜리 철창을 땅에다 꽂아 넣고는 양팔을 벌렸다. 칼카쿰 역시 자신의 해머를 땅에다 내려놓고는 훌쩍 뛰어서 그 위로 올라섰다. 마지막으로 바라사다가 칼카쿰의 팔에 올라서는 것으로 준비가 완료되었다.

"젠장. 인간들이 우릴 보고 무슨 재롱이냐고 비웃겠군."

하르칸이 투덜거렸다. 그의 거구 위로 칼카쿰과 바라사다가 올라서 있는 모습은 정말 서커스의 한 장면을 연상케 하는 우스꽝스러운 광경이었다.

칼카쿰이 말했다.

"너만 창피한 거 아니니까 닥치고 시작하기나 해."

"건방진 애송이 같으니. 그럼 간다! 키메라 부대, 우리 앞으로 화력 집중!"

키에에에에에!

아직 쓰러지지 않고 버티던 키메라들이 포효로 화답했다. 그들이 팔을 들어 하르칸의 앞쪽을 향해 집중 포격을 날리자 그쪽으로 날아들던 마법사들의 공격이 밀려났다.

그것을 본 하르칸이 전장 전체에 울리는 목소리로 외쳤다.

"오크 히어로들, 전원 죽기 살기로 달려! 성벽까지 간다!"

하르칸이 외침과 함께 오러 디펜더를 최대 출력으로 전개했다. 마치 깊은 물속을 들여다보는 듯한 암청색 빛이 번져가면서 그의 모습을 흐릿하게 만들었다.

쿵쿵쿵쿵쿵!

5미터의 거구가, 역시 2미터를 넘는 거구의 동료 둘을 들고 달리는 광경은 마치 작은 산이 달려오는 것 같았다.

그 옆으로 오크 히어로들이 영문도 모르는 채 달리기 시작했다. 마법사들은 그들 모두를 향해 맹공을 퍼부었다. 가늘어진 빗방울을 증기로 바꾸면서 폭염과 파괴의 섬광이 쏟아졌다.

"크아아아아아앗!"

하르칸은 오러 디펜더를 모조리 전방에다 집중시키고 앞으로 나아갔다. 마법사들의 공격은 숨이 막힐 정도였지만 다른 오크 히어로들에게 분산이 된데다가 칼카쿰과 바라사다의 오러 디펜더까지 더해지니 그럭저럭 달려갈 수 있을 정도는 되었다.

하지만 그것도 40미터 거리에 이르자 한계에 도달했다. 더이상 한 발자국도 나아갈 수 없게 된 하르칸이 포효했다.

"여기까지군! 그럼 다음은 네놈들 차례다!"

하르칸은 혼신의 힘을 다해 오러 디펜더를 밀어냈다. 일순간이지만 쏟아지는 마법이 빛의 막에 밀려나면서 10미터의 빈 공간이 발생했다. 하르칸은 그 순간을 놓치지 않고 칼카쿰과 바라사다를 성벽을 향해 집어 던졌다.

"가랏!"

오우거 중에서도 탁월한 괴력을 가진 하르칸이 둘을 집어 던진 기세는 가공했다. 둘은 쏟아지는 마법을 꿰뚫고 그대로 성벽을 향해 날아갔다.

그 광경을 본 마법사들은 모두 경악했다. 같은 편을 집어 던지다니, 이건 도대체 무슨 의미로 하는 행동이란 말인가?

"저 녀석들, 무슨 짓을 하는 거지?"

당황하면서도 그들은 자신이 할 일을 잊지는 않았다. 투포환처럼 날아드는 칼카쿰과 바라사다를 향해 마법 공격을 퍼붓는다. 하늘 끝까지 날아갈 것 같던 비행의 기세가 순식간에 줄어들면서, 20미터 거리에서 둘의 몸이 낙하하기 시작했다.

그 순간 칼카쿰이 바라사다의 한쪽 발목을 잡았다. 그리고는 오러 디펜더를 유지한 채로 허공에서 크게 한 바퀴 회전하면서 성벽 쪽으로 집어 던졌다.

"크워어어어어어!"

포효와 함께 바라사다의 몸이 다시금 날아올랐다. 쏟아지는 집중 포화를 뚫은 바라사다는 백록색 유성이 되어 성벽을 향해 떨어져 내렸다.

"막아! 어떻게든 떨어뜨려!"

성벽 위에 있던 이들이 비명을 질렀다. 전혀 예상치 못한 상황에 마법사들은 대응이 느려졌고, 바라사다를 표적으로 잡지 못한 사이 그는 거의 성벽에 도달하고 있었다.

그때 포르포린이 나섰다. 인간 마법사들을 지나친 그녀는 바라사다를 노려보며 외쳤다.

"이거나 먹고 떨어져!"

퍼엉!

폭음이 울리며 충격파가 달려나갔다. 응축된 공기가 목표에 작렬, 폭발한 것이다.

하지만 다음 순간 포르포린의 눈이 경악으로 물들었다. 폭발의 저편에서 백록색 섬광을 흩뿌리는 뭔가가 날아들었기 때문이다. 깜짝 놀라서 그것을 피하는 순간, 그 뒤쪽에 몸을 숨겼던 바라사다가 성벽 위에 떨어져 내렸다.

쿠우우우우웅!

굉음이 울리며 그 주변에 있던 모든 자들이 박살 나서 흩어졌다. 착지와 동시에 오러 디펜더를 펼쳐 주변을 학살한 바라사다가 중얼거렸다.

"으음. 설마 성공할 줄은 몰랐는데."

하르칸이 들었으면 길길이 날뛰었을 한마디다.

바라사다의 모습은 엉망이었다. 왠지 모르겠지만 왼팔이 통째로 잘려져 나가 있었고, 여기까지 오는 동안 간간이 오러

디펜더를 뚫고 몸에 도달한 공격 때문에 전신이 너덜너덜해
져 있었다.

"더, 더러운 트롤 자식이 감히!"

그의 오러 디펜더 바깥에 있던 기사가 달려들었다. 여기까
지 날아드는 비현실적인 과정을 봤으면서도 그가 입은 부상
을 보고는 공포가 증발한 모양이었다. 바라사다는 심드렁한
얼굴로 그를 바라보았다. 그 순간 오러 블레이드가 뻗어나가
면서 그의 머리통을 날려 버렸다.

파학!

쏟아지는 피를 오러 디펜더로 받아낸 바라사다는 거칠어
진 숨을 고르려는 듯 심호흡을 했다.

그러자 놀라운 일이 벌어졌다.

그가 숨을 고르는 짧은 시간 동안, 회생 불가능으로 보였던
몸이 놀라운 속도로 재생되기 시작했다. 백록색 오러 디펜더
가 파문을 그려내며 방울처럼 뭉쳐진 오러의 덩어리가 상처
부위를 감싼다. 그리고 그 빛이 사그라지기 전에 새로운 빛
이, 그리고 또 새로운 빛이 모여들면서 뜯겨져 나간 육체의
형상을 그려내고 그 위로 시간을 거꾸로 돌리듯이 트롤의 육
체가 메워져 가고 있었다.

그것을 본 포르포린이 신음했다.

"한없이 불사신에 가까운 존재라더니."

오래 살아온 포르포린도 트롤 원더러의 초재생 능력을 직

접 보는 것은 처음이었다.

트롤은 본래부터 다른 종족에 비해 비정상적으로 강한 회복 능력을 갖고 있으며, 광증이 발병하면 그 회복력이 더욱더 증폭되어 설령 팔다리가 잘려 나간다고 해도 한 달 정도 지나면 멀쩡하게 자라날 정도였다. 오러를 각성한 트롤 원더러는 그러한 특성을 비현실적인 영역으로 끌어올려 불사신에 가까운 생명력과 재생력을 자랑했다.

"재생하기 전에 죽여! 성벽 밖으로 떨궈 버려!"

그 광경을 본 마법사들이 악을 쓰며 공격을 퍼부었다. 마법으로 응집된 수류와 파괴의 섬광이 그를 향해 쏟아진다.

그러나 그 순간 그의 앞을 가로막는 존재가 있었다. 그와 동일한 생김새를 가진, 하지만 아무것도 걸치지 않은 알몸의 트롤이었다. 그 트롤이 눈을 부릅뜨자 오러 디펜더가 일어나서 모든 마법 공격을 막아냈다.

그 광경을 본 이들은 모두 경악을 금치 못했다. 포르포린이 놀라서 중얼거렸다.

"트롤 원더러가 둘? 저게 아바타인가!"

트롤 원더러의 오러 특성은 주인에게 불사신에 가까운 생명력과 초재생 능력을 부여하는 것. 그리고 그것을 다루는 기술을 발전시키면 지금 눈앞에서 벌어지는 것 같은 상황을 만들 수 있다. 자신의 사지 중 하나를 뜯어내어 초재생 능력을 부여, 한정된 시간 동안 자신과 필적하는 힘을 발휘하는 분신을 만들어낼 수 있는 것이다.

그것이 바로 아바타.

트롤 오러 각성자에게 '원더러' 라는 칭호를 부여한 기적.

바라사다의 팔은 마법에 맞고 날아간 것이 아니라 스스로 뜯어내어 던진 것이었다. 오러를 부여한 그 팔은 초재생능력에 의해 순식간에 자라나면서 포르포린의 마법을 격파, 성벽에 내려섰을 때쯤에는 바라사다와 똑같은 모습을 취하고 그를 보호했다.

"흠. 비스트 폼은 반 이하로 줄었나. 이 짧은 시간 동안에 이만큼이나 정리하다니, 인간들도 제법이로고."

아바타의 보호를 받으며 여유있게 팔과 상처를 재생한 바라사다가 중얼거렸다. 문득 그에게 진녹색 섬광이 쏟아졌다.

파파파파파!

전광석화 같은 손놀림으로 그것들을 쳐낸 바라사다가 눈을 빛냈다.

"오러 테이커인가."

리리디카가 빠르게 접근해 오고 있었다. 그녀는 거리를 상관하지 않고 바라사다를 향해 빛의 화살을 퍼붓기 시작했다. 바라사다는 그것을 상대하는 대신 아바타를 그 앞에 내세웠다. 그리고 자신은 주저없이 성벽 아래로 뛰어내렸다.

"저 자식!"

그것은 오러 테이커의 전법을 알고 있다는 것을 증명해 주는 행동이었다. 원거리에서 날아드는 오러의 화살을 받아내기 시작하면 주변으로 흩어진 파편들이 원격 제어되어 움직임을 묶는다. 그리고 그렇게 묶여 있는 동안 리리디카는 여유 있게 위력있는 공격을 준비해서 결정타를 날린다.

바라사다는 그런 상황에 빠지기 전에 아바타에게 방어를 맡기고 자신은 성벽 아래로 뛰어내린 것이다. 그의 목표는 어디까지나 성벽을 여는 것. 리리디카를 상대해 주면서 발이 묶여 있을 이유가 없었다.

리리디카가 신경질적으로 물었다.

"젠장! 어떻게 된 거야?"

—오우거 로드가 저놈하고 오크 히어로를 같이 들어서 던져 버렸어! 오크 히어로가 우리 공격을 막으면서 허공에서 저놈을 다시 집어던져 저기까지 온 거야!

"황당한 놈들."

리리디카는 기가 막혀서 중얼거렸다. 인간이나 엘프는 흉내도 내지 못할 방법이었다.

"리리디카, 성벽 위의 놈을 묶어두고 쓰러뜨려. 아래쪽으로 내려간 놈은 내가 막지!"

그렇게 말한 것은 라곤이었다. 알리시아는 리리디카가 갑자기 빠져나가는 바람에 오크 히어로 셋을 상대로 접전을 벌이고 있었고, 다른 소드 마스터들은 자기 한 몸 추스르기도 바쁜 상황이었다. 여기서는 라곤이 나설 수밖에 없었다.

“알겠어. 맡기지. 포르포린, 사제들의 가호를 라곤 경에게 집중시켜!”

리리디카는 그렇게 말하곤 아바타에게 공격을 집중했다.

그때 바라사다는 이미 마법사들의 공격을 돌파해서 성벽에 다가서고 있었다. 그와 거의 동일한 능력을 발휘하는 원더러가 방어에 전념하자 마법사들은 쉽게 뚫을 수가 없었다. 앞을 가로막는 모든 병력을 학살한 그는 성벽을 향해 자신의 무기, 길이 1미터 80센티짜리 두터운 참마도(斬馬刀)를 휘둘렀다.

투웅!

그러나 단번에 성벽을 지탱하던 사슬을 끊었어야 할 그 공격은 갑자기 날아든 뭔가에 의해 저지당했다. 그가 섬뜩함을 느끼며 돌아보는 순간, 그 앞에 누군가 나타나서 공격을 날렸다.

촤아아악!

화끈한 통증과 함께 목에서 피가 분수처럼 뿜어졌다.

8

어떤 괴물이라도 목을 자르면 죽는다.

그것은 전장의 상식이자 절대적인 명제였다. 심장이 파괴되고, 목을 잘라냈을 때 죽지 않는 생명체는 없다. 그런 상태로 활동하는 존재가 있다면 그것은 생명없는 언데드뿐이었다.

그러나 라곤은 지금 그 명제가 뒤집어지는 것을 보고 있었다.

"크흐…… 으르르흐……."

목이 반쯤 뜯겨져 나갔기 때문일까, 목소리 대신 바람 빠지는 소리가 울려 퍼졌다.

동시에 시간이 거꾸로 되감기는 듯한 광경이 펼쳐졌다. 오러가 응집되면서 누가 봐도 죽음에 이르는 치명상이 급속도로 재생되기 시작한다.

냉정하게 생각하면 이 순간은 다시없는 기회였다. 적이 상처를 재생하고, 다시 전투 능력을 되찾기 전에 연타를 먹여서 확실하게 쓰러뜨려야만 했다.

하지만 목이 반쯤 잘린 적이 되살아나는 광경 앞에서는 라곤조차도 충격으로 얼어붙을 수밖에 없었다.

"크흐, 이제야 말이 제대로 나오는군."

그럭저럭 재생을 마친 바라사다가 혀를 날름거렸다.

그가 참마도를 든 채 라곤을 바라보았다.

"제법이군, 인간. 멋지게 한 방 먹었어."

"이쪽에서 할 말이야. 트롤은 머리가 좀 돌아간다고 들었는데 오크 놈들도 생각하지 못할 무식한 수법을 쓰는군."

라곤이 대답했다. 바라사다가 히죽 웃었다.

"그렇게 생각하고 있다면 인간들은 앞으로의 싸움을 견뎌 내지 못할 거야. 어차피 무너질 운명이라면 더 절망하기 전에 여기서 죽어 쓰러지는 게 좋을 것이다."

바라사다가 참마도를 들어 올렸다. 길이만도 1미터 80센티, 폭은 20센티에 가까운 두터움을 자랑하는 그 칼은 키가 2미터 70센티에 달하는 바라사다이기에 쓸 수 있는 것이었다.

라곤은 바라사다가 제대로 된 자세를 잡기 전에 뛰어들었다.

'실수는 바보같이 재생할 기회를 준 것만으로도 충분해!'

바라사다의 실력은 보통 오크 히어로들과는 차원이 다를 것이다. 조금 전 블링크로 배후를 점하고 검격을 날렸을 때, 라곤은 바라사다의 목을 통째로 잘라 버릴 생각이었다. 충분히 그럴 수 있는 간격까지 접근했었고 타이밍도 완벽했다.

하지만 바라사다는 그 순간에도 전광석화 같은 반응으로 목의 절반을 지켜냈다. 인간이었다면 이래 죽으나 저래 죽으나 마찬가지였겠지만, 그는 결과적으로 목숨을 지키고 상황을 반전시킬 기회를 얻었다.

파파파파파!

쏟아지는 라곤의 검격에 맞서 바라사다도 참마도를 휘둘렀다.

핏!

바라사다의 왼팔 위쪽이 길게 베어져 나갔다.

스칵!

바라사다의 오른쪽 옆구리가 얇게 베어져 나갔다.

"이놈!"

선수를 빼앗긴 바라사다는 참마도를 제대로 가속시키지 못하고 라곤에게 공격받고 있었다. 육중한 무기의 특성을 살려서 위력적인 베기를 날려야 하는데, 라곤은 참마도가 가속하기 전에 절묘한 공격으로 맥을 끊어놓으면서 카운터를 먹였다. 결국 바라사다의 움직임은 점점 작아지고, 방어 위주가 될 수밖에 없었다.

"굉장하군! 마법사가 이런 검술을 구사하다니! 네놈은 대체 뭐냐?"

몸에 수십 개의 검상을 입은 바라사다는 라곤의 검술에 감탄할 수밖에 없었다. 스피드, 파워, 방어력, 모든 면에서 자신이 앞선다. 특히 방어력의 차이는 결정적이다. 바라사다는 스치는 공격 따윈 무시하고 밀고 들어갈 수 있지만 라곤은 스치기만 해도 중상을 입는다.

그런데도 압도당하는 것은 바라사다였다. 공격을 무시하고 밀고 들어가려고 하면 그 순간 도저히 피하지 않을 수 없는 치명적인 공격이 날아들었다. 비록 지금의 라곤은 엘프 사제들의 지원을 받아 육체와 정신 모두가 더욱 활성화된 상태이긴 하지만, 그렇다고 해서 그의 대단함이 어디 가는 것은 아니다.

'탄복할 수밖에 없는 실력이지만, 그렇다고 해서 죽어줄 수도 없는 노릇!'

바라사다가 대응책을 내놓았다. 그가 눈을 부릅뜨는 것과 동시에 오러 디펜더가 폭발적으로 확장되며 라곤을 덮쳤다. 거리를 줘선 안 된다는 것을 아는 라곤은 검격으로 그 일부를 찢어냈지만, 잠시 주춤하는 사이에 바라사다는 거리를 벌리고 참마도를 가속시키기 시작했다.

"칫."

라곤은 혀를 차며 검에 재차 버스터 소드를 걸었다. 짧은 시간의 공방만으로도 그전에 걸려 있던 마법의 힘이 다했던 것이다. 그 틈을 타서 바라사다의 공격이 날아들었다.

후우우우웅!

10미터 이상의 거리가 있었는데도 오러 블레이드가 아슬아슬하게 라곤의 머리 위를 베고 지나갔다. 오러의 힘 없이 그냥 휘두르기만 해도 전마(戰馬)를 일격에 두 동강 낼 수 있는 위력! 라곤은 섬뜩함을 느끼면서도 오히려 달려들었다. 사정거리가 긴 적에게 거리를 주는 것은 자살행위나 마찬가지다.

투두두두둥!

포스 볼트가 쏟아지기 시작했다. 라곤의 움직임과는 달리 다각도에서 수십 발의 섬광이 쏟아지자 바라사다도 주춤했다. 라곤의 포스 볼트는 보통 마법사들이 쏘아내는 것과는 차원이 달라서 정신 차리고 방어하지 않으면 내장이 뒤흔들리는 충격이 왔다.

그 광경을 본 라곤의 눈이 가늘어졌다.

'역시. 이놈 오러 블레이드와 오러 디펜더 자체는 그리 강하지 않군.'

발하고 있는 오러의 총량은 소드 마스터나 오크 히어로를 기준으로 삼아서 볼 때 상당히 높은 수준이다. 하지만 오러 블레이드와 오러 디펜더 모두 밀도와 파괴력이 그리 높지 않다.

물론 일반인 기준으로 보면 갑옷을 단번에 꿰뚫는 무적의 검이요, 힘껏 내려쳐도 흠집도 나지 않는 철벽의 방패이지만, 소드 마스터와 오크 히어로를 기준으로 보면 상당히 말랑말랑한 느낌이다. 대신 탄력이 있어서 흐름을 보고 파악했던 것보다 멀찍이 뻗어오고, 타격 시에는 위력이 커지는 느낌이긴 하지만.

'하긴, 그런 괴물 같은 재생력에 분신을 만드는 능력까지 있으니.'

그런 능력이 있는데 오러의 밀도까지 오크 히어로와 필적한다면 그야말로 무적에 가까울 것이다.

콰아아아아아!

그때 등 뒤에서 오러의 폭풍이 휘몰아쳤다.

예상치 못한 사태에 바라사다가 놀라서 그쪽을 돌아보았

다. 자신의 분신, 기적이라 불리는 '아바타'에 의해 구현된 존재가 격파된 것이다. 한정된 시간 동안이라고는 하나 부어 넣은 오러가 다하기 전에는 불사신에 가까운 재생력을 가진 존재이거늘 누가 격파했단 말인가?

그러나 그 일을 해낸 인물을 본 바라사다의 얼굴에 납득하겠다는 표정이 떠올랐다.

'오러 테이커와 마법사들이 힘을 합쳤나. 오래 버티지 못하는 게 당연하군.'

리리디카는 마법사들의 공격이 아바타의 움직임을 묶은 틈을 노려 초고속으로 진동하는 오러의 화살을 꽂아 넣어 끝장을 냈다. 오러의 파편 위에 올라타 허공을 나는 그녀가 싸늘한 눈으로 바라사다를 노려보았다.

쉬이익!

잠시 리리디카에게 눈길을 빼앗기는 순간, 눈앞에서 섬광이 번뜩였다. 급히 피하긴 했지만 이마에 긴 상처가 생긴다. 그가 당황해서 검을 들어 올리자 이번에는 허벅지를 깊숙이 베고 지나간다. 허벅지가 반쯤 베어지자 바라사다의 균형이 무너졌고, 그 순간 목을 노리고 검격이 날아들었다.

카아앙!

바라사다는 가까스로 그것을 막고는 오러 디펜더를 정면을 향해 펼쳐 냈다. 검격을 날려오던 라곤이 크게 뒤로 뛰면서 밀려나고, 그리고……!

투두두두둥!

열세 발의 포스 볼트가 한 점으로 집중되어 바라사다의 머리를 두들겼다.

'이런, 위험해……!'

바라사다는 머리가 뒤흔들리는 것을 느끼며 무릎을 꿇었다. 라곤이 지체없이 달려들어 온다. 7미터 길이로 뻗어 나온 버스터 소드가 그의 머리 위로 내려쳐졌다.

투웅!

그때였다. 둔중한 소리가 울리며 라곤의 검이 튕겨져 나왔다.

'뭐지?'

라곤은 예상외의 사태에도 당황하지 않고 균형을 바로잡았다.

바라사다의 몸에서 핏방울이 뭉친 구체들이 떠오르고 있었다. 허공으로 떠오른 그것들이 각각 투명한 빛을 발해서 라곤의 검격을 튕겨낸 것이다. 그 빛의 정체를 파악한 라곤은 전율을 느꼈다.

'핏덩어리들이 각각 오러 디펜더를 발해서 중첩, 내 공격을 막아내다니, 이놈은 오러의 사용법을 무궁무진하게 발전시켰군.'

감탄하는 라곤 앞에서 바라사다가 천천히 몸을 일으키며 말했다.

"대단하군, 인간이여. 그대를 마법사라 불러야 할까, 아니면 전사라 불러야 할까?"

"마검사라고 불러주시지."

"후후, 그렇군. 딱 맞는 명칭이야. 이런 실력자가 있으니 비스트 폼을 쓴 오크 히어로들을 그렇게 빨리 정리할 수 있었던 건가?"

"비스트 폼?"

라곤이 물었지만 바라사다는 대답하지 않았다. 그가 미소 지으며 라곤에게 물었다.

"나는 프로토 오크를 섬기는 바라사다. 마검사여, 네 이름을 알려줄 수 있겠는가?"

"라곤 클란드."

쿠우웅……!

굉음과 함께 뭔가가 빠르게 하늘을 가로질렀다. 섬광을 발하는 그것은 거의 음속에 가까운 속도로 쏘아져서 성벽을 넘었고, 그리고 그 너머에서 커다란 폭발을 일으켰다.

콰아아아아앙!

그 소리를 들은 바라사다는 섬광이 발사된 지점을 바라보았다. 그리고 그곳에 뭉쳐 있는 이들을 보며 투덜거렸다.

"드워프들이 원군으로 온 건가? 제한 시간이 다 됐군."

바라사다는 성문을 파괴하는 것을 포기하고 훌쩍 뛰어올랐다. 라곤이 포스 볼트를 쐈지만 그의 주변을 떠다니는 핏덩어리들이 끓어오르면서 오러 디펜더가 발현, 모조리 막아낸다.

사정은 다른 마법사들도 마찬가지였다. 라곤과 바라사다의 간격이 벌어지는 순간 바라사다에게 집중 포화를 쏟아부었지만 그의 오러 디펜더를 뚫을 수 없었다.

그 광경을 관찰하던 라곤이 눈살을 찌푸렸다.

'피가 끓어올라서 사라지고 있어. 그리고 상처가 재생되는 기미가 없다. 자신의 신체 일부, 혹은 피를 희생시켜서 오러를 얻는 기술인가? 분신을 만드는 기술과도 통하는 구석이 있는 것 같은데⋯⋯.'

그렇게 성벽에 오른 바라사다가 라곤을 내려다보며 말했다.

"라곤 클란드, 또 만나자."

그 말을 마지막으로 바라사다는 성벽 바깥으로 뛰어내렸다. 그사이 마법사들이 집중 포화를 쏟아부어서 그의 오러 디펜더를 전부 찢어발기는 데 성공, 그의 신체에 상처가 나기 시작했지만 그는 부상을 입든 말든 상관하지 않고 안정권으로 달아나 버렸다.

너덜너덜해져서 걸어오는 그를 본 하르칸이 빈정거렸다.

"그렇게까지 했는데 실패하고 빈손으로 돌아오다니, 무능한 것 같으니. 안의 상황은 어떻게 됐지?"

"할 말이 없군. 결사대는 모두 전사했고, 드워프들이 합류

했다. 성문을 열 수 있을 것 같았는데 뜻밖의 방해자가 있어
서……."

"뜻밖의 방해자라, 어떤 놈이었지?"

"마검사. 그 외의 다른 명칭이 생각나지 않는 인간이었다.
소드 마스터도 아니면서 그 이상으로 막강한 힘을 가졌더
군."

"마검사? 설마…… 대가리가 노란색인 인간 아니었나?"

칼카쿰이 놀라서 끼어들었다. 바라사다가 고개를 끄덕였
다.

"그렇네. 라곤 클란드라고 하더군."

"라곤 클란드라…… 그런 이름이었군. 후후. 살아 있었단
말인가."

메이베라가 무너질 때, 칼카쿰은 라곤을 전력을 다해야 할
상대로 인정하고 싸웠지만 결국 결판을 내지 못했다. 그때는
프로토 오크의 권능에 휘말려 죽었으리라 생각했지만 살아서
자신의 앞을 가로막는다는 사실을 알게 되니 피가 끓었다.

쿠우우웅……!

그때 굉음이 울리며 성벽 저편, 먼 곳에서 또다시 빛 덩어
리가 날아올랐다. 그것을 본 하르칸이 으르렁거리며 욕설을
내뱉었다.

"망할! 일단 피해!"

바라사다는 영문을 모르면서도 일단 그 말에 따랐다. 다음

순간 그들이 있던 자리에 그 빛 덩어리가 내리꽂혔다.

꽈르르르릉!

빛이 폭발하며 대지가 수십 미터에 걸쳐 깎여 나갔다. 단순히 폭발력만 강한 게 아니라 암석을 푸딩처럼 깎아내서 불태운다는 점이 경이롭다. 직격당하면 오러 디펜더조차 잘려 나가지 않을까 걱정될 정도였다.

바라사다가 놀라서 물었다.

"이건 뭐야?"

"쌍. 나도 몰라. 아까 날아온 걸 받아치겠다고 나섰던 오크 히어로 한 놈이 박살 나버렸어."

하르칸의 대답에 바라사다는 기가 막혀 하며 작렬 지점을 바라보았다. 끓어오르던 빛이 사그라지고 나자 그곳에는 단검을 수십 배로 확대시켜 놓은 것 같은 길이 1미터 정도의 칼날이 있었다.

"저걸 마법을 이용해서 쏘는 건가? 드워프 놈들, 황당한 병기를 만들었군."

"이거 드워프들이 만든 건가?"

"아마도. 일단은 물러나서 재정비하는 게 좋을 것 같다. 드워프들도 합류했고, 인간들도 혼란을 정리하는 것 같으니……."

"용사들의 희생을 모른 척하고 물러나잔 말인가? 반대다. 놈들도 피해가 클 테니 이대로 밀어붙이면 충분히 함락시킬 수 있다!"

혈기왕성한 칼카쿰이 반대했다. 하지만 바라사다가 고개를 저으며 하늘을 가리켰다.

"상황이 안 좋아. 저걸 봐라."

밤의 어둠을 가르며 유성처럼 날아오는 다섯 개의 빛무리가 있었다. 마법사들이 하늘에 띄워놓은 마법에 인도되어 디엘라를 향해 낙하해 오는 존재들.

그 정체가 무엇인지는 생각할 것도 없었다. 칼카쿰이 콧김을 뿜었다.

"소드 마스터 다섯 놈이 더해진다고 뭐가 달라질 것 같은가?"

"인간들이 지원군을 보낼 때 소드 마스터가 선발대로 나선다는 것은 상식. 후방에서 또 대규모 병력이 움직이고 있을 거야. 여기서는 일단 물러나서 재정비를 하는 게 옳지. 칼카쿰, 자네는 홀몸이 아니라 대군을 책임지는 지휘관이라는 것을 잊어서는 곤란하다."

"크윽……."

이치에 맞는 바라사다의 말에 칼카쿰이 분한 듯 몸을 떨었다.

하이오크 하라두쿰이 칼카쿰에게 토라스 정벌을 명하면서 바라사다를 붙여준 이유는 그가 앞뒤 모르고 폭주할 것을 염려했기 때문이다. 오크들보다 사려가 깊은 트롤이라면 인간들의 계략에 걸려 궤멸하는 사태를 방지할 수 있을 것이라고 믿었기에, 칼카쿰에게도 그의 말을 무시하고 날뛰는 일이 없도록 하라고 숙지시켰던 것이다.

결국 칼카쿰은 전군에 후퇴 명령을 내렸고, 오크들은 부상자들을 챙겨서 물러나기 시작했다. 그 광경을 본 인간들은 승리의 함성을 내질렀다.

와아아아아!

함성 속에서 라곤이 투덜거렸다.

"젠장. 별로 좋아할 상황은 아닌 것 같은데."

적을 물리친 것은 좋았지만 아군의 피해가 너무 막대했다. 아마 전사자의 숫자만 2천 명은 넘을 것이고, 그중에 소드 마스터 네 명과 다수의 마법사, 성직자가 섞여 있다는 것은 정말 뼈아팠다. 게다가 상당히 많은 요새 시설들이 파괴된 것 역시 문제였다.

'비스트 폼이라고 했던가?'

바라사다가 말한 비스트 폼이란 폭주한 오크 히어로들을 가리키는 게 틀림없었다. 어그레시브 오러 비스트와도 비슷한 느낌이 드는, 오러 디펜더의 밀도를 말도 안 될 정도로 농밀하게 굳히면서 동시에 폭발적인 공격력까지 얻는 기술. 앞으로 모든 오크 히어로들이 그 기술을 사용하게 된다면 정말 골치 아파질 것이 틀림없었다.

"여어, 마검(魔劍)."

그때 등 뒤에서 다가와서 그의 어깨를 두드리는 사람이 있었다. 일찌감치 그의 기척을 눈치채고 있던 라곤이 돌아보며 말했다.

"리처드 경, 수고하셨습니다."

"자네도. 이것 참, 몰골이 말이 아니야."

그가 투덜거렸다. 그 말대로 투구는 어디론가 실종, 갑옷은 여기저기서 부서지고 찌그러지고, 망토는 다 찢겨져 나가서 볼품없는 천 조각만 어깨에 달라붙어 있었다.

라곤이 물었다.

"그런데 마검이라니, 그건 무슨 말씀입니까?"

"오늘부터 자네 별명이라네. 모두들 어울린다고 생각할 걸세."

오늘 라곤의 실력을 본 리처드는 정말 놀라서 뒤로 자빠질 뻔했다. 질리언을 가르친다는 말을 들었을 때는 이놈들이 무슨 헛소리를 하나 싶었는데 이렇게 경천동지할 실력의 소유자였을 줄이야!

역시 처음에 나쁜 인상을 주지 않고 신중하게 지켜보길 잘했다는 생각이 들었다. 그때 틀어졌다면 두고두고 후회했을 것임이 틀림없다.

'다이안, 아빠가 좋은 신랑감 하나 찾았다!'

리처드의 막내딸인 다이안은 커서 잘생기고 잘나가고 잘 싸우며 매너 좋은 이야기 속의 왕자님 같은 기사와 결혼하는 게 꿈이라고 말하는 소녀였다.

그녀는 아직 14세고 라곤은 25세이긴 하지만 귀족사회에서 그 정도 나이 차의 부부는 흔하다. 자고로 젊고 예쁜 여자를 좋아하는 것은 사내의 본성이니 라곤도 직접 만나보면 마음에 들어할 것이다. 게다가 마침 리할드 왕국이 망하기까지 했으니 왕실에 잘 이야기해서 그럴싸한 자리 하나 주겠다고 꾀어보면 충분히 넘어올 가능성이 있었다.

그런 생각을 하고 있는 리처드의 뜨거운 눈길을 받은 라곤은 오한이 이는 것을 느꼈다. 왠지 불길한 예감이 뭉게뭉게 피어오르기 시작했다.

CHAPTER 21
격전의 계절

리할드 왕국력 357년 11월.

오팔리안 제국의 구성원 숫자는 폭발적으로 늘어나고 있었다.

대륙 전역에서 오크들이 모여드는 것은 물론이고 고블린, 트롤, 오우거, 미노타우로스, 놀 등을 통합하여 국민으로 삼으니 그럴 수밖에 없었다. 오크들만의 나라가 아니라 암흑제국이라는 소리를 듣기에 충분했다.

이미 오크의 숫자만도 150만을 넘었으며, 다른 종족들을 모두 합치면 200만을 넘는다. 자발적으로 모여드는 오크들에 비해 다른 종족들은 하나하나 병합시켜야만 하니 오팔리안 제국의 영토가 늘어나면 늘어날수록 그 숫자는 기하급수적으로 늘어나리라.

오팔리안 제국을 실질적으로 다스리는 이는 오크의 유일한 대마법사인 하라두쿰이었다. 프로토 오크는 상징으로 존재하며 굵직한 사항들을 지시할 뿐, 국가로서의 제도를 정비하고 자잘한 문제들을 해결하는 것은 하라두쿰과 그 휘하에 배속된 사제들의 몫이었다. 오크들 중에서 문관(文官)이라는 소리를 들을 정도로 머리가 제대로 굴러가는 것은 사제들밖에 없기 때문에 귀중한 전투 병력인 그들 중 절반 이상이 행정 업무를 처리하고 있었다.

인사부에서 올라온 서류들을 살펴보던 하라두쿰이 눈을 비비며 한숨을 쉬었다.

"차차 고블린이나 트롤들도 임명하긴 해야겠는데……."

"고블린은 성격상 좀 곤란하지 않겠습니까? 뇌물이라던가 착복이라던가, 아무래도 인간들의 나쁜 점은 죄다 따라 할 것 같은데."

그렇게 물은 것은 하이오크 파라둠이었다. 사제장인 그도 역시 오크 중에선 최고의 인텔리라고 할 수 있는지라 하라두쿰의 업무를 분담해서 도와주고 있었다.

하라두쿰이 고개를 끄덕였다.

"큰일을 맡기기엔 아무래도 불안한 감이 있지. 하지만 작

은 흠 정도는 봐줘야 할 정도로 인재가 부족한 상황이
니……."

"그래도 다들 양육강식이 절대적으로 통용되는 단순한 놈
들만 모여 있는 나라이니 오히려 다행이죠. 다스리는 입장이
되고 보니 인간들의 대단함이 더더욱 실감되는군요. 이쪽이
야 힘으로 눌러놓고 싸우게 만들면 그만이지만 인간들은 그
런 걸 배제하고 온갖 복잡한 문제를 해결해야 할 텐데 잘도
나라가 유지되는 것 같습니다."

"그놈들은 쓸데없이 복잡하고 머리가 좋으니까. 힘의 논리
로 통치가 안 되는 사회라니 상상하기도 싫군. 사실 난 프로
토 오크께서 원하시긴 해도 인간들을 노예화하는 게 탐탁지
않아."

"하지만 쓸모가 있지 않습니까?"

"그건 부정하지 않지. 하지만 저놈들은 모아두면 무슨 짓
을 저지를지 모르는 놈들이다. 소수의 인원들에게서 기술을
뽑아먹는 정도라면 모를까, 저런 식으로 부리다간 언젠가 문
제가 될 수도 있다는 불안감이 있어. 이미 우리 안에서 차지
하는 비중이 너무 커지고 있다."

오팔리안 제국 내의 인간 노예 숫자는 벌써 20만 명을 넘었
다. 인간을 제외한 오팔리안 제국의 구성원들은 이놈이나 저
놈이나 진득하니 정착해서 생산성을 발휘하는 데는 절망적으
로 재주가 없다. 그렇기에 인간 노예들은 사회를 유지하기 위

해서 꼭 필요한 존재가 되어가고 있었다. 최근에는 인간 노예들의 계급을 나누어서 관리 계급으로 임명하고 특혜를 주자는 이야기도 나오고 있는 판국이다.

파라둠이 동의했다.

"하긴 그런 불안이 없는 것은 아니죠. 보살펴 줄 신조차 없으면서 대륙을 제패한 놈들이니…… 새삼 무섭다는 생각이 듭니다."

"정말로 무서운 놈들이지. 그때는 우리 모두 그들이 가장 빨리 멸망할 거라고 생각했었는데."

하라두쿰이 먼 옛날을 회상했다.

이제는 신화가 되어버린 옛날에는 이름을 얻지 못하고 미쳐 버린 신의 화신들, 괴물신들이 지상을 활보하고 있었다. 그들은 지금의 인간들은 상상도 할 수 없을 정도로 막강하고 흉포하며, 그러면서도 언제나 굶주린 영혼을 가진 존재들이었다.

당시 모든 종족에게는 그들의 위협을 물리쳐 주는 신의 보살핌이 있었다. 아직 미숙하고 힘이 부족했던 종족들은 신의 보호 아래 멸망하지 않고 자신들의 가능성을 꽃피울 수 있었던 것이다.

오로지 인간만이 그런 보호를 받지 못하는 종족이었다.

간악하고 연약한 인간들은 다른 종족들의 기술을 배워 스스로를 보호했고, 꾸준히 수를 불려 나갔다. 하지만 그러면서도 가장 많이 괴물신들에게 사냥당했다. 인간들이 아무리 수를 불리고, 마법의 힘을 손에 넣고, 자식들을 갖지 못한 신들을 회유하여 그들의 가호를 받는다고 하더라도 괴물신을 어쩔 수는 없었다. 신을 쓰러뜨릴 수 있는 것은 신의 힘뿐이었기 때문이다.

그러나 인간들은 신들의 예상조차 뛰어넘어 신의 권능을 손에 넣었으니 그것이 바로 최초의 오러 구현자 소드 마스터였다.

이름을 갈구하는 신들에게 신앙을 통해 이름을 부여하고, 검의 이치를 대가로 신의 힘을 손에 넣은 인간들은 괴물신들의 위협을 물리쳐 가면서 폭발적으로 숫자를 불려갔다. 예상을 뛰어넘는 그들의 성장에 신들은 경악했고, 혼돈 속에서 미래를 내다본 프로토 오크는 자신의 자식들을 대륙의 패자로 만들기 위해 거대한 계획을 실행하기 시작했다…….

파라둠이 쓴웃음을 지었다.

"최초의 소드 마스터, 그 인간 정말 무서웠는데…… 후후. 신의 권능을 손에 넣은 인간도 결국은 수명으로부터 자유로울 수 없으니, 우리에겐 정말 다행스러운 일입니다."

"동감이다. 하지만 인간들의 저력이 천 년 전에 비해 놀라운 것은 사실이야. 칼카쿰은 고전하고 있는 것 같군."

"토라스로 몰려든 병력이 엄청나니 어쩔 수 없죠. 동쪽에는 엘프들과 드워프들까지 있으니…….'

칼카쿰이 토라스 정벌을 시작한 지 한 달이 넘었지만 아직까지 파리안을 점령했을 뿐, 디엘다를 넘지 못하고 있었다. 파리안을 점령한 것도 하라두쿰의 도움이 있어서 가능했다는 것을 고려하면 토라스를 중심으로 한 연합군의 힘이 강대함을 인정할 수밖에 없다.

파라둠이 말했다.

"엘비라스 정벌이 완료되면 라카둠 형님께 조력을 구하는 게 낫겠습니다. 일단 리할드, 엘비라스, 토라스 3국은 정리해야 처음에 계획했던 영토를 확보할 수 있으니까요."

"그래야겠지. 역시 인간들의 마법 전력이 문제야. 아무리 오크 히어로의 숫자를 늘려도 마법 전력으로 압도당해 버리니……."

오크 메이지의 숫자가 상당히 불어나긴 했지만, 그들이 인간 마법사와 전술적으로 동등한 가치를 갖지는 않는다. 인공적으로 만들어진 오크 메이지는 강력한 마력을 갖고 국지적인 화력을 행사하지만 인간 마법사들처럼 뭉쳐서 전황을 제어하는 능력을 발휘할 수는 없었다. 마법에 대한 공부와 응용력이 부족하기 때문이다.

이것은 성흔을 이용해 오크 메이지를 양산한 아이오네스의 기대에 크게 못 미치는 결과였다. 오크 메이지들 중에 특출나게 성장해서 고위 마법을 터득하는 존재는 지금껏 단 하나도 나오지 않았다. 그래서 수와 마력만으로 보면 능히 인간 마법사들을 압도할 수 있어야 함에도 불구하고 밀리기만 하는 상황이었다.

오크 사제들은 한 명이 인간 성직자 열 명을 모아둔 것 이상으로 활약하고 있지만 역시 수가 너무 적다. 프로토 오크가 각성시킬 수 있는 것은 하루 한 명뿐, 그것도 이제는 오크 히어로, 혹은 오크 사제 중에 하나를 선택해야 하고 그러한 권능을 사용하고 나면 활동에 제약을 받는다.

하라두쿰이 투덜거렸다.

"빌어먹을 카르벨. 왕으로서 천 년을 준비한 그릇만큼은 인정할 수밖에 없군."

천 년 전, 대륙의 인간과 엘프와 드워프를 하나로 묶어 거대한 동맹을 결성하고 프로토 오크와 하이오크 삼귀장을 봉인시켰던 영웅 카르벨.

그의 안배 덕분에 인간이 천 년에 걸쳐 강성해진 것을 보면 감탄할 수밖에 없었다. 카르벨은 소드 마스터 속성법을 만들어 보다 확실하게 소드 마스터의 숫자를 늘리는 한편, 그때까지는 체계화되지 않고 은거하는 스승에게서 그들이 선택한 제자에게로 전수되는 형식으로 근근이 명맥을 이어가던 마법을 국가가 지원하는 기술로 만들었다.

그 결과 마법사의 숫자는 천 년 전에는 상상할 수 없을 정도로 많아졌으며, 마법의 수준 또한 대단히 높아졌다. 오팔리안 제국의 고전이 마법 전력의 차이 때문임을 감안하면 천 년

후를 내다본 카르벨의 혜안에 이가 갈릴 정도다.

파라둠이 한탄했다.

"게다가 이 시대의 공기는 그분께는 너무 희박합니다."

"신들이 모조리 사라졌으니 어쩔 수 없지."

하라두쿰의 얼굴에도 안타까움이 떠올라 있었다.

프로토 오크는 봉인에서 풀려난 후에도 완전히 각성할 때까지 꽤 오랜 시간이 걸렸다. 그것은 한 번 신을 잃었던 오크들이 신앙을 회복하는 데 걸린 시간이었다. 신이 활동하기 위해서는 신앙의 힘이 절대적으로 필요했다.

하지만 이 시대에는 그것만으로는 부족했다. 먼 옛날, 갖가지 신들이 세상을 활보하던 그 시절에 신들은 자신이 지닌 힘을 거의 무제한적으로 발휘할 수 있었다. 하지만 모든 신들이 쓰러진 지금, 천 년 이상의 장대한 시간 속에서 이 세계의 모든 것은 피조물들에 맞춰 바뀌어 있었다.

"간악한 엘프의 신과 드워프의 신, 그들의 흉계겠지."

천 년 전, 프로토 오크는 거의 모든 신들의 육체를 파괴하여 그들을 지상에서 추방했다. 결과적으로 지금 이 시대에 정상적으로 활동할 수 있는 것은 프로토 오크 혼자뿐이다.

하지만 엘프의 신 마라야와 드워프의 신 베르다는 편법을 써서 육체를 잃고도 지상에 머무르고 있었다. 인간들이 흉포함을 드러내며 번성한 와중에도 그들이 세력을 지킬 수 있는 이유는 신의 보살핌으로 종족의 저력을 최대한 발휘하고 있기 때문이리라.

하라두쿰은 천 년 동안의 변화가 이 두 신의 흉계이리라 보고 있었다. 신이 없는 세상을 지배하는 피조물의 의념, 위대한 정신과 기원의 힘을 이용해서 신들의 힘을 제약시킨 것이다. 자신들의 영향력까지 함께 죽이는 행위라는 점에서 그들의 각오를 엿볼 수 있었다.

그렇기에 프로토 오크의 강대한 권능은 커다란 제약을 받고 있었다. 이것이 오크들이 인간들을 압도하지 못하는 가장 큰 이유였다.

문득 파라둠이 창밖에 시선을 던지며 말했다.

"하지만 저 탑이 완성된다면 상황이 훨씬 나아지지 않겠습니까?"

"그러길 빌어야겠지. 그 마법사 놈이 믿음직하지 못하긴 하지만……."

하라두쿰은 아직도 아이오네스와 베이런을 불신하고 있었다. 프로토 오크가 직접 그들을 신뢰해도 된다고 말했는데도 꺼림칙함이 사라지지 않는 것은 자신이 그들을 질투하기 때문일까, 아니면…….

'두고 보겠다.'

하라두쿰은 몸을 일으켜 창가로 향했다. 그의 눈이 저 멀리 지어지고 있는 거대한 구조물을 바라보았다.

수만 명의 인간 노예들과 아이오네스가 만들어낸 수백의

골렘까지 동원하여 짓고 있는 그것은, 믿을 수 없을 정도로 거대하고 불길해 보이는 탑이었다.

2

엘비라스 왕국은 전쟁 초반에는 오팔리안 제국군을 상대로 상당한 전과를 올렸다. 토라스 왕국보다 한발 빠르게 주변 국가들과 연합전선을 형성한데다가, 오크들이 사방에서 몰아치는 인간들을 막아내느라 병력을 집중적으로 투입하지 못했기 때문이다. 오크들의 주력이 토라스 왕국에서 발목을 잡힌 상황에서는 오히려 오팔리안 제국의 영토를 유린했을 정도이다.

하지만 시간이 지나자 전황은 완전히 뒤집혔다.

"얘들아, 인간들 잡을 시간이다!"

호탕하게 외치며 앞으로 나선 것은 하이오크 삼귀장 중 하나인 라카둠이었다. 2미터 40센티의 거구를 뽐내는 그는, 인간이라면 몇 명이 달려들어야 겨우 들어 올릴 수 있을 것 같은 거대한 황금빛 검을 든 채 전면으로 나섰다.

무방비하게 전열에서 이탈해서 나오는 그를 향해 인간 마법사들의 집중 포화가 쏟아졌다. 열파와 뇌격과 화염이 작렬하며 그의 모습을 지워 버린다.

하지만 라카둠은 붉은 오러 디펜더로 몸을 감싼 채 유유히 전진을 계속하고 있었다. 그 뒤로 서른 명의 오크 히어로가 따라붙는다.

라카둠이 날아드는 마법을 막아내며 웃었다.

"흠. 마법사들이 꽤나 부족한 모양이구나. 지난번에 죽은 놈들이 너무 많았나? 아니면 이쪽으로는 병력을 주질 않나?"

라카둠은 나흘 전 엘비라스의 국경 요새 라디온을 돌파할 때 소드 마스터 네 명과 마법사 스물일곱 명을 죽였다. 그때 죽은 마법사의 총수만 해도 마흔 명을 넘을 것이다. 그래서인지 이곳 알더스는 상대적으로 마법사의 수가 적었다. 그의 감각에 걸리는 것은 서른 명 정도였다.

검을 붕붕 휘두르며 마법을 떨쳐 내는 라카둠의 옆으로 오크 히어로 하나가 따라붙으며 물었다.

"라카둠 공, 머리를 세 개째 땋으셨군요. 그새 또 새 애인 생기신 겁니까?"

항상 말총머리였던 라카둠은 양쪽 귀밑머리를 땋아서 늘어뜨리고 있었다. 오크 전사들이 머리를 땋는 것은 그 매력을 인정받아 여성의 선택을 받았다는 증거이다. 오크들은 여성의 숫자가 남성에 비해 극단적으로 적기 때문에 이성 관계에 있어서 선택권은 여성에게만 있었고, 남성들은 그 앞에서 자신의 매력을 어필하며 선택받기를 기다려야만 했다.

라카둠이 헛기침을 했다.

"흠흠. 그렇게 됐다. 다들 나를 원하니 어쩌겠느냐? 하여튼 이놈의 인기란."

　아무리 라카둠이라고 해도 여성이 선택한다는 법칙에서 벗어나진 못한다. 하지만 최강의 전사로 이름 높은 그는 일단 마음에 둔 여성에게 접근하기만 하면 관계를 허락받았다. 한 여성이 여러 남성을 사귀는 경우는 흔하지만 한 남성이 여러 여성을 사귀는 경우는 정말 드문 오크 사회 속에서, 세 여성을 동시에 사귀는 라카둠의 존재는 선망과 질투의 대상이었다.

　"자, 부러우면 여기서 활약해라! 아가씨들이 같이 자고 싶어서 안달이 날 정도로 명성을 떨치는 거다!"

　와아아아아!

　라카둠의 말에 오크 히어로들이 함성을 질렀다.

　그들이 접근해 오자 인간 마법사들은 악을 쓰고 마법을 퍼부었다. 하지만 그들을 모두 저지하기에는 화력이 부족했다. 최대한 뿔뿔이 흩어놓은 후에 소드 마스터들을 투입하는 수밖에 없었다.

　"체스터 경."

　지휘관이 대기하고 있던 소드 마스터를 불렀다. 검은 머리에 콧수염을 멋지게 기른 30대 중반 정도로 보이는 기사가 투구를 눌러쓰더니 성벽 아래로 뛰어내렸다.

　그 뒤를 이어 다섯 명의 소드 마스터가 차례차례 출격했다. 그들은 마법사들과 성직자들의 지시에 따라서 오크 히어로들이 적은 지역으로 달려갔다.

하지만 체스터만은 그 지시를 무시하고 단 하나의 표적을 노리고 달려갔다. 그것은 여유있게 전진해 오고 있는 라카둠이었다.

"라카둠!"

그를 노려보는 체스터의 눈은 증오로 이글거리고 있었다.

본래 리할드 왕국의 속국인 이벨드 공국 소속이었던 그가 엘비라스 왕국군과 싸우고 있는 이유는 간단했다. 이벨드 공국이 멸망했기 때문이다. 눈부신 속도로 진격해 온 오크들은 이벨드 공국군을 손쉽게 격파하고 수도를 포위했다. 이벨드 대공과 그 일족들도 탈출하지 못하고 그곳에서 최후를 맞이해야만 했다.

체스터는 모시는 주군이 죽어가는 와중에도 아무것도 할 수 없었다. 오크 히어로들과 싸우다가 중상을 입은 그를, 이벨드 대공은 살아서 복수에 힘써달라는 말과 함께 탈출시켰다. 다른 인간들은 몰라도 소드 마스터인 그는 천공의 궤적을 이용하면 탈출이 가능했던 것이다. 그는 중상을 입은 몸으로 천공의 궤적을 버텨내느라 사경을 헤매게 되었지만 엘비라스 왕국의 성직자들에 의해 한 달 만에 완치되어 전장에 투입되었다.

"호오, 나한테 원한을 품은 놈인가?"

라카둠은 자신의 이름을 외치는 체스터를 바라보았다. 체

스터가 물불 가리지 않고 라카둠에게 달려드는 것을 본 지휘
관이 비명을 질렀다.

─체스터 경! 안 돼! 그놈은 혼자 상대해선 안 되는 놈이오!

체스터는 통신 마법으로 그 목소리를 들었으면서도 무시
했다. 라카둠은 이벨드 공국의 성벽을 무너뜨리고 모든 참극
을 불러일으킨 원흉이다. 저놈만은 용서할 수 없었다.

"으아아아아!"

괴성을 지르며 돌격하는 체스터의 오러 블레이드가 폭발
적으로 증폭되기 시작했다. 20미터 길이로 뻗어나가는 푸른
오러 블레이드를 본 라카둠이 피식 웃었다.

"어그레시브 오러 모드? 처음부터 목숨을 도외시하고 달려
들겠단 소리군. 나는 그런 객기를 부리는 녀석도 좋아하는 편
이지!"

"죽어라!"

서로의 거리가 좁혀지는 순간, 체스터가 거대한 오러 블레
이드를 내려쳤다. 성벽조차 베어버릴 수 있을 것 같은 푸른
섬광이 라카둠을 후려쳤다.

쿠우우우우웅!

굉음이 울리며 대지가 뒤흔들렸다. 충격파가 터져 나가면
서 그 속에서 라카둠이 뛰쳐나왔다.

체스터는 당황하지 않았다. 검을 내려쳤을 때의 감촉으로
라카둠이 그 공격을 피해냈다는 사실을 알았기 때문이다. 그

는 또 다른 오러 블레이드를 뻗어내어 라카둠을 공격했다.

"홍!"

하지만 가지를 치듯 뻗어낸 오러 블레이드의 위력은 거대하게 뻗어나간 쪽에 비교하면 많이 부족했다. 라카둠은 코웃음을 치며 그것을 오러 디펜더로 받아내고는 검격을 날렸다.

후우우우웅!

10미터 거리에서 뻗어나간 붉은 섬광이 체스터를 덮쳤다. 체스터는 얇아진 오러 디펜더를 비스듬하게 세워서 그것을 비껴냈다. 스치는 것만으로도 오러 디펜더가 뜯겨 나가듯이 파괴되었지만 몸에는 상처를 받지 않을 수 있었다.

그리고 그 틈을 타서 검을 되돌리자 20미터의 오러 블레이드가 측면에서 라카둠을 덮쳤다. 절대 피할 수 없는 공격이었다.

콰아앙!

'잡았다!'

체스터의 눈이 빛났다. 확실하게 감촉이 있었다. 이걸로 죽진 않았어도 상당한 타격을 입었을 것이다. 이대로 연타를 가하기만 하면…….

"위력이 제법 괜찮군."

흩어지는 섬광 속에서 모습을 드러낸 라카둠의 말에 체스터의 눈이 부릅떠졌다. 놀랍게도 라카둠은 그 공격을 받아낸 곳에서 한 발짝도 움직이지 않고 있었다. 그가 옆에 세운 검을 감싸고 타오르는 붉은 오러 블레이드가 초고속으로 진동하면서 체스터의 오러 블레이드를 산산이 부숴 버렸다.

"하지만 다른 녀석들이라면 모를까, 나를 상대론 그냥 힘으로 밀어붙여서는 안 되지. 이제 죽어라."

라카둠이 씩 웃으며 검을 거두어들였다. 그가 땅을 박찼다고 여긴 순간, 굉음과 함께 지면이 터져 나갔다.

파학!

그리고 붉은 섬광이 베고 지나간 체스터의 몸이 두 동강 났다. 체스터는 자신의 의지와는 상관없이 시선이 하늘로 향하는 것을 느끼며 유언이 될 말을 토해냈다.

"원통하다……!"

그것이 끝이었다. 허리가 박살 나서 흩어진 그의 상반신과 하반신이 흐느적거리며 떨어지나 싶더니, 이내 갈가리 찢어지면서 빛의 폭풍이 몰아쳤다.

콰아아아아아……!

그 폭풍을 오러 디펜더로 떨쳐 내면서 라카둠이 웃었다.

"하하하! 카르벨이여, 감히 신께 대항하겠다는 생각으로 수를 불린 것까지는 좋았다만 이렇게 질이 떨어져서야 뭐가 되겠느냐?"

수를 늘리고 질을 떨어뜨린 것은 오크들도 마찬가지이니 라카둠의 말은 누워서 침을 뱉는 꼴이었다. 하지만 오크들과 인간들 사이에는 결정적인 차이가 있었다. 질을 떨어뜨리고 양산화를 해도 되느냐 아니냐를 결정짓는 단 하나의 차이.

'우리에게는 신이 있고, 너희들에게는 신이 없다.'

라카둠은 유쾌하게 웃으며 검을 들어 올렸다. 쏟아지는 마법을 뚫고 전진한 그는 성벽을 파괴하고, 아군을 인도하여 알데스를 점령했다.

3

리할드 왕국력 357년 11월.

리할드 왕국을 멸망시키고 그 영토를 차지한 오팔리안 제국은 인접해 있는 엘비라스와 토라스 침공에 총력을 기울이고 있었다. 하지만 그들과 싸우는 상대는 그 둘만이 아니었다. 인간들의 나라를 멸망시키고 대륙 정복의 야욕을 드러낸 괴물들의 집단을 그냥 보아 넘길 정도로 포용력이 넘치거나, 혹은 어리석은 나라는 없었다.

리할드 왕국의 남쪽에 위치한 나르디 왕국 역시 그중 하나였다. 오크들에게 패퇴하여 터전을 잃은 리할드 남부의 귀족들이 몸을 의탁해 오자 오팔리안 제국을 그냥 보아 넘길 수 없게 되었다.

나르디 왕실은 이웃 나라들에 도움을 청해 연합군을 결성, 국경을 넘었고 이것은 오팔리안 제국 입장에서는 꽤나 골칫

거리였다. 그들은 아직까지는 엘비라스와 토라스 외의 나라들과는 본격적으로 싸울 여력이 없었기 때문이다.

"아무리 그렇다고는 해도 4연패에 병력 손실만 7천 이상이라니 좀 너무한 것 같군."

성벽에 올라 그렇게 중얼거린 것은 긴 금발과 푸른 눈동자를 가진, 요사스러울 정도로 아름다운 얼굴을 가진 청년이었다.

프로토 오크와 하이오크를 부활시켰고, 오크들에게 강대한 힘을 선사한 인류의 배신자 아이오네스.

그가 오팔리안 제국의 남부 기지에 와 있었다.

한 사람이 그의 옆에 서며 말했다.

"일단 수적으로 밀리니 당연하다면 당연한 결과입니다."

검은 갑옷으로 전신을 감싼 베이런 크로네스였다. 안쪽이 피처럼 붉은 망토를 펄럭이는 그는 전신에서 불길한 어둠을 피워 올리고 있었다.

베이런이 말했다.

"게다가 이놈들은 물러설 줄 모르는 놈들이니까요. 전술적 후퇴라는 개념을 머릿속에 망치질을 해서라도 박아두면 좋을 텐데 말입니다."

오크 군대는 전투에서 패배했을 때 전사자의 비율이 인간 군대에 비해 압도적으로 높았다. 심지어 오크 히어로나 오크 사제, 오크 메이지 같은 고급 병력들도 그렇다. 수세에 몰리면 물러나서 전력을 보존할 줄 알아야 하는데 이놈들은 죽음조차 두려워하지 않는 용맹함을 미덕으로 여기는지라 후퇴명령이 떨어지지 않는 한에는 죽을 것을 뻔히 알면서도 돌격하는 것이다.

일반 병사들이 죽어나가는 것까지는 그렇다 치고, 오크 히어로나 오크 메이지, 오크 사제들이 죽어나가는 것은 문제였다. 그렇게 네 번의 패배가 이어지고 나니 아무리 봐도 승산이 없어 보이는 병력만이 남게 되었다.

아이오네스가 투덜거렸다.

"답이 없는 것들 같으니. 뭐, 저쪽 소드 마스터와 마법사 숫자만 좀 줄여주면 어떻게든 되겠지."

현재 이곳에 잔존해 있는 오크 사제의 숫자는 고작 열두 명이었고, 오크 메이지는 열 명, 오크 히어로는 스물두 명이었다.

그에 비해 나르디 왕국을 주축으로 한 인간 연합군은 마법사의 숫자만 100명에 달하는데다가 성직자의 숫자도 70명 이상, 거기에 소드 마스터도 열네 명이나 있었다. 아이오네스와 베이런이 합류하기 전에 승부를 결했다면 다섯 번째 패배를 기록했을 것이다.

아이오네스가 웃었다.

"그렇다고는 해도 하라두쿰이나 파라둠이 나선다면 어떻

게든 해결될 문제인데 굳이 우리를 써먹으려고 하는 것은, 우리가 후방 지원에만 전념하니 눈꼴셨던 거겠지.”

“그 심정 이해는 갑니다. 어쨌든 저도 간만에 전장에서 날뛸 생각을 하니 즐겁군요.”

“가끔은 스트레스 해소도 하고 살아야지. 게다가 이번에는 자네를 즐겁게 해줄 만한 상대도 있다고 하니…….”

오팔리안 제국에서 아이오네스와 베이런이라는 막강한 전력이 후방 지원에만 전념하는 것을 허락하는 이유는 그들도 납득할 수밖에 없는 핑곗거리가 있기 때문이었다.

둘의 존재가 눈에 띄면 대륙 최강의 국가인 바이더스 제국을 자극해 조기 참전을 유도할 수 있다는 것.

베이런은 물론이고 아이오네스 역시 바이더스 제국과 떼려야 뗄 수 없는 인연을 맺고 있었다. 프로토 오크도, 하이오크 삼귀장도 아직까지는 바이더스 제국과 맞닥뜨리고 싶지 않았기 때문에 그들의 핑계를 들어줄 수밖에 없었다.

베이런이 투구 안에서 날카롭게 웃었다.

“그것만 기대하는 중입니다.”

나르디 연합군의 소드 마스터 중에는 베이런이 눈여겨본 상대가 하나 있었다. 나르디 왕국보다 더 남쪽의 나라인 질베인 왕국에서 온 용병 출신의 소드 마스터 알그람 레이지.

그는 평민 출신으로 전장에서 무수한 실전을 겪으며 오러의 힘을 손에 넣었기에 다른 소드 마스터와는 격이 다른 실력을 자랑하는 이였다. 네 번의 전투를 치르는 동안 그가 격파한 오크 히어로의 숫자만도 열일곱이나 된다고 하니 이미 오크들에게는 악몽의 화신이라고 하기에 손색이 없었다.

아이오네스가 말했다.

"하지만 너무 신나서 날뛰진 말게. 바이더스 제국 놈들의 눈에 띌 염려가 없다곤 해도 말이지."

"그러는 폐하야말로 주의하시죠. 전 베어버리고 끝내면 되지만 폐하께서 신나게 마법을 썼다가는 큰일이 날 테니."

베이런이 코웃음을 치며 대꾸했다.

곧 나르디 연합군의 접근 소식이 알려지고 나자 이곳의 병력을 지휘하고 있는 오크 사제가 그들에게 다가왔다. 오크 사제는 오크 중에는 최고로 지적 능력이 높으며, 용맹함에 있어서도 따를 자가 없는 전사들. 그렇기에 대부분의 경우 장수의 역할도 그들이 맡고 있었다.

"마법사들을 어느 정도나 막아줄 수 있겠소?"

그 역시 아이오네스와 베이런의 능력이 출중함을 알고 있긴 했지만 이것은 개인의 싸움이 아니라 대규모 병력이 맞부딪치는 전투다. 아이오네스가 홀로 적의 고위 마법사들을 막을 수 있고, 베이런이 홀로 소드 마스터 열 명을 감당할 수 있다고 하더라도 그들의 전력이 열세라는 사실이 변하지는 않는다.

오크 사제의 속내를 읽은 아이오네스가 피식 웃었다.

"걱정 말게. 아군이 불리해지지 않도록 해줄 테니."

아이오네스의 호언장담에 오크 사제는 불신하는 기색을 보였지만, 더 뭐라고 하진 않았다. 그가 물러가고 나자 아이오네스가 투덜거렸다.

"역시 투쟁과 용맹을 숭상하는 미련한 것들이라 전투 능력을 보여주지 않으면 능력의 높고 낮음조차 의심하는군. 서글픈 일이로다."

"이 전투 이후엔 아마 아무 말도 못하고 고개 숙일 겁니다."

너스레를 떠는 아이오네스에게 베이런이 재미있다는 듯 대꾸했다.

그로부터 세 시간 후, 인간들의 병력이 모습을 드러내며 전투가 시작되었다.

4

인간들은 요새에서 100미터 정도까지 접근해서는 진군을 멈추었다. 그리고 지휘관이 나와서 의례적인 대사를 읊은 뒤에 공격을 개시했다.

하지만 즉시 병력을 성벽을 향해 돌진시킨 것은 아니었다. 투석기로 돌을 날려대고, 궁수들이 화살을 쏘아댔으며, 마법사들이 마음껏 마법을 펼쳤다. 마법 전력 면에서 압도적인 우위를 점하고 있기에 마음껏 공격을 퍼부어서 피해를 유발하는 것이다.

성벽에서 그 광경을 지켜보던 아이오네스가 피식 웃었다.

"그럼 어디 적당히 해볼까?"

오크 메이지의 수가 적고, 그들은 이동 포대 이상의 역할을 수행하지 못하니 저들의 전술은 매우 합리적이라고 할 수 있었다. 하지만 아이오네스가 이곳에 있기에 그것은 어리석은 전술이 될 것이다. 아이오네스는 금발을 휘날리며 손을 들어 올렸다.

"마탑 시스템 접속."

동시에 요새 내부에 세워진 마탑과 그의 마법 회로가 접속되어 공명하기 시작했다.

마탑 시스템은 인간들이 공성전에서 마법사들을 운용할 때 그 핵심이 되는 것이다. 도시 방어 결계를 유지하는 것은 물론, 아군 마법사들의 마력을 빠르게 회복시키고 유기적인 연계가 가능하도록 만들어준다.

하지만 오크들은 그 힘을 전혀 활용하지 못하고 있었다. 하라두쿰이 전장에 나온다면 모를까, 그 외의 오크 메이지들은 각인된 마법을 펑펑 쏘아댈 뿐인 존재였기 때문이다.

'하긴 그놈들 마력이면 굳이 마탑의 지원을 받을 필요는 없지만.'

그들은 아이오네스가 준 성흔을 받아 각성한 존재. 마법사로서의 수준은 유치하지만 마력만큼은 고위급 마법사들조차 놀라 자빠질 정도로 강했다. 마탑의 지원을 받지 않아도 그들의 마력이 부족한 경우는 별로 없다.

어쨌든 아이오네스가 마탑 시스템과 접속함으로써 도시 방어 결계가 활성화되기 시작했다. 그전까지는 종잇장처럼 얇았던 방어막이 강화되면서 인간들의 공격을 제대로 받아냈다. 인간 마법사들이 그것에 의아함을 느끼는 순간, 아이오네스가 마법을 사용했다.

"사우전드 포스 볼트."

마력을 발현하는 기색조차 없었다. 그저 손을 들어 올리며 시동어를 말하는 순간, 사방팔방에서 섬광의 비가 쏟아져 내리기 시작했다. 광범위하게 출현한 그 섬광의 숫자는 순식간에 1천을 넘어갔지만 전혀 멈출 기세가 보이지 않았다.

"뭐, 대마법사가 시전하는 사우전드 포스 볼트가 3천 발 정도면 양호하지."

두두두두두두!

"으아아악!"

"고위 마법사가 있었던 건가!"

나르디 연합군 진영에서 비명이 터져 나왔다. 그나마 마법사들과 성직자들은 처음부터 방어막을 쳐두고 있었지만, 아무런 보호 없이 노출되어 있던 일반 병사들은 쏟아지는 섬광에 맞고 우수수 쓰러져 갔다. 아이오네스의 사우전드 포스 볼트는 하나하나가 인간을 죽이기에 충분한 위력이라 갑옷으로 전신을 두른 기사들이라면 모를까, 일반 병사들은 맞은 곳이 안 좋으면 즉사하는 경우가 속출하고 있었다.

마음 놓고 공격에만 전념하던 인간 마법사들에게는 날벼락 같은 반격이었다. 그들은 경악해서 아이오네스를 바라보았다.

"뭐야? 마력의 기척을 은닉하는 기술이라도 사용한 건가? 어떻게 이럴 수가 있지?"

보통 마법사들이 마법을 사용할 때는 특유의 기척이 있게 마련이다. 마법 회로가 일으킨 마력이 확산되고, 마법식에 따라 배치되면서 증폭되어 가는 과정으로 어떤 성향의, 어떤 규모의 마법을 사용할지 예측할 수 있었다.

하지만 아이오네스의 마법은 그 과정이 너무나도 빨랐다. 나르디 연합군의 마법사들이 대규모 마법이 사용됨을 알아차렸을 때는 이미 마법이 발동한 뒤였다.

"미티어 스웜."

당황하는 적들을 향해 아이오네스가 두 번째 마법을 선사해 주었다. 아직 사우전드 포스 볼트의 효과가 계속되고 있었고, 마법사들과 성직자들이 겨우 정신을 차리고 방어에 들어가는 순간 하늘에 거대한 불덩어리들이 떠오르기 시작했다.

제9서클 광역 파괴 주문 미티어 스웜.

미티어 스트라이크의 변형판으로, 강력한 위력을 가진 불

덩어리 여러 발을 원하는 지점에 고속으로 낙하시키는 마법
이었다. 아이오네스는 폭발의 범위를 계산해서 나르디 연합
군 진영 곳곳에다가 불덩어리들을 떨어뜨려 주었다.

콰아아아! 콰아아아앙!

곳곳에서 폭발한 폭염이 서로 맞물리며 상승효과를 내기
시작했다. 회오리치며 증폭되어 가는 폭염의 기류를 본 아이
오네스가 싸늘하게 미소 지었다.

"그나마 실력있는 것들이 있군."

폭염을 찢어내면서 몇몇 마법사들이 모습을 드러내고 있
었다. 나르디 연합군의 고위 마법사들이 아군 마법사들과 연
계, 마력을 끌어다가 폭염을 와해시키는 마법을 확산시킴으
로써 피해를 줄인 것이다. 아이오네스는 그들의 노력이 가상
하다 여기면서 또 다른 마법을 발동시켰다.

"사우전드 포스 볼트."

허공에 무수한 섬광이 떠오르기 시작했다. 하지만 조금 전
과는 달리 곧바로 쏟아져 내리지는 않았다.

"컨버전."

7서클에 속하는 속성 변환 마법이 발동되었다. 이 마법은,
예를 들면 파이어 볼을 냉기의 구체로, 라이트닝 볼트를 독의
화살로 바꿀 수 있는 마법이었다. 허공에 떠오른 빛이 모두
격렬하게 날뛰는 시퍼런 뇌전으로 화했다.

그 의미를 깨달은 인간 마법사들이 경악했다.

"맙소사! 사우전드 포스 볼트를 컨버전으로 변환해서 사우전드 라이트닝 볼트로 쓰다니!"

그리고 무수한 뇌격의 소나기가 쏟아지기 시작했다. 무려 3천 발에 이르는 라이트닝 볼트가 광범위하게 떨어져 내리면서 전광(電光)의 폭풍이 휘몰아쳤다.

우르르르릉! 꽈르르릉!

병사들이 내지르는 비명은 폭음에 묻혀 들리지 않는다. 오크들조차도 아이오네스가 연달아 쏟아내는 마법의 파괴력에 압도당해 입을 다물지 못하고 있었다.

쿠구구구구구……

잦아드는 굉음과 함께 시퍼런 뇌격이 흩어졌을 때, 나르디 연합군의 전열은 완전히 박살이 나 있었다. 아이오네스는 콧노래를 흥얼거리며 또 하나의 마법을 발동시켰다.

"파이널 디스트로이어."

일찍이 리할드 왕국의 대마법사 할로드가 사용했던 대규모 파괴 주문이 발동되었다. 인공지능이 부여된 빛의 병사 1천이 무수히 나타나서 나르디 연합군을 향해 돌격한다.

지금까지의 마법 공격만으로도 혼비백산해 있던 나르디 연합군 마법사들의 대응은 얄팍한 것이었다. 고작해야 공격 마법으로 빛의 병사들을 요격하려 하거나, 아니면 광범위한 방어막을 쳐서 아군을 보호하는 게 고작이었다.

하지만 파이널 디스트로이어는 스스로의 의지를 갖고 공

격을 피해냈고, 광역 결계는 존재하지도 않는다는 듯 통과해 들어가서 병사들을 학살하기 시작했다.

"으아아아아악!"

비명이 울려 퍼졌다. 천지가 뒤흔들리는 마법의 연타 직후에 빛의 병사들에 의한 인간 학살극이 이어지고 있었다.

그것을 보면서 아이오네스가 중얼거렸다.

"이런, 좀 지나쳤나?"

주변에 있던 오크들은 다들 기가 막혀서 아이오네스를 바라보았다. 어깨를 으쓱한 그가 오크 사제에게 말했다.

"나 잠깐 마력 좀 가다듬을 테니 슬슬 공격에 들어가지 그래? 저 정도로 엉망이면 한바탕 휘저어줘야 하지 않겠어?"

"그, 그러겠소."

오크 사제가 퍼뜩 정신을 차리고 명령을 내렸다. 곧 오크 히어로들이 성벽에서 뛰어내리고, 성문이 열리면서 오크 전사들이 그 뒤를 따르기 시작했다.

와아아아아아!

그 광경을 보면서 아이오네스가 중얼거렸다.

"그럼 이제부턴 후방 지원에 주력해 볼까? 좀 지나치게 설쳐 댔으니……."

엄청난 마법들을 연달아 쏟아냈으면서도 그의 마력은 넘쳐나고 있었다. 그것은 그의 마력량이 엄청나기 때문이기도 하지만, 마력을 제어해서 사용하는 효율이 뛰어나기 때문이

기도 하다. 예를 들면, 그가 파이널 디스트로이어를 쓰면서 사용한 마력량은 예전에 할로드가 썼을 때의 30퍼센트에 불과했다.

"이젠 성가신 마법사들이나 처리해야지."

아이오네스는 즐거운 듯 콧노래를 부르며 적 마법사들에게 시선을 던졌다.

5

"하라두쿰이라는 놈이 나온 건가?"

나르디 연합군의 고위 마법사 안셈은 정신을 못 차리고 있었다. 오크들에게는 제대로 된 마법 전력이 없다고 방심하고 있을 때 상상을 초월하는 마법이 연타로 쏟아졌으니 그럴 수밖에 없었다. 이쪽이 제대로 된 대응책을 내놓는 것조차 허락하지 않는, 압도적인 속도로 발현된 마법들은 1천이 넘는 사망자를 내고 아군의 전열을 엉망진창으로 흐트러뜨렸다.

그 마법은 아직도 끝나지 않아서 빛의 병사들이 스스로를 소진시켜 적을 학살하고 있었다. 곳곳에서 비명이 울려 퍼지면서 죽음이 누적되어 간다.

이것은 대마법사가 아니고서는 불가능한 위업이다. 그렇다면 오크들의 유일한 대마법사라는 하라두쿰이 전장에 등장하기라도 했단 말인가?

'이런 일이 가능하다니, 말도 안 돼.'

안셈은 방금 전의 어마어마한 마법들을 되돌아보았다.

다른 마법들은 그렇다 치고, 규격 이상으로 엄청난 숫자를 자랑하는 사우전드 포스 볼트를 통째로 뇌격으로 전환시킨 컨버전은 불가해의 영역이었다. 컨버전은 특정한 마법식을 자기가 원하는 효과로 이용하기 위해 사용되지만, 고위 마법사라고 해도 그 변환 효율이 그리 좋지 못한 마법이기 때문이다. 안셈 자신을 예로 들자면 포스 볼트를 라이트닝 볼트로 변환시킬 경우, 그냥 라이트닝 볼트를 사용하는 것보다 두 배 이상의 마력을 낭비하게 된다.

분명 독자적인 비법을 이용해 그 효율을 획기적으로 높인 것이 틀림없다. 생각이 거기에 닿자 안셈은 공포와 경이를 동시에 느끼며 몸을 떨었다.

'어디지?'

안셈은 하라두쿰일 가능성이 높은 적의 행방을 찾았다. 하지만 적은 자신의 위치를 철저하게 은닉하고 있는지 도무지 찾아낼 수가 없었다.

그동안 오크들이 요새에서 나와서 달려들기 시작했다. 제일 먼저 엄청난 속도로 돌진해 온 오크 히어로들이 거대한 빛의 검을 휘둘러댔다.

콰콰콰콰콰!

그들에게 대응할 수 있는 것은 소드 마스터와 마법사들뿐이다. 전열이 붕괴되고, 마법사들의 지원조차 받지 못하는 일반 병력은 순식간에 학살당할 뿐이었다.

안셈은 흐트러진 마력을 가다듬고 허공으로 날아올랐다. 8서클을 수행하는 그는 연합의 주요 전력 중의 하나였다. 단독으로 오크 히어로를 저지할 수 있는 그가 손 놓고 있으면 그만큼 피해가 커진다.

"이놈들! 멋대로 설치게 놔두지는 않겠다!"

그는 후방으로 물러나면서 마법을 쏟아내기 시작했다. 당한 것을 돌려주겠다는 듯 사우전드 포스 볼트를 발동시킨다.

파앙!

그러나 마력이 마법식에 따라서 배치되면서 부풀어 오르는 순간, 이질적인 파동이 그 사이에 끼어들었다. 안셈이 깜짝 놀라는 순간 그 파동이 정교하게 배치된 마력을 흩뜨려서 마법이 깨져 버렸다.

'디스펠? 이럴 수가!'

마법사라면 누구나 터득하는 해제 마법 디스펠. 마법사들의 공방에서는 적의 마법을 와해시키는 데 사용되는 마법이다. 하지만 상대가 무슨 마법을 사용하는지 완전히 간파하지 않으면 별 효력을 발휘할 수 없었고, 또 당하는 입장에서도 자신의 마법이 붕괴하기 전에 대응할 여지가 충분하기도 했다.

그런데 안셈 정도 되는 마법사의 마법이 한순간에 와해되다니?

팟! 파앙!

게다가 디스펠의 효과는 사우전드 포스 볼트가 해제되는
것으로 끝나지 않았다. 그가 동요하는 짧은 틈을 타서 4중으
로 구축해 둔 방어 마법이 와해되어 갔다. 순식간에 빈틈을
찔러오는 정확성에 압도적인 마력이 더해지니 방어에 성공해
도 마력으로 장악하고 있던 영역에 균열이 생기고, 결국은 붕
괴로 이어지고 만다.

"이건 말도 안 돼!"

악몽 같은 사태에 안셈이 비명을 질렀다. 그가 가까스로 디
스펠 공격을 뿌리치고 방어 마법을 회복하려는 순간, 그 앞에
서 믿을 수 없을 정도로 불길한 어둠이 꿈틀거렸다.

"현실은 언제나 인정할 수 없는 일을 받아들이도록 강요하
지."

누군가 비웃듯이 속삭였다.

안셈은 목소리의 주인을 볼 수 없었다. 고개를 드는 순간,
눈앞에 어둠이 작렬하며 그의 몸을 갈가리 찢어놓았기 때문
이다.

6

아이오네스가 무력화시킨 고위 마법사를 격살한 베이런은

느긋하게 앞으로 전진해 갔다. 안개처럼 꿈틀거리는 불길한 어둠을 두른 흑기사의 모습은 그 자체로 악몽과도 같았다. 그가 가는 곳에는 아군인 오크들조차 좌우로 갈라져 길을 비켰고, 적들은 얼어붙은 채로 죽음을 맞이했다.

그렇게 전진하던 베이런은 마침내 아이오네스의 마법이 타격한 지점에서 벗어나 있던 병력들과 조우했다. 압도적인 화력으로 적을 압도한 아이오네스는 이제 느긋하게 적의 고위 마법사들을 저격하고 있었고, 아직 혼란에서 벗어나지 못한 이들과 싸우는 것은 그와 오크들의 일이었다.

'적당히 하시겠다더니 너무하는군.'

적당히 한 게 이 정도라면 본 실력을 발휘하면 도대체 어떤 사태가 벌어졌을지 상상하기도 어려웠다. 아이오네스는 늘 스스로 인류 최강의 마법사라고 하는데 이제는 그 말에 대해 품고 있던 일말의 의심조차 버려야 할 모양이었다.

"이놈!"

안쪽이 피처럼 붉은 망토를 펄럭이는 베이런의 앞을 한 남자가 가로막았다. 푸른 오러 블레이드를 뿜어내고 있는 소드 마스터였다.

그를 본 베이런은 혀를 찼다.

"꺼져라."

그 말과 동시에 어둠의 칼날이 생성되었다. 허공에 검은 선이 그어지면서 소드 마스터의 오러 디펜더를 난도질한다. 소

드 마스터는 반사적으로 오러 블레이드를 휘둘렀지만, 초고
속으로 진동하는 검은 오러 블레이드는 너무나도 쉽게 그의
오러 블레이드와 오러 디펜더까지 찢어발기고 그 몸을 베어
버렸다.

쾅아아아아아!

인간의 작은 몸에 응축되어 있기에는 너무나도 큰 힘이 폭
발했다. 하지만 그다음에 일어난 사태는 불가사의한 것이었
다. 기이하게도 휘몰아치는 폭풍이 베이런이 두른 어둠에 삼
켜지듯 그 안으로 빨려 들어가 자취를 감추었던 것이다.

동시에 베이런이 두른 어둠은 더더욱 짙어지고, 그 규모가
커져 마치 으르렁거리는 괴물 같은 형상으로 꿈틀거리기 시
작했다.

"예술적이기까지 한 솜씨로 만든 요리도, 그렇지 못한 요
리도 뱃속에 들어가면 똑같을 뿐인가. 조금 슬프군."

베이런은 그렇게 중얼거리면서 앞으로 전진했다. 아직 그
는 검조차 뽑지 않았다. 하지만 그저 그렇게 나아가는 것만으
로도 무수한 죽음이 발생하고 있었다. 그가 있는 곳에서 반경
10미터 안에 들어가는 인간들은 눈앞에 검은 선이 나타나는
것을 보게 되고, 다음 순간 자신의 몸이 동강나서 땅에 쓰러
지는 것을 깨달아야만 했다.

쾅아아아아!

그때 전방에서 빛의 폭풍이 몰아쳤다. 누군가, 오러의 힘을

가진 존재가 쓰러졌다.

쓰러진 것이 오크 히어로라는 사실을 안 베이런이 차갑게 미소 지었다. 드디어 자신이 찾던 먹잇감이 나타난 모양이다.

"알그람 레이지 경인가?"

베이런이 그에게 다가가자 주변에 있던 오크들이 썰물 빠지듯이 양옆으로 갈라진다. 용병 출신의 소드 마스터 알그람 레이지는 베이런을 보는 순간 흠칫했다.

"너는 누구지? 설마 인간인가?"

그는 얼굴에 여러 개의 흉터가 난 험악한 인상의 소유자였다. 덩치는 오크 전사들에게 지지 않을 정도로 컸고 다부진 몸을 갖고 있었다. 설령 소드 마스터가 아니었을지라도 누구나 일류전사임을 알 수 있는 육체의 소유자.

베이런은 투구 아래서 미소를 지었다. 사냥감을 앞에 둔 맹수의 미소였다.

우우웅…….

허공에 어둠의 칼날이 생성되어 알그람을 노렸다. 알그람은 깜짝 놀라서 그것을 받아냈다. 초고속으로 회전하는 암녹색 오러 블레이드가 그것과 닿는 순간, 표면이 뜯겨져 나가듯이 흩어지면서 밀려났다.

파아아아앙!

"진동?"

알그람은 20대 초반에 오러의 힘을 손에 넣어 소드 마스터가 되었고, 지금까지 12년에 걸쳐 활동해 왔다. 압도적인 재능에 경험이 더해진 지금, 그는 진동의 묘리를 발견하고 체현하는 경지에 이르렀다.

"이놈! 누군지 몰라도 여기서 살려 보내선 안 될 놈이로군!"

알그람은 베이런의 위협을 누구보다도 민감하게 감지했다. 그가 정신을 집중하자 오러 블레이드가 회전을 멈추고 초고속으로 진동하기 시작했다. 허공의 틈새를 벌리고 쏘아내는 듯한 검은 오러 블레이드가 그의 검격과 격돌, 그를 밀어내지 못하고 튕겨 나갔다.

그것을 본 베이런이 만족스러운 듯 웃었다.

"역시 재능과 시간이 합치되면 이런 괴물이 완성되는 법인가? 훌륭하다, 알그람 레이지."

"너는 누구냐?"

"베이런 크로네스."

"베이런 크로네스라고? 설마 칠흑의 악마 베이런?"

알그람이 베이런의 정체를 즉시 알아차린 것은 그가 상식적으로는 존재할 수 없는 검은 오러 블레이드를 사용하고 있기 때문이었다. 강철 같은 정신력으로 동요를 억누르고 있기는 했지만, 그를 처음 보는 순간 달도, 별도 없는 밤을 연상시키는 그 어둠에 전율했었다.

"그렇다."

베이런이 대답하는 것과 동시에 그의 검이 저절로 뽑혀 나와 손에 쥐어졌다. 알그람은 베이런이 이름을 밝히고, 검을 뽑아 경의를 표할 가치가 있는 상대였다.

두 사람의 시야에는 무수한 궤적이 떠오르고 있었다. 베이런에게는 암녹색 빛의 선이 자신을 난도질하는 이미지가 수백 개 이상 떠올랐고, 알그람 역시 검은 어둠의 선들이 자신을 위협하는 이미지를 보고 있었다.

대치는 잠시였다. 알그람을 바라보던 베이런은, 어느 순간 시야에 떠올랐던 무수한 빛의 선이 모조리 사라지는 것을 느꼈다.

'배니싱 라인?

베이런이 그 기술의 정체를 깨닫고 눈썹을 꿈틀거리는 순간, 알그람이 움직였다. 오러 구현자끼리의 싸움에서만 통용되는 고위 기술, 상대의 시야에서 모든 빛의 궤적을 지워 공격을 예측할 수 없게 만드는 배니싱 라인.

그가 오크 히어로들을 어린애 다루듯이 처리할 수 있게 만들었던 비기가 펼쳐지면서 두 사람의 간격이 좁혀졌다. 알그람의 근육이 꿈틀거리면서 대지를 통째로 쪼갤 듯한 검격이 내려쳐졌다.

파아아아아아!

빛이 폭발한 직후, 그 주변을 돌듯이 암녹색 빛의 선이 그어지기 시작했다. 그저 선이 그어지는 것으로밖에 보이지 않을 정도로 빠르게 날아드는 오러 블레이드였다.

투두두두둥!

베이런이 그것을 막으면서 후퇴했다. 알그람이 그 뒤를 쫓으면서 연달아 오러 블레이드를 날렸다. 찌르는 형태로 날아가는 오러 블레이드는 정면으로 날아드는 듯하면서 급격하게 휘어지거나, 처음부터 호를 그리며 날아드는 등 다채로운 변화를 보여주고 있었다.

그러나 그 수는 적었다. 알그람은 무수한 오러 블레이드를 구사하는 대신 항상 여섯, 일곱 개 정도의 위력있는 오러 블레이드만을 유지하면서 베이런을 밀어붙이고 있었다.

'처음부터 궤도가 변화하는 것을 염두에 두고 쏘아내는 오러 블레이드. 하지만 진짜 놀라운 것은 이 속도로군.'

누구나 전투 중에는 상대방의 움직임을 보면서 그 앞을 예측한다. 검을 휘두르는 동작을 보면서 그것이 도달할 지점과 타이밍을 예측하게 되고, 그런 일이 몇 번 반복되다 보면 상대방의 리듬을 파악하고 그에 맞추어 대응하게 된다.

공격과 방어에 허(虛)와 실(實)을 섞어 이러한 예측을 비틀고 상대방의 감각을 혼란시키는 것은 실력있는 자들의 싸움에서는 매우 중요한 요소다. 알그람의 공격은 하나하나가 그러한 기술로 가득 차 있었다.

'오러 디펜더를 가속용 검집으로 이용해 오러 블레이드를 밀어내기 때문에 중간부터 가속되는 검격. 훌륭한 기술이다.'

겉으로 보기에 알그람의 오러 블레이드나 오러 디펜더는 심하게 변형하지 않는다. 그래서 그가 변형의 묘리를 크게 살리고 있지 않은 것으로 오인하기 쉽다.

사실은 아니었다. 그는 한정된 영역에서 섬세한 변형을 엄청난 속도로 일으키고 있었다.

알그람이 검을 휘두른다. 동시에 반대쪽에서 두 개의 오러 블레이드가 뻗어 나온다. 그 속도는, 베이런의 기준으로 보면 별로 빠르지 않다. 여유있게 받아넘기면서 두세 번쯤 반격을 먹여줄 수 있을 정도다.

그런데 알그람의 검이 반쯤 휘둘러지는 순간 상황이 급변한다.

중간부터 급격하게 가속하면서 예상치 못한 궤도로 뻗어 나온다. 그 변화의 폭이 너무 커서 따라갈 수도 없을 정도다. 대부분의 소드 마스터는 중간부터 세 배 이상 빨라지면서 궤도가 비틀어지는 이 공격에 적응하지 못하고 쓰러질 수밖에 없으리라.

파파파파팟!

섬광과 어둠이 격돌하며 충격파가 휘몰아쳤다. 겉으로 보면 정중하기 이를 데 없지만 실상은 변화무쌍의 극치를 달리는 알그람의 검격을 받아내면서 베이런은 희열을 느꼈다.

"훌륭하다! 알그람 레이지, 그대는 이미 하나의 극치를 이루었군!"

알그람은 오러 디펜더를 고속으로 변형, 오러 블레이드를 감싸고 밀어내는 검집으로 이용하고 있었다. 그리고 오러 블레이드와 오러 디펜더가 움직이는 방향을 약간씩 어긋나게 하고, 속도 차를 둠으로써 오러 블레이드를 중간부터 폭발적으로 가속해 날아가게 만들었던 것이다. 양쪽을 모두 초고속으로 진동시키면서 이러한 작업을 수행한다는 것은, 그가 베이런이 만났던 그 어떤 적보다도 뛰어난 기량의 소유자임을 알려주고 있었다.

베이런의 찬사에 알그람이 식은땀을 흘리며 투덜거렸다.

"입에 발린 소리는 집어치우시지."

알그람은 전율을 느끼고 있었다. 지금까지 만났던 오크 히어로 중 그와 열 합 이상을 겨룰 수 있는 놈이 없었다. 그리고 그가 이 기술을 꺼내 들면 한 합조차 견디지 못하고 분쇄되게 마련이었다. 알그람은 이 기술이 소드 마스터가 도달할 수 있는 하나의 극치이며, 누구도 따라올 수 없는 비기라고 자부했다.

그런데 베이런은 처음부터 지금까지 단 한 번도 흐트러지지 않고 그것을 받아내고 있었다. 중간부터는 더더욱 정신을 집중해서 변화의 폭을 늘리고, 그것으로 모자라서 미묘한 시간차를 두고 날아드는 오러 블레이드 하나하나의 리듬을 전부 바꿨는데도 혼란스러워하지 않고 받아내는 그 기량은 공포스러울 정도다.

‘여기서 뼈를 묻을지도 모르겠군.’

알그람은 목에 칼이 들이대어진 듯한 긴장감을 느끼며 웃었다.

이런 기분을 느끼는 것이 얼마 만이던가.

예전, 전장을 유랑하는 한 명의 용병이었을 때에 그는 언제나 죽음의 공포를 이겨내며 살아야 했다. 하지만 소드 마스터가 된 후로는 그로부터 해방되어 권태를 느껴야만 했다. 여태까지 단 두 번, 타국의 소드 마스터와 겨루어 승리했을 때도 긴장감이라곤 없을 정도였다.

그런데 지금 이 순간, 잊고 있었던 공포가 되살아난다. 자신이 쌓아올린 모든 것을 발휘해서 베이런과 싸우는 동안, 그 어느 때보다도 살아 있다는 실감이 강하게 차올랐다.

‘오러 디펜더까지 초고속 진동하다니, 대체 어떻게 하면 저럴 수가 있지?’

베이런의 오러 진동수는 알그람의 그것을 능가한다. 게다가 오러 블레이드뿐만 아니라 오러 디펜더까지 항시 초고속 진동한다는 점이 경악스럽다.

베이런은 알그람의 검격 중 일부를 오러 디펜더를 변형시켜서 받아넘기고 있었는데, 그럴 때마다 오러 디펜더의 표면이 스치듯 흩어질 뿐이었다. 하지만 알그람이 베이런의 공격을 오러 디펜더로 받아낸다면 그 순간 완전히 박살 나고 말 것이다.

어느 순간 베이런의 움직임이 가속하기 시작했다. 동시에 알그람의 시야에서 베이런의 공격 궤도를 알려주는 검은 선들이 사라졌다.

'젠장! 역시 이것도 할 수 있었군!'

베이런 정도의 실력자가 배니싱 라인을 쓸 수 없다는 것은 말도 안 된다. 그렇기에 알그람은 동요하지 않았다. 하지만 다음 순간 다시 나타나는 몇 개의 선과 베이런의 공격이 전혀 다른 궤도로 어긋났을 때는 놀랄 수밖에 없었다.

파아아앙!

알그람의 오러 디펜더가 찢겨져 나가면서 베이런의 오러 블레이드가 어깨를 스치고 지나갔다. 단지 그것만으로도 마법이 걸린 갑옷의 어깨보호대가 박살 나서 날아가 버렸다.

"카오틱 라인."

베이런이 미소 지으며 말했다. 흠칫해서 그와 떨어진 알그람이 허허 웃었다.

"그렇군. 공격 궤도를 예측할 수 없게 하는 것을 넘어서, 속임수로 혼란을 주는 것도 가능하다는 건가. 한 수 배웠다."

단순히 상대방의 시야에서 공격 궤도를 지워 버리는 것에 그치지 않고, 그다음에는 거짓된 공격 궤도를 제공함으로써 혼란을 일으킨다. 알그람의 반응속도가 탁월하지 않았더라면 방금 전의 일격으로 목이 날아갔을 것이다.

베이런은 지금까지와는 달리 공격적으로 태도를 바꿨다.

허공을 가르듯이 검은 오러 블레이드들이 출현하며 사방팔방
에서 알그람을 두들겨댄다. 감각을 믿을 수 없고, 오러 디펜
더를 믿을 수 없는 상황에서 알그람은 필사적으로 오러 블레
이드를 휘둘러 그것을 막아낼 수밖에 없었다.

파파파파파!

베이런의 오러 블레이드가 점점 더 가속한다. 어느 순간 알
그람은 베이런이 자신의 기술을 훔쳐 쓰고 있다는 사실을 깨
달았다. 변형시킨 오러 디펜더를 밀어내기용 칼집으로 이용,
중간부터 급격히 가속하며 궤도가 비틀리는 오러 블레이드!

'젠장! 이게 이렇게나 까다로운 기술이었군!'

놀랍게도 알그람은 자신의 기술에도 완벽한 대응을 보여
주었다. 오러 디펜더를 두 개로 분리, 그중 하나를 전면에다
배치하고 그것만 초고속 진동시켜서 미처 반응하지 못하는
공격을 받아내는 게 아닌가?

베이런처럼 모든 오러 디펜더를 항시 진동시키는 것은 그
에게는 불가능한 일이다. 그래서 그는 편법으로 그 기술을 흉
내 내기 시작한 것이다.

"싸우면서 진화할 수 있다는 것은 재능있는 자의 특권. 그
러나 그 재능, 그 가능성…… 여기서 묻도록 하마."

베이런은 알그람의 진화에 경탄하며 최후의 일격을 준비
했다. 그를 감싼 어둠이 폭발적으로 증폭되면서 신화 속의 괴
물처럼 포효하기 시작했다.

그것을 보는 순간, 알그람은 한 가지 사실을 깨달았다.

'이놈, 오러 출력을 극단적으로 제약하고 싸우고 있었군.'

알그람의 오러 출력은 그리 강하지 않아서 소드 마스터 중에서는 중상급 정도 된다. 베이런은 오러 출력을 지금까지 알그람과 거의 동일한 수준으로 제약한 채로 싸우고 있었던 것이다.

그리고 알그람이 밑천을 다 꺼내서 보여준 지금, 베이런은 진짜 이빨을 드러냈다. 폭발하듯 증폭되는 오러 출력은 지금까지의 열 배 이상이었다. 폭증된 오러 블레이드가, 초음속으로 공간을 쪼개며 알그람에게 날아들었다.

설사 어디로 날아들지 사전에 예측하더라도 막을 수도, 피할 수도 없는 절대적인 일격.

알그람은 그 공격이 시작되는 순간 죽음을 받아들였다. 베이런은 그에게 경의를 표하듯 감각과 호흡을 혼란시켜 공격 지점을 알아차릴 수 없게 했고, 그전까지 정밀하게 연계된 공격을 통해서 그가 도저히 방어할 수 없는 틈을 만들어내고 그곳을 찔렀다. 그렇기에 그 순간, 그것은 알그람이 이제까지 본 그 어떤 공격보다도 완벽한 신기(神技)였다.

콰아아아아아!

암녹색 빛의 폭풍이 휘몰아쳤을 때, 베이런은 알그람의 몸을 산산이 분쇄하고 그 뒤쪽에서 안감이 붉은 망토를 펄럭이고 있었다. 스스로 뿜어낸 어둠이 알그람의 몸을 찢고 나온 오러를 남김없이 집어삼키자 베이런이 중얼거렸다.

"최고의 만찬이로군. 나머지는 시시한 것들뿐인가."

이후 베이런은 여섯 명의 소드 마스터를 추가로 격파하고, 500여 명의 병사를 학살한 뒤 몸을 돌렸다. 나르디 연합군은 병력의 절반을 잃은 채 후퇴했고, 오크들은 불과 700명의 전사자만을 내는 대승을 거두었다.

CHAPTER 22
역사에 이름을 남기는 방법

마검전생

마검전생

①

리할드 왕국력 357년 11월.

엘비라스의 상황이 시시각각 악화되어 가는 와중에도 토라스는 잘 싸우고 있었다. 파리안을 내준 것은 뼈아팠지만 그 후로 토라스는 디엘다에서 적을 확실하게 막아내고 있었다. 한 달간 네 번의 교전이 있었지만 적들은 별 성과를 내지 못하고 물러가야만 했고, 그동안 디엘다에 집결하는 병력은 계속해서 늘어났다.

첫 번째 교전 때 당한 피해를 복구하고, 적들의 공격을 거듭 물리치자 연합군의 사기는 하늘을 찌를 듯 치솟았다. 이에 지휘관들은 방어에서 공격으로 전환, 1만 2천의 병력을 동원하여 파리안 탈환 작전을 개시했다.

디엘다에서 마검이라는 별명을 얻으며 소드 마스터 이상의 명성을 얻은 라곤도 파리안 탈환부대 안에 속해 있었다.

"크윽!"

라곤은 정면에서 달려드는 암청색 섬광을 피해내며 신음을 토했다. 마법을 이용, 극한까지 가속된 움직임으로 피해내고 있는데도 적은 집요하게 따라붙으며 맹공을 퍼부어대고 있었다.

'사정거리가 이따위로 긴 게 연타까지 된다니 말도 안 돼!'

라곤을 난감하게 하는 것은 적이 공격할 때 뻗어오는 거리가 말도 안 되게 넓다는 것이었다. 라곤의 버스터 소드는 마력이 쇠하기 전에는 7미터 정도의 길이로 뻗어나가니 오크 히어로와도 대등한 거리 다툼을 하는 것이 가능하다. 그런데 지금 그에게 따라붙으며 맹공을 퍼붓는 적의 사정거리는 20미터가 넘었다.

콰콰콰콰콰!

찌르기 연격이 날아드는 속도가 너무나도 빠르고, 그 기세가 바위도 관통할 정도로 강맹하여 공기가 찢어지며 비명을 지르고 있었다. 자칫하다가는 찌르고 당기는 기세에 휘말려 끌려들어 갈 정도로 대기의 요동침이 격렬하다.

"쥐새끼처럼 잘도 피하는구나!"

라곤을 공격하고 있는 것은 오우거 로드 하르칸이었다. 길이는 8미터고 굵기는 30센티나 되는, 창이라고 부르기에는 너무 큰 무기를 사용하는 그의 공격은 국지적으로 폭풍이 몰아치는 것 같았다. 오우거 로드의 오러는 집중하면 순간적으로 폭증하는 성격을 지녔기에 힘을 실어 찌르기를 날릴 때마다 그 기세가 폭발하듯 증가하면서 20미터 이상의 거리를 꿰뚫었고, 그 파괴력은 인간을 먼지로 만들어 버리기에 충분한 수준이었다.

투두두두둥!

그를 향해 라곤은 쉬지 않고 포스 볼트를 때려 넣고 있었다. 그러나 하르칸은 5미터의 거구인 데다가 오러 디펜더도 견고해서 쉽사리 기세가 줄어들지 않았다.

'젠장! 순간적으로 증폭되는 기세가 너무 커. 이게 오우거 로드의 오러 특성인가?

하르칸의 공격은 강맹했지만 단순하기에 라곤은 쉽사리 공격 지점을 예측하고 피할 수 있었다. 하지만 몇 수 앞을 내다보면서도 반격에 나서지 못하는 것은 하르칸의 공격이 너무나도 강맹하기 때문이었다. 공격 범위 안으로 뛰어들어 갔다가는 휘몰아치는 오러의 파편과 그것을 따라 날뛰는 광풍을 버텨낼 수 없다.

"하르칸! 그 정도로 휘둘러댔으면 한 대 정도는 맞춰봐라!"

그렇게 말하면서 끼어든 것은 트롤 원더러 바라사다였다. 그가 참마도를 휘두르며 뒤를 점한 것을 본 라곤의 얼굴에 낭패한 기색이 스쳐 갔다.

좌우로 피하면서 물러나던 라곤의 움직임이 보다 입체적으로 변했다. 윈드 워크를 이용, 흡사 묘기를 부리듯이 허공을 밟고 누비면서 앞뒤에서 날아드는 공격을 피하기 시작했다.

동시에 섬광이 흩뿌려졌다.

꽈르르르릉!

수십 발의 라이트닝 볼트가 입체적으로 쏟아졌다. 라곤의 이동 궤적과는 상관없는 곳에서도 뇌격이 발생, 일점 집중되어 쏟아지자 그 파괴력은 라이트닝 스톰에 필적했다. 하르칸과 바라사다도 오러 디펜더를 집중해서 막아낼 수밖에 없었다.

퍼버버벙!

뒤이어 파이어 볼이 연타로 작렬했다. 그렇게 하르칸과 바라사다를 밀어낸 라곤은 지상에 내려서며 검에 마법을 걸었다. 조금 전까지 하르칸의 공격을 피하면서 흘려내는 것만으로도 버스터 소드의 힘이 거의 다 소진되었던 것이다. 그런데 버스터 소드를 거는 것과 동시에 급격한 탈력감이 라곤을 덮쳤다.

'이런!'

라곤은 헤이스트의 효과가 다 소진되었다는 사실을 깨달았다. 아직 라곤이 터득하지 못했기에 마법기에 각인된 것을 발동시켜야만 하는 헤이스트는 그 지속 시간과 효과를 라곤이 조절할 수 없다는 치명적인 약점이 있었다. 그런데 하필이면 소진된 버스터 소드를 다시 걸어주는 타이밍과 헤이스트의 효과가 다하는 타이밍이 겹친 것이다.

"잡았다!"

흩어지는 뇌격의 폭풍을 뚫고 바라사다가 뛰쳐나왔다. 그가 참마도를 휘두르자 진녹색 오러 블레이드가 탄력있게 늘어나면서 라곤을 노렸다.

콰창!

라곤은 아슬아슬하게 몸을 돌리며 그 공격을 비껴냈다. 하지만 헤이스트의 효과가 떨어진 지금, 대응하는 속도가 느려져서 위력을 완전히 죽이는데 실패했다. 내장이 뒤흔들리는 충격과 함께 그의 몸이 핑글핑글 돌았다.

"하아아아아!"

한 박자 늦게 하르칸이 달려나왔다. 하르칸은 연격을 퍼붓던 때와는 달리 창을 쥔 손을 잔뜩 뒤쪽으로 당기면서 힘을 집중했다. 오우거 로드의 오러는 한곳에 집중하면 집중할수록 순간적인 폭발력이 강해지는 힘! 전력을 다해 폭발시키면 그 위력은 성벽조차 부술 수 있다!

"죽어라, 날파리 같은 놈!"

외침과 함께 응축된 힘이 폭발했다. 길이 8미터의 철창이 무시무시한 기세로 공간을 관통하면서, 거기에 실린 암청색 오러 블레이드가 라곤에게 작렬했다.

콰아아아앗!

하지만 회심의 일격을 내지른 하르칸의 눈은 경악으로 물들어 있었다. 오러 블레이드가 작렬하기 직전, 라곤의 모습이 신기루처럼 사라져 버렸기 때문이다.

"이 자식, 또냐?"

그가 급히 뒤를 돌아보는 순간, 화끈한 통증이 어깨를 덮쳤다.

파학!

라곤은 블링크를 사용, 하르칸의 머리 위로 날아서 그 목을 노렸던 것이다. 그러나 하르칸은 놀라운 반응속도로 목을 틀어서 그것을 피해 버렸고, 대신에 어깨에 깊숙한 상처를 입었다. 방금 전 일격으로 힘을 폭발시키느라 오러 디펜더가 얇아져 있었기 때문에 꽤나 깊이 들어갔다. 찢겨져 나간 갑옷 틈으로부터 피가 분수처럼 쏟아졌다.

"크아아아악! 이 자식이 감히!"

하르칸이 포효했다. 라곤은 헤이스트를 다시 발동시키면서 식은땀을 흘렸다.

'헤이스트는 앞으로 네 번, 블링크는 앞으로 여섯 번.'

소드 마스터와는 달리 라곤의 전투 시간에는 한계가 있었다. 헤이스트와 블링크가 없으면 라곤은 오크 히어로 하나를 상대하는 게 고작이다. 그렇기에 어느 정도 여유를 남겨두고 퇴각해서 소모된 마법기의 힘을 보충해야만 했다.

"죽여 버린다!"

이성을 잃은 하르칸이 달려들었다. 그러나 그때 측면으로 부터 무시무시한 기세로 달려드는 이가 있었다.

콰창!

기습을 받은 하르칸이 가슴에 긴 상처를 입고 멈춰 섰다. 인간이라면 도저히 불가능할 정도로 몸을 낮추고 달려온 것 은 두터운 투구를 쓰고 검은 수염을 휘날리는 드워프 엑서 하 이어였다. 백록색 오러를 뿌리는 그를 보며 하르칸이 외쳤다.

"이놈! 콩알만 한 난쟁이 주제에 감히!"

"흥! 덩치만 큰 허깨비 주제에!"

지지 않고 쏘아준 것은 제1차 디엘다 공방전 때 지원군으 로 합류한 엑서 하이어 포르다 지보 홈이었다. 현재 디엘다에 와 있는 엑서 하이어의 수는 넷이었는데, 포르다는 그중에서 도 가장 젊은 87세였고 무모할 정도로 용맹하고 혈기가 넘치 는 이였다.

대쉬 롤러로 가속한 그가 라곤 앞을 가로막으며 말했다.

"라곤 경, 슬슬 지쳤을 텐데 한 번 재충전하고 와. 이놈들 정돈 내가 박살 내주지!"

"아니, 아무리 포르다 당신이라도 저 둘을 동시에 상대하는 건 좀 무리야."

"문제없다!"

포르다는 콧김을 뿜으며 전의를 불태웠다. 라곤은 한숨을 쉬며 적들을 바라보았다.

사방에 아군의 마법이 쏟아져서 적들의 움직임을 묶고, 아군이 유리한 전투를 진행할 수 있도록 적절한 공간을 만들어 주고 있었다. 이 전투 속에서 소드 마스터들이 오크 히어로들과 맞서고, 오러 테이커 둘이 하늘을 날며 그들을 지원했으며, 엑서 하이어 둘이 무시무시한 기동력으로 전장을 누비면서 오크 히어로들을 격파해 갔다.

병사들은 아직 성벽으로 다가가지 않고 멀리서 화살을 쏘아대고 투석기를 날리고만 있었다. 연합군이 이런 여유를 보일 수 있는 것은 마법 전력이 압도적이기 때문이다. 마법 전력이 부족한 오크들은 인간들의 접근을 막기 위해 오크 히어로들과 오크 메이지들을 밖으로 내보내어 인간들의 마법을 분산시킬 수밖에 없었다.

하르칸이 으르렁거렸다.

"이 자식이 누굴 물로 보나?"

그는 지금까지 입은 부상이 꽤 컸지만 오러 디펜더를 이용해서 지혈하고는 공격할 타이밍을 노리고 있었다. 그 옆에서 바라사다도 신중하게 허점을 찾는다.

그때였다.

─하여튼 젊은것들은 성격이 너무 급해서 탈이야. 하지만 라곤 경, 염려 말고 물러나도록. 내가 지원하면 돼.

"크산델, 괜찮겠어?"

통신 마법으로 들려오는 한숨 섞인 목소리에 라곤이 눈살을 찌푸렸다. 그것은 드워프 대마법사 크산델의 목소리였다.

─질리언 경도 그쪽으로 가고 있으니 문제없어. 자네는 슬슬 주문 횟수도 한계야. 일단 거기서 빠져나와서 재충전하고 오크 히어로들이나 좀 처리하게. 그 편이 효율이 낫겠어.

"그렇게 하지."

라곤은 고개를 끄덕이고는 그곳에서 물러났다. 하르칸이 무시무시한 기세로 노려보았지만 그 앞에 버티고 선 포르다 때문에 섣불리 움직일 수 없었다. 5미터에 이르는 거구의 오우거와 대쉬 롤러와 투구까지 합쳐도 1미터 40센티 정도밖에 안 되는 드워프가 서로 노려보며 팽팽한 긴장감을 조성하고 있다니, 옆에서 보면 그것은 희극에 가까웠지만 둘은 서로가 만만치 않은 상대임을 인정하고 있었다.

쿠우웅……!

그때였다. 쏟아지는 마법들을 압도하며 울려 퍼지는 굉음이 있었다.

'뭐지?'

라곤이 놀라서 소리가 들려온 곳을 바라보았다. 생각보다 가까운 곳에서 울린 소리였기 때문이다.

동시에 주변을 뒤덮었던 마법의 폭염이 찢어져 나갔다.

2

찢어져 나간 폭염 사이로 두 명의 모습이 나타났다. 진홍의 오러 블레이드를 휘두르는 알리시아가 새처럼 우아하게 뛰어오르고, 그 뒤를 따라 돌진해 온 칼카쿰이 거대한 해머를 내려쳤다.

꽈아아아앙!

내지를 때마다 빗나갈 것이 확실한 일격이었지만 칼카쿰은 신경도 쓰지 않았다. 혼을 불사를 듯한 기세로 일격을 내지르니 대지가 비명을 지르며 터져 나가고, 그로부터 장대한 빛이 폭발하면서 적의 접근을 불허한다.

"미꾸라지 같기는!"

칼카쿰이 으르렁거렸다. 그의 몸에는 무수한 상처가 나 있었다. 그중에는 꽤 깊은 상처도 다수 있었기 때문에 인간이었다면 전투 불능이 되었어야 할 상태다. 하지만 칼카쿰은 오러 디펜더로 출혈을 막은 채 근성으로 알리시아와 맞서고 있었다.

알리시아가 혀를 찼다.

"이건 정말 불사신도 아니고. 그렇게 때렸는데 힘이 줄지도 않다니."

"진정한 영웅이라면 죽기 전에는 그 힘이 쇠락하지 않는 법! 인간 여자여, 오크 사나이는 너희들의 비리비리한 남자들과는 다른 강건함으로 여성의 마음을 사로잡음을 알아라!"

"기가 막혀서. 몇 살이나 처먹었길래 그런 소릴 부끄러워하지도 않고 지껄이는 거야?"

알리시아의 물음에 칼카쿰이 당당하게 대답했다.

"열 살이다!"

"……."

순간 알리시아는 물론이고 그 뒤쪽에 있던 라곤까지 얼어붙었다. 잠시 후, 알리시아가 자기가 뭘 잘못 들었나 싶어서 조심스럽게 물었다.

"미안하지만 한 번만 다시 말해주면 안 될까?"

"열 살이라고 했다만."

"……."

칼카쿰은 알리시아의 반응을 이해할 수 없다는 듯 고개를 갸웃거렸다.

인간보다 평균 수명이 짧은 오크는 성장이 빨라서 어른으로 인정받는 시기도 빨랐다. 오크는 7, 8세면 이미 인간 성인과 똑같은 수준으로 성장하기 때문에 열 살이면 훌륭한 성인이었다.

알리시아와 달리 라곤은 그 사실을 알고 있었지만 그래도 덩치가 산만 한 놈이 사투 중에 당당하게 열 살이라고 말하는 것을 보니 황당함을 금할 수 없었다. 알리시아가 참지 못하고 다시 물은 것도 이해할 수 있었다.

칼카쿰이 의아해하며 물었다.

"인간 여자, 그러는 너는 몇 살인가?"

그 말에 알리시아가 눈살을 찌푸렸다. 그녀는 기어들어 가는 목소리로 말했다. 칼카쿰이 오크 히어로라 초감각을 갖지 않았다면 주변의 굉음에 묻혀 알아듣지도 못했을 목소리다.

"…스물세 살이다."

"그런가? 나이를 많이 먹었군. 인간은 나이 든 여자도 전장에 내보내나? 역시 이해할 수가 없어."

"……."

순간 알리시아는 자신의 머릿속에서 뭔가가 뚝 끊어지는 소리를 들었다. 두터운 갑옷을 입었는데도 뚜렷하게 알아볼 수 있을 정도로 그녀의 몸이 부들부들 떨리기 시작했다.

"이 덩치 큰 꼬맹이가……!"

사자가 으르렁거리는 것 같은 목소리와 함께 그녀의 오러 블레이드가 타오르기 시작했다. 칼카쿰은 갑자기 폭증한 그녀의 살의를 느끼며 당혹해했다.

'뭐지?'

인간은 나이 먹은 여자한테 나이 먹었다고 말하면 모욕감을 느끼기라도 하는 건가? 절대 건드려서는 안 되는 역린(逆鱗)을 건드렸다는 불안감이 스멀스멀 기어올라 왔다.

그 앞에서 알리시아가 싸늘하게 내뱉었다.

"넌 내게 모욕감을 줬어."

집안에서 노처녀 소리 듣기 싫으면 결혼하라고 닦달하는 게 싫어서 전장으로 나왔더니 타국의 고위 귀족이 더 늦기 전에 결혼해야 하지 않겠느냐고 따라다니질 않나, 그것으로도 모자라서 이제는 오크한테까지 나이 먹었다는 소리를 듣다니! 이 개념없는 덩치 큰 꼬맹이만은 절대 용서할 수 없다!

"어차피 너를 무슨 수를 써서라도 이곳에서 끝장낼 생각이었지. 살아 돌아갈 생각은 버려!"

쿠구구구궁!

그녀의 주변에 떠올랐던 스타 더스트가 변화하기 시작했다. 둥그런 구체 형상이었던 것이 길쭉하게 늘어나면서 빛으로 그려낸 검의 형상을 띠었다. 초고속으로 회전하는 여덟 개의 오러 블레이드가 그 칼끝을 칼카쿰에게로 향했다.

알리시아가 속삭이듯이 말했다.

"라곤 경, 잠시만 칼카쿰의 움직임을 묶어주시길."

굉음으로 가득한 전장이었지만 그 목소리는 정확히 라곤에게 전달되었다. 그녀는 오러 파동을 이용, 라곤과 자신 사이에 가느다란 선을 잇고 그것을 통해 목소리를 전달한 것이다.

라곤은 그 신묘한 기술에 감탄하며 칼카쿰에게 마법을 날리기 시작했다. 포스 볼트를 시작으로 하여 라이트닝 볼트가,

파이어 볼이 사방팔방에서 칼카쿰을 두들겼다.

퍼버버버벙!

"크윽!"

예상치 못하게 라곤으로부터 마법이 쏟아지자 칼카쿰은 일단 움직임을 멈추고 오러 디펜더의 밀도를 높여서 방어를 굳혔다.

그것은 치명적인 실수였다. 칼카쿰은 알리시아에게 여유를 줘서는 안 되었다.

콰아아아아아!

알리시아의 검을 감싼 채 회전하는 오러 블레이드가 점차 그 크기를 불려 나가기 시작했다. 오러의 총량은 변하지 않은 채 고속 회전하는 기세를 이용해 부피를 늘린 결과물은 15미터에 달하는 빛의 칼날이었다.

진홍의 섬광으로 빚어낸 거대한 칼날과 그 주변에 포진한 여덟 개의 칼날. 초고속으로 회전하는 아홉 개의 칼날이 꿈틀거리는 모습은 흡사 아홉 개의 목을 가진 괴물이 쏘아보는 것 같았다.

'스파이럴 차징 버라이어티 스킬.'

라곤의 그것을 모방하여 터득한 스파이럴 차징. 그것을 다시 개량한 변종(變種) 오러 블레이드 활용 기술.

'히드라 스트라이크.'

알리시아의 눈이 섬뜩한 빛을 발했다.

어그레시브 오러 모드에 들어가지 않고도 무시무시한 파괴력을 발휘하는 이 기술은 혹독한 연습으로 완성시킨 이래 처음으로 실전에서 선보이는 것이었다. 그녀의 무시무시한 기세에 압도당한 칼카쿰이 자신의 어리석음을 깨닫고 해머를 들어 올리는 순간, 알리시아가 돌격했다.

콰콰콰콰콰콰!

하늘과 땅을 모두 갈가리 찢을 듯한 기세로 아홉 개의 오러 블레이드가 작렬했다. 소드 마스터의 오러가 변화무쌍함을 극한까지 활용, 사방팔방을 포위하고 공격해 들어가는 히드라 스트라이크 앞에서는 도망칠 수조차 없었다. 오러 디펜더를 굳히고 방어하려고 해도 전신을 감싸느라 힘이 분산된 방어력으로는 이 공격을 모두 막아내는 게 불가능하다.

"크워어어어어!"

그 사실을 깨닫는 순간, 칼카쿰은 피할 생각을 버렸다. 방어할 생각도 버렸다.

'무릇 영웅이라면! 사나이라면! 어떤 절망이 덮쳐 와도 정면으로 맞서서 뚫고 나가야 하는 법!'

최대의 위기 앞에서 칼카쿰은 자신의 신념을 관철했다. 모든 힘을 해머에 모아 초고속으로 회전시키며 히드라 스트라이크의 중심부를 향해 몸을 던졌다. 육체도, 정신도, 영혼조차도 불살라 날리는 일생일대의 일격!

콰아아아아아!

망막을 불태울 듯한 빛이 폭발했다.

지면이 박살 나서 흩어지고 충격파가 미친 듯이 주변을 휩쓸어가는 가운데, 칼카쿰의 몸이 허공으로 치솟았다. 그리고 그가 있던 자리를 돌파한 알리시아가 오러 블레이드를 거두며 뒤를 돌아보았다.

"…정말이지, 기가 막힐 정도로 무모하군."

쿠웅!

그 말과 동시에 만신창이가 된 칼카쿰이 땅에 처박혔다. 오른쪽 옆구리와 왼팔은 뼈가 드러날 정도로 깊은 상처를 입었고, 전신의 뼈가 부서졌지만 그럼에도 불구하고 그는 마지막까지 해머를 놓지 않았다. 적을 상대함에 있어 결코 두려워하지 않고, 결코 망설이지 않고, 결코 물러나지 않는다는 오크 전사의 미덕을 철저하게 지킨 것이다.

결과적으로 그것이 칼카쿰의 목숨을 구한 셈이었다. 그 순간 물러나거나 어설프게 방어하려고 했다면 히드라 스트라이크의 아홉 칼날은 칼카쿰의 몸을 갈가리 찢어놓았을 터. 하지만 그는 목숨을 도외시한 전진으로 다섯 개의 칼날을 피해내고, 중심부의 공격을 비껴냄으로써 죽음을 피했다.

하지만 그러한 용맹도 의미는 없었다. 그의 목숨은 경각에 달해 있었고, 그 곁에는 두 명의 적이 있었기에.

"흥."

알리시아가 가볍게 손을 휘둘렀다. 그러자 채찍 같은 오러 블레이드가 허공을 가르고 칼카쿰의 목을 노렸다.

　파창!

3

　알리시아의 눈썹이 꿈틀거렸다.

　칼카쿰의 숨통을 끊으려는 순간, 그 앞으로 바라사다가 끼어들어서 그것을 쳐냈기 때문이다. 바라사다가 후방에다 대고 외쳤다.

　"사제들! 전원 칼카쿰 장군을 치료해라! 오크 히어로들! 올 수 있는 자는 모두 모여서 적을 막아!"

　"그렇게 하게 놔둘 것 같아?"

　알리시아가 공격에 나섰다. 그 앞을 알몸의 트롤 원더러가 가로막았다. 바라사다가 자신의 신체 일부에 오러를 불어넣어 만들어낸 분신, 아바타였다.

　"인형 따위로 나를 막겠다고?"

　알리시아가 무시무시한 기세로 검격을 뿌려냈다. 진홍의 오러 블레이드가 수십 가닥으로 갈라지더니 창병들이 모여 일제히 창격을 내지르듯이 바라사다의 아바타를 향해 쏟아졌다. 지능과 응용력이 본체와 동등한 아바타는 오러 디펜더를 전부 집중해서 그것을 막아냈지만, 밀도가 떨어지는 트롤 원더러의 오러 디펜더로는 알리시아의 공격을 전부 막아내는 게 불가능했다.

투두두두둥!

둔중한 소리가 울리며 트롤 아바타의 몸이 피투성이가 되었다. 상처가 날 때마다 믿을 수 없을 정도로 빠르게 재생되어 가지만 알리시아는 개의치 않는다. 마치 날개가 달린 것처럼 빠르게 움직이면서, 상처가 재생되는 것보다 더 빠르게 공격을 퍼부어댔다.

거기에 바라사다가 합세했다면 어떻게든 버텨낼 수 있었을지도 모르지만, 유감스럽게도 바라사다 역시 강적을 맞이하고 있었다. 라곤이 철수하는 대신 그의 앞을 가로막고 맹공을 퍼부었던 것이다.

쨔르르르릉!

라이트닝 볼트가 연이어 작렬하며 푸른 뇌광이 폭발했다. 라곤은 검투를 벌이는 대신 마법을 이용해서 바라사다의 발목을 잡고, 칼카쿰의 상태를 악화시키는 데 주력했다. 여기서 칼카쿰의 숨통을 끊어놓을 수 있다면 오크 히어로 수십 마리를 처치하는 것보다도 더 큰 이득이다.

"이익……!"

바라사다가 이를 악물었다. 성벽에 올라선 오크 사제들이 신성 마법을 사용, 칼카쿰을 치료하고 있었지만 아무래도 멀리 떨어진 상태에선 치료 효과가 미미했다. 거기에 라곤의 마법 때문에 몸이 흔들려서 점점 더 상처가 악화되어 가고 있으니 가슴이 타들어간다.

'하르칸은…… 인간과 드워프에게 발목이 잡혔나.'

질리언과 엑서 하이어 포르다가 합공으로 하르칸을 묶어 놓고 있었다. 하르칸의 공격은 압도적인 파괴력을 자랑하지만 둘은 서로의 특성을 최대한 활용해서 팽팽한 상황을 만들었다.

다른 오크 히어로들의 조력도 기대하지 않는 편이 나았다. 적의 압도적인 마법 전력이 그들을 분산시켜 놓고 있었기 때문이다.

'어쩔 수 없군!'

칼카쿰을 들쳐업은 상황이라 재생을 포기하고 피까지 뽑아내서 힘을 부여하고 있건만, 전혀 상황이 나아질 기미가 안 보인다. 이 방법은 후유증이 커서 쓰고 싶지 않았지만 칼카쿰을 살리려면 어쩔 수 없었다. 알리시아가 자신의 아바타를 격파하기 전에 라곤에게서 탈출해야만 한다.

"칼카쿰, 살아나면 나중에 한턱 단단히 쏴야 할 거야."

바라사다는 그렇게 말하며 눈을 부릅떴다. 동시에 그의 오러 디펜더가 맹렬하게 불타올랐다.

'비스트 폼!'

오크 히어로 결사대가 목숨을 도외시하고 적에게 피해를 주기 위해 사용했던 바로 그 기술.

흑기사 베이런 크로네스가 전수한 비기가 전개되었다. 너무나도 부담이 커서 이론만 터득하고 한 번도 시험해 보지 않았지만 지금 이런 상황에선 어쩔 수 없었다.

두근.

심장이 뛰는 소리가 들린다.

바라사다의 의식이 자신의 내면으로 향했다. 본래 에너지의 흐름을 시각화해서 보는 능력을 가진 그였지만, 자신의 에너지 흐름을 이렇게 확대해서 보는 경험은 처음이었다. 이렇게 작은 몸에 품고 있기에는 너무나도 거대한 에너지의 군집을 향해 그의 의식이 빨려 들어갔다.

두근.

차라리 빛의 바다라고 불러야 할 그 거대한 공간의 중심에 무언가가 있었다. 한 개체가 다루기에는 너무나도 큰 힘을 신체에 응집시키고, 주인의 의지에 따라 자유자재로 움직이게 만드는 핵(核).

바라사다의 의식이 그 핵과 접촉하자 동시에 지금까지는 보지 못했던 광경이 보였다. 그것은 응집된 빛 너머에 있는, 끝이 보이지 않는 어둠이었다. 기분 나쁘게 꿈틀거리며 빛을 흔드는 그 어둠은 마치 바람에 일렁이는 수면 같았다. 하지만 도저히 끝을 알 수 없을 정도로 깊고 거대한, 자신이 품은 에너지가 초라해 보일 정도로 광활한 공허였다.

'이것이 그가 보는 풍경인가?

광활한 심연에서 넘실거리는 어둠은 베이런이 두른 어둠

과도 닮았다. 바라사다가 그렇게 생각한 순간, 그의 의식이 핵과 동조하면서 힘의 흐름이 격렬해지기 시작했다.

"크어어어어어!"

의식이 현실로 돌아오는 순간, 바라사다는 자신이 솟구치는 힘을 주체하지 못하고 포효하고 있다는 사실을 깨달았다.

그의 몸은 진녹색 빛으로 변해 있었다. 오러 디펜더의 밀도가 너무 높아진 나머지 본체의 모습을 완전히 가려 버린 것이다. 그 속에서 눈동자가 악귀의 그것처럼 불타오른다.

그것을 마주한 라곤이 신음하듯 물었다.

"그 기술, 베이런 크로네스와 무슨 관계지?"

그 말에 바라사다는 섬뜩함을 느꼈다.

눈앞의 인간은 소드 마스터가 아닌, 하지만 소드 마스터가 아니라는 것이 믿어지지 않을 정도로 경이로운 검술을 구사하는 마검사였다. 그는 바라사다가 자신의 내면을 들여다보고, 금지된 힘을 끌어내는 동안에 있었던 일을 꿰뚫어 본 것처럼 묻고 있었던 것이다.

라곤이 추궁했다.

"내 말에 대답해라! 그 공허! 그 어둠! 분명 베이런 크로네스와 연관이 있겠지?"

"내가 왜 대답해 줘야 하지?"

바라사다는 참마도를 뿌려냈다. 폭증된 힘이 격렬한 파도처럼 라곤을 덮친다. 하지만 라곤은 그가 참마도를 드는 순간

이미 그 궤도를 예측하고 피하면서 파고들고 있었다.

"훙!"

하지만 비스트 폼을 발동한 바라사다의 속도는 그전과는 차원이 달랐다. 바라사다는 라곤이 품으로 파고들기 전에 공격을 회수하고는 발차기를 날렸다. 날카로운 오러 블레이드를 머금은 발차기가 라곤의 몸통을 노리고 날아들었다.

후우웅!

라곤은 사전에 그의 움직임을 꿰뚫고 있었다. 앞으로 몸을 던지듯이 피하고는 그 상태에서 윈드 워크를 이용, 정상적인 동작으로는 결코 불가능한 방식으로 몸을 일으키면서 검격을 날렸다. 등을 보인 채로 뒤돌아보지도 않고 날리는 검격은 무술의 상식에서 어긋난 것이었고, 바라사다는 그 변화를 따라가지 못했다.

츠팡!

버스터 소드의 섬광이 바라사다의 몸을 두들기면서 빛을 깎아냈다. 하지만 라곤은 혀를 찼다.

'역시 전력으로 휘두른 공격이 제대로 들어가지 않으면 타격을 줄 수 없나?'

인간끼리의 싸움이라면 변칙적인 움직임을 통해 상대방의 허를 찔러 승부를 낼 수 있다. 하지만 지금의 상황은 마치 얇은 검으로 전신을 덮은 중갑주를 관통하려고 드는 격이었다.

바라사다가 연속으로 공격을 퍼부으면서 후퇴했다. 그의

목적은 어디까지나 칼카쿰을 데리고 물러나는 것이지 라곤을 쓰러뜨리는 것이 아니다.

"칫!"

라곤이 물러나는 그를 따라잡을 수 없어서 낭패감을 느낄 때, 폭음과 함께 붉은 섬광이 날아들었다. 바라사다는 반사적으로 팔을 들어서 막았지만 그의 오러 디펜더가 관통될 정도로 강맹한 일격이었다.

"벌써 뚫었나!"

바라사다가 탄식했다. 알리시아가 그의 아바타를 순식간에 해치우고 달려오고 있었던 것이다.

그 앞을 오크 히어로들이 가로막았다. 바라사다의 명령을 들은 오크 히어로들이 마법사들의 집중 포화를 뚫고 여기까지 온 것이다.

그들이 얼마 버티지 못할 것은 안다. 하지만 바라사다에게는 약간의 시간만 있어도 충분했다. 그러한 뜻은 오크 사제들의 힘으로 그들에게도 전달되었다.

"크워어어어!"

오크 히어로들이 비스트 폼을 전개했다. 알리시아는 그럴 틈을 주지 않으려고 했지만, 한 마리가 목숨을 버릴 각오로 달려들어 시간을 벌어서 어쩔 수 없었다.

비스트 폼을 전개한 오크 히어로 셋과 알리시아가 격전을 벌이기 시작했다. 아무리 알리시아라도 공격력, 방어력, 반응

속도 모두가 차원이 다르게 상승한 그들을 쉽사리 격파할 수
는 없었다.

쿠우우웅……!

그때였다. 후방에서 굉음이 울려 퍼졌다. 바라사다가 깜짝
놀라서 그쪽을 바라본 순간, 아음속의 섬광이 하늘로 날아올
랐다.

"벌써 재장전이 끝난 건가? 젠장!"

그것은 명중하면 오크 히어로조차 일격에 보내 버리는 드
워프들의 전술병기였다. 엄청난 마력을 잡아먹는지 한번 쏘
고 나면 다음 발사까지 시간이 꽤 걸리긴 하지만 칼날 형태의
포탄에 적에게 작렬할 때까지 지속되는, 오러 블레이드와 비
슷한 성질의 역장(力場)을 씌워서 아음속으로 쏘아내는 것이
다. 그 파괴력은 요새의 방어 결계를 가볍게 돌파할 수 있었
다.

콰아아아앙!

아음속으로 날아든 칼날 포탄이 요새에 작렬했다. 결계를
종잇장처럼 찢어발긴 그 공격이 성벽에 직격, 커다란 홈을 파
놓으면서 그 위에 있던 오크들을 날려 버렸다. 그중에 오크
사제 하나가 섞여 있었다는 것은 오크들에게는 정말로 뼈아
픈 손실이었다.

설상가상으로 잠시 망설이는 도중에 라곤이 바라사다를
앞질러 그 앞을 가로막았다. 그리고 곧바로 마법을 퍼부어대

어 그의 발목을 잡았다.

그것을 본 하르칸이 분통을 터뜨렸다.

"무능한 것! 나까지 나서게 만들다니!"

하르칸은 포르다와 질리언에게 발목을 잡힌 상태였다. 하지만 그에게도 그들을 돌파할 비책이 있었다.

'기분 나쁜 기술이지만 할 수 없지! 간다!'

하르칸도 비스트 폼을 전개했다. 타오르는 빛의 거인으로 화한 그는 닥치는 대로 창을 휘둘러서 포르다와 질리언을 뿌리쳤다. 그리고 무시무시한 힘으로 발을 굴러서 지면을 폭발시키면서 도약, 단숨에 바라사다가 있는 곳으로 날았다. 그가 라곤의 마법 공격에 묶인 바라사다를 향해 외쳤다.

"바라사다! 빨리 그 애송이 데리고 꺼져 버려!"

라곤은 경악했다. 빛의 거인으로 화한 하르칸이 창을 거꾸로 들고 낙하해 오고 있었기 때문이다. 창에 응집된 오러 블레이드가 의미하는 바는 간단했다.

"제기랄!"

지금 도망치더라도 폭발의 범위 밖으로 달아날 수 없다. 그렇게 판단한 라곤은 블링크를 발동시켰다. 한순간 눈앞이 검게 물들더니, 다음 순간 그의 몸은 50미터 가까이 떨어진 곳에 와 있었다.

쿠아아아아앙!

그리고 하르칸의 일격이 대지에 내리꽂히며 폭발이 일어

났다. 50미터 떨어진 이곳까지 사나운 충격파가 달려올 정도의 파괴력이다. 직격당했다면 흔적도 남지 않았을 것이고, 급히 물러난다 한들 충격파에 맞아서 중상을 입었을 것이다.

하르칸이 시간을 버는 사이 바라사다는 유유히 성벽 너머로 후퇴했다. 칼카쿰을 끝장낼 기회를 놓친 라곤과 알리시아는 아쉬움을 느꼈지만 어쩔 수 없었다.

4

한차례 활약한 라곤은 성벽 공격을 다른 병력에게 맡기고 후방으로 향했다. 공성전은 장기전이 되기 십상이라 필요할 때는 아군이 한참 싸우고 있을 때 뒤쪽에서 휴식을 취할 수 있는, 전쟁의 광기가 듬뿍 묻어나는 여유를 부릴 줄 알아야 했다.

라곤의 막사에는 회색 수염을 가진 드워프 대마법사 크산델 비비 라쿰이 기다리고 있었다. 그도 몇 시간 동안이나 마법을 사용했기 때문에 엘프 대마법사 지에르자와 교대한 참이었다.

마법사인 주제에 스스로 만든 마법 갑옷을 입고 투구까지 쓴 크산델은 손에 마법 금속으로 만든 지팡이를 든 것 외에는 도무지 다른 드워프 전사들과 분간하기 어려웠다. 그가 담배를 뻑뻑 피워대며 웃었다.

“어때? 역시 라곤포(砲)의 위력은 대단하지 않나?”

“제발 부탁인데 그 이름 좀 어떻게 안 될까?”

라곤은 골이 지끈거리는 것을 느끼며 부탁했다.

라곤포란 드워프들이 디엘다에 올 때 가져온 신형 병기로, 막대한 마력을 소모하지만 일격에 방어 결계가 둘러쳐진 성벽을 파괴할 수 있는 위력을 가졌다. 커다란 칼날 형태의 포탄을 아음속으로 발사하는 그 병기에 라곤포라는 이름이 붙은 것은 라곤에게 만들어준 특수 장갑과 투척용 단검을 기반으로 만들어낸 것이기 때문이다. 라곤의 저택에서 그를 위한 무기들을 개발했던 팀이 두두베르다에 돌아가서 다른 팀과 그 성과를 공유, 이러한 병기를 만들어낸 것이다.

라곤포의 외형은 길이 20미터, 두께 1미터의 거대한 반원통이었다. 포탄은 마법식을 새겨 넣은 칼날이다. 그것을 위쪽의 평평한 부분에 파인 홈에다가 끼워서 맨 뒤쪽으로 보내면 타격에 의해 격발되는 장치와 붙어서 마력을 공급받는다. 막대한 마력을 이용, 대략 400미터 거리까지 유지되는 역장을 칼날에 씌우고 격발 장치를 이용해서 발사, 20미터의 포대를 달려나가는 동안 가속 마법에 의해 속력이 붙으면서 아음속으로 쏘아져 나가는 것이다.

다만 이 무기는 마법 처리가 된 금속과 섬세한 세공과 마법을 부어 넣은 부품이 너무 많이 필요해서 제작 단가가 높았다. 그리고 포탄조차도 마법 처리를 해야 했기에 운용 비용이

많이 들어가는 것은 물론이고 물량을 많이 만들기가 어려웠
다. 일단 시험적으로 만든 하나만 운용하면서 개선해 나가는
것도 다 이유가 있었다.

크산델이 짓궂게 웃으며 물었다.

"아니, 이런 작품에 자신의 이름이 붙는 것은 최고로 영광
스러운 일이거늘 왜 그렇게 부끄러워하나?"

"당신들 감각으론 어떨지 몰라도 나는 '라곤포 발사!' 라는
외침이 들릴 때마다 쥐구멍이라도 찾아서 기어들어 가고 싶
은 심정이야."

라곤은 진심으로 말했다. 디엘다에 드워프들이 합류했을
당시, 이 무기의 이름이 라곤포라는 것을 안 이후로 몇 번이
나 변경을 요청했지만 받아들여지지 않았다. 드워프 군대를
이끄는 크산델은 오히려 재미있어하며 라곤을 놀려대고 있었
고, 다른 드워프들도 물들어서 라곤만 보면 라곤포 이야기를
하고 싶어서 안달이 나 있었다.

크산델이 말했다.

"우리 드워프가 자네에게 표하는 우정의 표시라고. 우리의
긴 역사를 돌아봐도 인간의 이름이 붙은 무기 따윈 없었단 말
이지. 이걸로 자네의 이름은 역사에 남을 걸세."

"그건…… 아니, 됐다. 마음대로 해라."

라곤은 한숨을 쉬며 의자에 앉아서 갑옷의 가슴 파츠를 분
리했다. 그의 갑옷은 입고 벗는 것이 쉽도록 각 파츠를 분리

하는 게 가능한 드워프들의 작품이었다. 확실히 드워프들이 그에게 호의를 갖고 있지 않았다면 이런 갑옷을 선물하지도 않았으리라.

가슴 파츠를 분리한 라곤은 헤이스트와 블링크가 각인된 목걸이를 벗어서 마력을 충전하기 시작했다. 충전 자체는 간단하지만 사용자와 마법기에 각인된 마법식 사이의 동조 절차가 필요하기 때문에 격렬한 전투 중에 충전하는 것은 무리였다.

그 광경을 본 크산델이 혀를 내둘렀다.

"언제 봐도 마력만은 넘쳐나는군. 그걸 그렇게 쉽게 충전하다니."

라곤이 사용하는 마법기는 헤이스트와 블링크라는 고위 주문을 저장했다가 발동하는 만큼 필요로 하는 마력량도 굉장히 많았다. 예를 들어, 카알이라면 한 번에 운용할 수 있는 마력을 전부 퍼부어도 마법기가 필요로 하는 마력의 2할도 채워 넣을 수 없을 것이다. 하지만 마력만은 대마법사를 능가하는 라곤은 전혀 부담없이 마력을 충전시키고 있었다.

라곤이 대답했다.

"마력이라도 넘치지 않으면 저런 괴물들을 상대할 수 없지. 여유가 있으면 느긋하게 공부 좀 하고 싶은데 그럴 새가 없으니."

라곤은 그동안 크산델과 협상을 끝마쳤다. 크산델은 자료를 공유하는 조건으로 이그나이트 포스를 함께 연구해 주고 있었고, 라곤이 두두베르다로 갈 경우 드워프 왕실의 협력을 받을 수 있도록 준비해 주었다.

하지만 라곤은 현 시점에서는 자신이 빠지는 것이 전력상 큰 공백이 된다는 것을 알아서 쉽게 몸을 뺄 수가 없었다. 좀 더 전력이 보강되거나, 아니면 겨울이 와서 오크들이 몸을 사리게 되어야 가능할 것이다.

지금까지 상대한, 칼카쿰이 이끄는 오크 병력과 비교하면 디엘다에 주둔하는 연합군의 전력이 위였다. 칼카쿰이 중상을 입었고, 바라사다와 하르칸 역시 꽤 큰 부담을 지는 듯한 비스트 폼을 사용했으니 당분간 제대로 힘을 쓰지 못할 가능성이 크다. 그렇다면 파리안을 탈환하는 것은 시간문제라고 봐야 했다.

문제는 그다음이다. 거기에 하라두쿰과 라카둠, 파라둠이 지원 병력을 이끌고 합세한다면 어떻게 될까? 그래도 토라스의 연합군이 계속 우위를 점할 수 있을까?

라곤은 회의적인 결론을 낼 수밖에 없었다. 결국 라곤은 겨울이 오면 드워프 교대 병력과 함께 떠나기로 했다.

'그러고 보니 시에나도 토라스로 온다고 했으니 알렉스 이놈이 소드 마스터가 되면 이쪽으로 투입될 텐데……'

만약 그렇게 된다면 큰 힘이 될 것이다. 라곤이 기초부터 철저하게 단련시킨 알렉스는 소드 마스터가 된다면 분명 폭

넓은 응용력을 보여줄 테니까. 몇 가지 기술만 가르쳐 줘도 실전에서 써먹기 좋은 능력자로 발전할 가능성이 크다.

그렇지만 라곤이 시에나와 이혼한 이후 아직 5개월 정도밖에 지나지 않았다. 알렉스가 소드 마스터로 완성되려면 좀 더 시간이 필요하리라.

'소드 마스터 양산법을 통해 소드 마스터가 되지 않은 자는 또 없는 건가? 오러 테이커와 엑서 하이어가 더 투입되길 바라는 것은 무리일 것 같고……'

세상은 넓고 인간은 많으니 알리시아나 예전의 라곤 같은 존재들이 또 있긴 있을 것이다. 하지만 그런 이들이 전부 토라스에 모여주기를 바라는 것은 무리다.

크산델이 말했다.

"이 추세면 내일까지는 파리안이 우리 손에 떨어지지 않을까 싶은데, 어떻게 생각하나?"

"프로토 오크나 하이오크 삼귀장이 갑자기 나타나지 않는 한은 그렇겠지."

"인간 지휘관들에게 듣기로는 하이오크 라카둠이 엘비라스와 싸우는 오크군을 지휘하고 있는 것 같더군. 그 말이 사실이라면 일단 그가 이쪽으로 올 일은 없지 않겠나?"

"하라두쿰과 파라둠이 나타난다고 해도 경계해야 할 일이야. 특히 하라두쿰은 프로토 오크가 나타난 이후로는 마력이 비약적으로 상승해서 그놈이 있느냐 없느냐로 오크들의 마법 전력이 존재하느냐 아니냐를 따져야 할 정도니까.”

“그건 그렇지만 지금 여기에 나와 있는 대마법사만 해도 나와 지에르자 두 명이니 문제없을 거라고 생각하는데. 프로토 오크가 직접 나타난다면 모르겠지만, 우리 사제들 말에 의하면 당분간 그럴 일은 없을 거라는군.”

“어떻게 그렇게 단언하지?”

“베르다께서 그렇게 말씀하셨으니 그렇겠지. 신의 동향은 신께서 아시지 않겠나?”

“신의 말씀이라…….”

라곤이 못마땅하다는 듯 투덜거렸다.

얼마 전에야 크산델에게 들어서 알게 된 사실이지만, 드워프들의 신인 베르다는 프로토 오크처럼 실체를 갖고 두두베르다에 거하고 있다고 한다. 먼 옛날, 아직 신화가 현실이었던 시절에 신들끼리의 다툼으로 본연의 육체를 잃고 지금은 성스러운 용광로를 신체(神體)로 삼고 오로지 교황만이 직접 대화를 나눌 수 있다고 하는데, 인간인 라곤 입장에서는 별로 믿음이 안 가는 것도 사실이었다.

‘하긴 프로토 오크가 재앙을 선사하는 판에 드워프들의 신이 없을 이유도 없지만…….’

인간과는 달리 드워프도, 엘프도, 오크도 하나의 종족 신만을 섬기며, 그들은 모두 실체를 가졌다고 한다. 이 사실에는 어떤 의미가 있는 것일까?

갈수록 의문이 많아져서 하나하나 생각해 보고 있노라면 머리가 깨질 것만 같았다. 한숨을 쉰 라곤은 물을 벌컥벌컥 마신 뒤에 간이침대에 누워서 잠을 청했다. 네 시간 후에 교대해서 싸우려면 조금이라도 눈을 붙여두는 게 좋았으니까.

밖에서 굉음이 울리든 말든 갑옷을 입은 채 순식간에 잠에 빠져드는 라곤을 본 크산델이 어처구니없어하며 중얼거렸다.

"허 참. 정말 배짱 좋은 놈일세. 어디서 이런 놈이 튀어나왔나 몰라?"

5

바깥에서는 끊임없이 굉음이 울려 퍼지고 있었다. 인간들이 쉬지도 않고 화살과 투석기, 그리고 마법을 퍼부어대고 있기 때문이었다.

바라사다가 투덜거렸다.

"쉬지도 않고 퍼부어대는군. 젠장."

그의 안색은 좋지 않았다. 원래 검녹색 피부를 가져서 건강해 보이진 않았지만 지금은 심각할 정도로 초췌해 보인다.

그것은 비스트 폼을 사용한 부작용이었다. 결과적으로 칼카쿰을 구해내는 데 성공하긴 했지만 그 대가로 그는 일시적으로 오러의 힘을 잃어버렸다. 내면에서 가느다랗게 이어지는 오러의 힘이 느껴지기는 하지만 오러 블레이드나 오러 디펜더를 발현하는 것은 불가능했다.

"상황이 너무 불리한데. 어쩔 거야? 이대로 계속 버틸 건가?"

그렇게 투덜거린 것은 하르칸이었다. 그 역시 오러의 힘을 잃었기에 전장에 나서지 못하고 대기 중이었다.

칼카쿰이 의식을 잃고 치료받고 있는 지금, 바라사다와 하르칸이 이 부대의 최고 지휘관이었다. 비록 하르칸은 바라사다를 싫어하긴 했지만 그의 상황 판단력이 좋다는 것을 인정하고 있었다. 여기서는 바라사다의 의견에 따를 생각이었다.

바라사다는 잠시 고민하다가 대답했다.

"일단 칼카쿰이 의식을 회복할 때까지는 버텨본다. 그리고 이곳을 버리고 후퇴하는 것을 권하겠어. 지금 너와 나는 오러의 힘을 잃은 상태고 언제 힘이 돌아올지조차 알 수 없는 상태. 여기서는 물러나는 게 옳아. 프로토 오크께 면목이 없지만 무리해서 싸우다가 병력을 잃는 것보다는 전력을 온존해서 다음 기회를 노리는 편이 낫겠지."

"칼카쿰이 길길이 날뛰겠군. 분명 후퇴는 절대 안 된다고 할걸."

"정 설득이 안 된다 싶으면 네가 뒤통수를 한 대 후려갈겨서 기절시켜. 내가 허락하마."

"…왜 네놈이 안 하고 내가 해야 하는데?"

"죽을 듯이 골골대고 있어도 오크 히어로니까 그놈 기절시키려면 오우거의 완력 정도는 있어야지. 난 비실비실한 트롤이라 안 돼."

"쳇. 혀는 여전히 잘 돌아가는군. 근데 일단 본국의 의향은 물어봐야 하지 않겠어?"

"이미 사제들 시켜서 상황이 이러저러하게 나빠서 후퇴하고 싶다는 통신을 보내놨어. 몇 시간 안으론 답이 오겠지. 후퇴하라는 답이 오면 칼카쿰을 설득하기도 좀 용이할 거고……."

"아니면 상당히 곤란해지겠군. 빌어먹을. 이놈의 비스트 폼은 뭐 이렇게 부담이 큰 거야?"

"일시적으로 압도적인 힘을 얻을 수 있으니 이 정도 대가는 당연한지도 모르지. 너나 나나 사용 시간이 그리 길진 않았으니 아예 오러의 힘을 잃어버리는 사태는 없을 거야. 베이런은 오러를 아예 잃어버릴 정도로 오래 사용하면 사용자가 느낄 수 있는 신호가 온다고 했으니……."

차분한 바라사다의 말에 하르칸이 한참 동안 투덜거렸다. 맹수의 본능을 가진 하르칸에게는 오러의 힘이 사라지면서 덮쳐 온 무기력감이 견디기 어려운 스트레스로 작용하는 듯했다. 하긴 언제 적들이 성벽을 돌파해서 달려올지도 모르는 상황이니 그럴 만도 했다.

앙숙인 둘이 서로 푸념을 늘어놓고 있을 때, 막사의 입구가 열리면서 한 오크 병사가 뛰어들어 왔다. 둘의 의아한 눈빛을 받은 그 오크 병사가 다급하게 말했다.

"또 새로운 인간 병력이 내려오고 있습니다. 둘입니다."

"소드 마스터가 또? 천공의 궤적으로 날린 모양이군. 확연히 우세를 점하고 있으면서 뭐가 부족해서 또 병력을 늘리는 거야?"

바라사다가 투덜거리며 몸을 일으켰다. 비록 오러의 힘을 쓸 수 없다곤 해도 그에게는 상황을 파악하고 명령을 내려야 하는 책임이 있었다.

그로부터 얼마 후, 바라사다는 닥쳐온 악몽에 인간이 섬기는 신들에게 저주를 퍼붓는 신세가 되었다.

6

이제 토라스에서 소드 마스터가 천공의 궤적으로 하늘을 가로지르는 광경은 그리 보기 드문 것이 아니었다. 다른 인원들과 교대해서 후방에서 휴식을 취하고 있던 질리언은 하늘을 올려다보며 중얼거렸다.

"또 누가 오나? 지원군을 부를 이유는 없을 텐데……."

파리안 탈환군에는 열여섯 명의 소드 마스터와 두 명의 엑서 하이어, 그리고 두 명의 오러 테이커와 두 명의 대마법사가 있었다. 아직 그들 중 한 명도 전사하지 않았고, 공성전에서도 우위를 점하여 내일쯤에는 함락시킬 수 있을 것 같은데 굳이 지원군을 청할 이유가 없지 않은가?

마법사들은 미리 연락을 받았는지 착륙 유도용 마법 정보체들을 띄워두고 있었다. 질리언이 근처를 지나던 마법사를 붙잡고 물었다.

"또 누가 오는 겁니까?"

"몇 시간 전에 아라스하의 지원군이 토라디암에 도착한 모양입니다. 그쪽 소드 마스터들이 곧바로 이곳으로 향했다는 통신이 들어와 있습니다."

"아라스하라고요?"

아라스하라면 대륙 동쪽 끝단의 가할 사막에 있는 사막국가 중 하나였다. 토라스와도 오랫동안 교역을 한 나라이니만큼 지원군을 보낸 것 자체는 놀랍지 않지만, 본대를 내버려두고 소드 마스터 둘만 전장에 바로 투입하다니 무슨 생각일까?

곧 아라스하의 소드 마스터들이 하늘에서 오러 디펜더를 변형, 서서히 전장으로 낙하하기 시작했다. 그것을 본 질리언이 눈을 휘둥그레 떴다.

"어? 저 사람, 무슨 생각이야?"

두 명 중 붉은 오러 디펜더를 전개한 쪽은 마법사들의 유도에 따라서 후방으로 낙하해 오고 있었는데, 거의 백색에 가까운 푸른 오러 디펜더를 전개한 쪽은 전장으로 곧장 낙하해 가고 있는 것이 아닌가? 그것도 아군이 밀집된 지점도 아니고 오크 히어로들이 나와 있는 곳 한가운데였다.

"뭐야? 미친 건가? 도대체 무슨 짓을 하는 거야?"

질리언은 놀라서 전방으로 달려갔지만 그때 그는 이미 오크 메이지들의 집중 공격을 뚫고 오크 히어로들 한가운데로 내려서고 있었다.

쿠우우우웅!

굉음과 함께 충격파가 사방을 휩쓸었다. 푸른 오러 디펜더가 변형되면서 그 속에 있는 이의 모습이 드러났다. 마법사들의 멀리 보기 마법 클레이보이언스로 그의 모습을 멀리서 확인한 질리언이 놀라서 중얼거렸다.

"뭐야? 여자 소드 마스터? 그럼 설마……."

그 말대로 긴 검은 머리칼과 옅은 갈색 피부를 가진 여성이었다. 천을 둘둘 말아둔 것 같은 옷 위로 단단하게 가공한 가죽 갑옷을 입고 있을 뿐이라 이곳에 모인 기사들과 비교해 보면 너무나도 빈약해 보였다.

그녀는 잠시 주변을 둘러보더니 허리춤에 차고 있던 두 자루의 검을 뽑아 들었다. 그것은 상당히 이국적인 느낌이 드는, 마치 초승달처럼 휘어 있는 곡도였다.

"크워어어!"

잠시 넋 놓고 있던 오크 히어로들이 달려들었다. 세 명의 오크 히어로가 그녀를 포위한 채로 둘은 검과 도끼로 근접 공격을, 나머지 하나는 장거리에서 그 틈을 노리고 찌르기를 날린다.

동시에 그녀의 하늘색 눈동자가 빛났다. 그녀는 마치 산책이라도 하듯이 사뿐한 발걸음으로 두 발짝 앞으로 걸었다. 그러면서 춤을 추듯이 두 자루의 곡도를 휘둘렀다.

파바바밧!

오크 히어로의 창격이 아무것도 없는 허공을 꿰뚫고, 다른 둘의 공격은 그녀의 검에 슬쩍 궤도가 틀어져서 엉뚱한 곳으로 날아갔다. 그리고 그 직후 주변에 투명한 파문이 일더니 그들의 몸이 날아가 버렸다.

퍼엉!

"저건 뭐야?"

마법으로 상황을 보던 질리언이 황당해하며 중얼거렸다.

방금 오크 히어로들을 날려 버린 것은 오러 블레이드가 아니었다. 놀랍게도 허공에 푸른 원형의 파문이 퍼져 나가면서 그들을 쳐냈던 것이다.

그녀의 주변에는 무수한 파문이 일고 있었다. 마치 그녀가 물속에 있고 수면에 물방울이 떨어지면서 파문이 일어나고, 겹쳐 가면서 그 모습을 일그러뜨리는 것 같았다.

"오러 디펜더를 저렇게 쓸 수도 있는 건가?"

"그러게. 이거 정말 대단한데?"

갑자기 끼어든 목소리에 질리언이 깜짝 놀라서 옆을 바라보았다. 어느새 라곤이 그의 곁에 와서 흥미진진한 표정을 짓고 있었다.

"굉장히 섬세한 오러 운용 능력이군. 영상으로만 봐서는 정확히 판단하기는 뭣하지만, 오러 디펜더의 각 부분에 할애하는 힘을 지속적으로 변화시켜서 특수한 효과를 일으키는 것 같은데."

"굳이 원형의 파문을 일으키는 것에도 이유가 있는 것 같군요."

이번에 끼어든 사람은 알리시아였다. 그녀 역시 흥미진진한 표정이었는데, 왼팔에 투구를 끼고 있는 것으로 보아 곧바로 전장으로 달려갈 생각인 것 같았다.

라곤이 말했다.

"급히 도와줄 필욘 없겠군. 하지만 불러들이긴 해야 할 것 같은데……."

아라스하의 여성 소드 마스터는 오크 히어로들을 압도하고 있었다. 또 하나의 오크 히어로가 마법 공격을 뚫고 합류할 기미를 보이자 움직임이 달라진다. 둥글게 베는 동작을 주로 하는 쌍검술을 따라서 변화하는 오러 블레이드는 시간이 지날수록 적들을 강하게 압박했다. 그러다가 오크 히어로 하나의 움직임이 흐트러진다 싶으니 곧바로 그 목을 베고 지나갔다.

콰아아아아……!

"마치 연습이라도 하고 있는 것 같군요."

그 광경을 본 알리시아가 눈살을 찌푸리며 말했다. 라곤도 고개를 끄덕였다.

"맞아요. 마치 오크 히어로의 실력이 어느 정도인가 가늠해 보고 있는 듯한데…… 아, 물러나는군요."

영상 속의 그녀가 오크 히어로들의 추격을 뿌리치고 후퇴하기 시작했다. 마법사들이 뒤쫓아오는 오크 히어로들에게 공격을 집중하자 그녀는 유유히 전장에서 이탈해서 아군에게 합류할 수 있었다.

7

"아라스하 왕실의 명으로 토라스에 지원병으로 파병된 소드 마스터 하쿠란 미아 바라다입니다."

오자마자 말썽을 부린 아라스하의 여성 소드 마스터는 담담한 얼굴로 자신을 소개했다. 하늘거리는 천으로 몸을 감싼 그녀는 약간 멍해 보이는 표정을 지은 20대 초반의 여성이었다. 이질적인 이목구비와 눈에 띄는 피부색을 가졌지만 상당한 미인이기도 했다.

대륙에 수많은 소드 마스터가 있었지만 여성 소드 마스터는 오직 세 명뿐. 그렇기에 다들 하쿠란의 이름만큼은 알고 있었다.

소드 마스터가 된 순서대로 나열하자면 다음과 같다.

바이더스 제국의 '철혈의 검후' 나타샤 프리바흐.

아라스하 왕국의 '신기루의 파괴자' 하쿠란 미아 바라다.

할라드 왕국의 '석양 속의 별' 알리시아 미세룬.

알리시아의 경우 토라스 연합군에서 활약하면서 남성 소드 마스터들을 압도하는 명성을 얻었지만, 하쿠란 미아 바라다는 국외 활동이 거의 없던 이라 알려진 바가 별로 없었다.

알리시아가 나서서 악수를 청했다.

"반가워요. 할라드 왕국의 알리시아 미세룬입니다."

"……."

하쿠란은 알리시아가 내민 손을 맞잡는 대신 고개를 갸웃거리며 바라보기만 했다. 무안해진 알리시아가 얼굴을 붉힐 때, 그녀와 함께 온 남자 소드 마스터가 나섰다.

"미안합니다만, 우리 왕국에서는 여성이 타인과 신체 접촉을 삼가는지라 악수하는 관습이 없습니다."

"아."

그 말에 모두들 하쿠란의 반응을 이해할 수 있었다. 사막의 나라들은 다른 지역과는 다른 독특한 문화를 이루고 있다고 하더니 첫 대면부터 그것을 느끼게 될 줄이야.

"아라스하 왕실의 명으로 토라스에 지원병으로 파병된 소드 마스터 디아할 발룸 올루입니다."

디아할은 단정한 이목구비를 가진 남자로 옅은 갈색 피부를 가졌고 터번 아래로 곱슬 진 검은 머리칼이 드러나 있었으며, 수염을 멋지게 기르고 있었다. 나이는 20대 후반이나 30대 초반 정도로 보였고 키는 180센티에 가까운 훤칠한 장신이었다.

그를 보던 알리시아는 문득 이상함을 느꼈다. 중간에 디아할이 하쿠란을 두어 번 흘끔거렸는데, 그때마다 극도의 불쾌감이 어린 시선을 보내고 있었던 것이다. 하쿠란도 그의 시선을 알아차렸지만 철저한 무시로 일관했다.

'사이가 안 좋은가?

해외로 같이 파견된 두 소드 마스터의 사이가 나쁘다니, 만약 그렇다면 아라스하 왕실이 별로 좋은 선택을 한 것 같지는 않았다.

디아할이 나서서 지휘관들과 이야기하는 사이, 하쿠란이 알리시아에게 다가와서 말했다.

"알리시아 경, 당신에 대해서는 많이 들었습니다. 잘 부탁해요."

"잘 부탁합니다."

알리시아는 쓴웃음을 지으며 대답했다.

들은 바로는 하쿠란은 그녀보다 두 살 위였고, 1년 빨리 소드 마스터가 되었다. 예전부터 어떤 사람일까 궁금했는데 직접 만나보니 상당히 묘한 성격의 소유자인 것 같았다. 무슨 생각을 하는지 알 수 없는 멍한 표정을 지은 얼굴부터가 그렇다.

하쿠란이 말했다.

"초면에 실례지만, 혹시 오러 블레이드를 몇 가닥까지 뽑을 수 있어요?"

예상치 못한 질문이었기에 알리시아는 당혹감을 느꼈다. 하지만 곧 평정을 되찾고 대답했다.

"글쎄요. 그냥 여러 가닥을 뽑는다, 그것만을 생각하고 해보면 백 가닥까지도 가능하긴 할 것 같군요."

알리시아는 오러 블레이드를 잘게 나누어서 수십 명의 창병이 모여 창격을 내지르듯이 찔러 넣는 기술을 구사했다. 실전에서 운용할 때도 수십 가닥을 뽑아낼 수 있으니 아예 여러 가닥으로 나누어 뽑는다는 것만 생각하고 해보면 백 가닥도 충분히 가능할 것이다.

그 말을 들은 하쿠란이 말했다.

"역시. 당신이나 나타샤 프리바흐도 나와 비슷하리라 생각했어요."

"뭐가 말이죠?"

"다른 소드 마스터들과는 다르리라고 생각했어요."

알리시아는 그 말뜻을 알아듣고는 쓴웃음을 지었다. 소드 마스터 양산법으로 만들어진 일그러진 광기의 산물과는 다른, 순수한 소드 마스터만이 가질 수 있는 진정한 오러의 운용 기술. 하쿠란은 알리시아에게 그것을 기대했던 것이다.

하쿠란이 말을 이었다.

"나는 지금까지 나와 비슷한 사람을 단 한 명 봤어요."

"그건 누구죠?"

"다라스 왕국의 리자브. 그 남자만이…… 나와 대등하게 맞설 수 있었어요."

그리고 그 남자는 나에게 죽었죠, 하쿠란은 그렇게 덧붙였다.

알리시아가 대꾸했다.

"나도 그런 남자를 하나 알고 있어요."

"누구죠?"

"바로 저 남자예요. 라곤 클란드라고 하죠."

알리시아가 라곤을 가리키며 말하자 하쿠란이 고개를 갸웃했다.

"저 사람은 소드 마스터가 아니고 마법사잖아요?"

"맞아요. 그는 소드 마스터의 힘을 잃어버린 사람이죠. 하지만 유일한 마검사이며 소드 마스터를 능가하는 남자예요."

하쿠란은 이해할 수 없다는 듯 고개를 갸웃했다. 알리시아가 웃으면서 덧붙였다.

"같은 전장에 있다 보면 알게 될 거예요. 그가 어떤 사람인지."

하쿠란은 그로부터 두 시간 후, 파리안의 성벽과 방어 결계의 파손률을 가늠하고 행한 총공격 속에서 알리시아의 말을 확인할 수 있었다.

8

　탈환군은 성벽을 어이없을 정도로 쉽게 돌파했다. 그전까지 계속 압도적인 화력으로 공격을 퍼부어서 결계를 파괴하고, 키메라들을 격파하면서 적들의 피로도를 높여둔 탓도 있지만 가장 큰 요인은 하쿠란과 알리시아 때문이었다. 둘이 뭉쳐서 눈부신 기세로 오크 히어로들을 연파, 성벽 위에 올라가서 병력들을 학살하고 성문을 열어젖혔기 때문이다.

　그 광경을 본 라곤이 혀를 내둘렀다.

　"좀 어이없을 정도군."

　두 여성 소드 마스터는 다른 소드 마스터들과는 격이 다른 실력을 보여주었다. 특히 하쿠란은 오러 디펜더를 다루는 솜씨가 예술적이라고 할 만큼 훌륭해서, 그녀가 방어에 주력하고 알리시아가 공격에 주력하니 그 앞에서는 비스트 폼을 사용한 오크 히어로들조차 1분을 버티지 못할 정도였다.

　그에 비해 디아할의 실력은 평범했다. 소드 마스터가 된 지 그리 오래되지는 않았는지 눈에 띄는 구석이 없었다.

　라곤은 두 사람의 차이를 느끼며 맹활약을 펼쳤다. 비스트 폼을 전개한 오크 히어로를 두 마리나 격파, 알리시아와 하쿠란의 뒤를 따라 성벽을 넘어가서 오크들을 학살했다. 끝없이

샘솟는 마력을 이용, 사방팔방으로 마법을 퍼부어대니 오크
들은 혼비백산할 수밖에 없었다.

쿠르르르릉!

성문이 열리자 오크들은 후퇴를 시작했다. 지휘관들이 승
산이 없다고 여기고 결단을 내린 모양이다. 하지만 일부 병력
은 남아서 목숨을 내던져 탈환군의 발목을 잡았고, 곳곳에서
폭염이 치솟기 시작했다.

그것을 본 라곤이 신음했다.

"이런! 요새를 파기하기 위한 마법을 설치해 두었나?"

하라두쿰이 잠시 전장에 나왔을 때, 그는 이 요새를 다시
빼앗길 경우를 대비해 파기용 마법을 설치해 두었다. 이것은
요새의 기능을 파괴하여 인간들에게 피해를 주기 위한 것이
기도 하지만, 아군이 후퇴할 때 그들의 병력을 최대한 온존해
두기 위한 것이기도 했다.

라곤은 요새의 지면을 타고 흐르는 마력의 흐름을 민감하
게 감지했다. 그 규모가 거대함을 알자 소름이 끼친다. 궁극
마법에 필적하는 파괴가 발생하려 하고 있었다.

"모두 후퇴해! 요새가 폭발한다!"

라곤의 외침에 함성을 지르며 몰려들던 탈환군은 허겁지
겁 후퇴하기 시작했다. 하지만 때는 늦어서 곳곳에서 폭염이
치솟으며 병사들을 삼켜 버렸다.

콰르르릉! 콰르릉!

결코 한 번에 모든 것을 날려 버리는 폭발이 아니었다. 요새의 요소요소에 설치된 마법들이 작렬하며 건물들을 착실하게 파괴해 나가고 있었다. 하늘에 뜬 채 집요하도록 꼼꼼한 그 파괴를 지켜본 라곤은 혀를 찼다.

순간 먼 곳에서 위협적인 파동이 폭발하면서 섬광이 번뜩였다. 그것을 감지하는 순간, 라곤은 전속력으로 허공을 박차며 몸을 날렸다.

콰콰콰콰콰!

수백 미터 거리를 격하고 날아온 창이 라곤이 있던 자리를 관통했다. 이것은 분명 오러 구현자에 의한 투창 공격이다. 라곤은 놀라서 먼 곳을 바라보았다.

"라곤 클란드."

그때 누군가 그의 이름을 크게 외쳤다. 폭염과 검은 연기의 저편에 칼카쿰이 서서 그를 노려보고 있었다.

"이 굴욕, 반드시 갚겠다!"

칼카쿰은 그 말만 남기고 몸을 돌려 사라졌다. 그가 연기 저편으로 사라지는 것을 본 라곤이 혀를 차며 투덜거렸다.

"네놈이 굴욕을 갚아야 할 상대는 내가 아니고 알리시아 경이잖아?"

"어머, 여자한테 떠넘기려고요?"

아래쪽에 서 있던 알리시아가 웃으며 물었다. 칼카쿰은 불과 연기 때문에 그녀를 보지 못했다. 허공에 떠 있던 라곤만

이 눈에 띄었기에 그에게만 말하고 돌아선 것이다.

라곤은 그녀의 곁에 내려서며 대꾸했다.

"억울하잖아요."

"그 심정은 이해하지요. 어쨌든 어렵게 요새를 탈환하기는 했는데 이래저래 손해가 막심하군요. 수리하려면 토라스 왕실에서 돈깨나 들여야겠어요."

"게다가 요새의 기능이 부실한 상태로 오크들과 싸워야 한다는 것도 골치 아프고. 하지만 그것도 이제…… 머지않았어요."

라곤은 피어오르는 연기로 인해 검게 물든 하늘을 올려다보며 말했다.

차갑게 식은 바람이 전쟁의 불씨가 작아질 것임을 예고하고 있었다.

『마검전생』 5권에 계속…

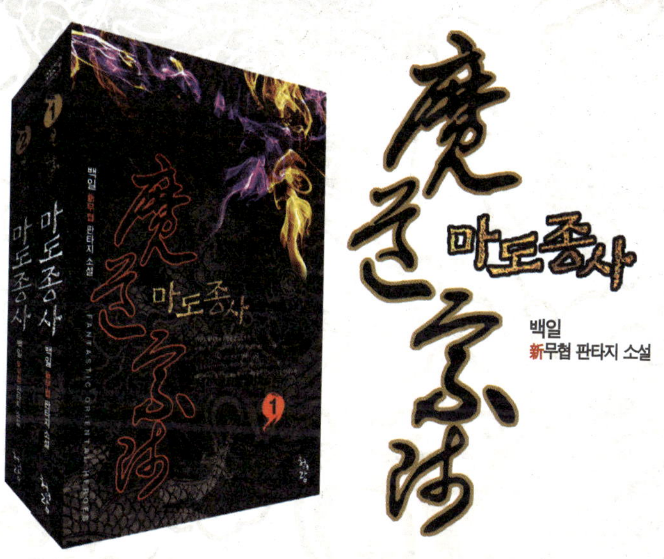

魔君宗師
마도종사
백일 新무협 판타지 소설

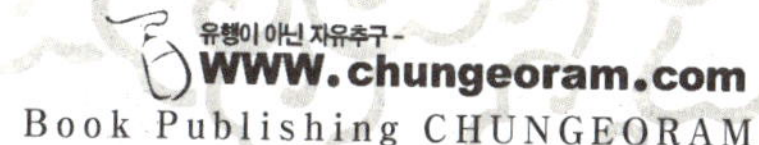

유행이 아닌 자유추구 -
WWW.chungeoram.com
Book Publishing CHUNGEORAM

화마경

火魔經

허담 新무협 판타지 소설

대호산의 다섯 산적이 자칭 천하제일인을 만난다.

괴노 마효(魔梟)!
그는 정말 천하제일인이었을까?
그의 화마경은 정말 천하제일무경일까?

인간의 마음속에 억압된 자아를 끌어내는 자(者)의 무공!
그 화마경의 세계로 다섯 산적이 뛰어든다.

"본래 사람 사는 세상이 화마의 세계인 거다."

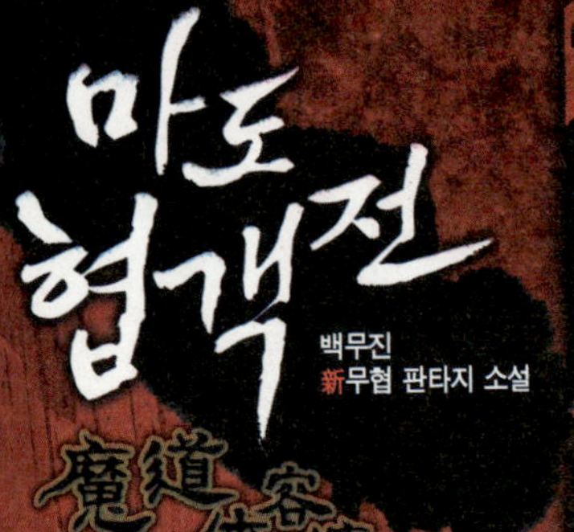

마도
협객전
백무진
新 무협 판타지 소설
魔道俠客傳
2
마도협객전
1
마도협객전
마도협객전
魔道俠客傳
백무진 新무협 판타지 소설
FANTASTIC ORIENTAL HEROES
1